Gosick s
ゴシックエス

等身大に近い素晴らしい人形。

漆黒のドレスは
ベルベットのフリルで幾層にもふくらみ、
宵闇に咲く不吉な小さな花のように広がっていた。
ふいに人形——いや、少女が口を開く。
「遅刻しただけでは飽きたらず、
その上図書館でさぼるつもりかね？」

「わかったかい？　植物園に女の子なんていないんだ。
あの人形はあったけどね。
あれは前世紀ドイツの人形師
グラフェンシュタインの作品さ。
彼は悪魔と取引して
人形に魂を込めることに成功した」

一弥は呆然とした。

——ヴィクトリカが、いない……？
そんなはずない……
ヴィクトリカは……いる！

GOSICKs

―ゴシックエス・春来たる死神―

桜庭一樹

富士見ミステリー文庫

FM38-8
210

口絵・本文イラスト　武田日向
子馬イラスト　中島鯛
口絵デザイン　桜井幸子

目次

ラプンツェルは、十二歳《さい》になったときには、お日さまの下でいちばん美しい子どもになりました。魔女《まじょ》はラプンツェルを高い高い塔《とう》のなかにとじこめました。その塔には、ドアもなければ階段《かいだん》もなくて、上のほうに小さな窓《まど》があるだけでした。魔女はその塔にはいりたいときには、塔の下に立ってこうさけびました。

「ラプンツェル、ラプンツェル！
おまえの髪《かみ》を、たらしておくれ」

——「ラプンツェル」グリム兄弟
完訳グリム童話Ⅰ　ぎょうせい出版刊

登場人物

久城一弥……………………………東洋の島国からの留学生、本編の主人公

ヴィクトリカ………………………知恵の泉を持つ少女

グレヴィール・ド・ブロワ………警部

アブリル・ブラッドリー…………英国からの転校生

セシル………………………………教師

プロローグ

〝それ〟は、一つの小さな体に収《おさ》まっていた。
だからずいぶんと長い間、あの国の人々は〝それ〟の存在《そんざい》に気づかなかった。
〝それ〟は一人の小さな少女の姿《すがた》をしていた。
だから誰《だれ》も気づかなかった。
フリルとレースを豪奢《ごうしゃ》に、夢《ゆめ》のように重ねた奥《おく》の奥の奥に――
奇怪《きかい》な闇《やみ》が眠《ねむ》っていることに。

迷路《めいろ》。
闇の歴史を変える、その第一歩となる、おそろしい頭脳《ずのう》――
それは、ヴィクトリカという名の、小さな少女の中にひっそりと息づいていた。

ヴィクトリカの頭脳は広大にして闇に彩《いろど》られ奇怪にして複雑《ふくざつ》な迷路だった。誰もそれを理解《りかい》するどころか、垣間見《かいまみ》ることさえできなかった。だからヴィクトリカはずっと、いわば、領土《りょうど》も臣民ももたぬ独《ひと》りぼっちの国王だった。広大な土地。膨大《ぼうだい》な知識《ちしき》と、〝知恵《ちえ》の泉《いずみ》〟。ヴィクトリカは常《つね》に退屈《たいくつ》していた。だから、天までのびる図書館塔《としょかんとう》に籠《こ》もり、書物を読み続けた。ずいぶんと長い間、そこには誰もこなかった。彼女を知るとある女性《じょせい》は、こうつぶやいた。

「退屈っていうのは、きっと、寂《さび》しいって意味なの……」

だが――

いまようやっと、一人の家臣がやってこようとしていた。

家臣は黒い髪《かみ》を持つ、小柄《こがら》な少年だった。遠い異国《いこく》で生まれた、見慣《みな》れぬ肌《はだ》の色と、人の良さそうな、しかしどこか頑固《がんこ》そうにも見える顔つきをしていた。名前は久城一弥《くじょうかずや》といった。彼は海を渡《わた》り、はるばるとやってきた。そして図書館塔を上り、ようやく……

少女に出会った。


時は、一九二四年――。

欧州《おうしゅう》の一角。フランスとスイスとイタリアに国境《こっきょう》を隣接《りんせつ》する、小さいが長く荘厳《そうごん》な歴史を誇《ほこ》る国、ソヴュール。

貴族《きぞく》の避暑地《ひしょち》として知られる地中海沿岸《えんがん》をソヴュールの豪奢な玄関《げんかん》とするなら、アルプス山脈の奥は、広大な城《しろ》に眠る秘密《ひみつ》の屋根裏《やねうら》部屋と言えた。その山脈の麓《ふもと》に、貴族の子弟《してい》を教育する名門、聖《せい》マルグリット学園が建っていた。

学園の図書館塔に籠もる、灰色狼《はいいろおおかみ》の異名《いみょう》を取る謎《なぞ》の少女ヴィクトリカと、東洋の某国《ぼうこく》からやってきた留学生《りゅうがくせい》、久城一弥。

少女と少年が出会ったのは、この年の、ある、春の日のことである——。

第一章　春やってくる旅人が学園に死をもたらす

1

久城一弥《くじょうかずや》は真面目《まじめ》な少年である。

それだけが取り柄《え》、といっても差し支《つか》えがないぐらい、真面目で堅物《かたぶつ》で、無口で無趣味《むしゅみ》で、無味無臭《むしゅう》な男である。

四人兄妹の末っ子なのだが、ちなみに長兄《ちょうけい》は武道《ぶどう》の達人で、次兄は玄人《くろうと》はだしの発明王、姉は美人でしかも踊《おど》りの免状《めんじょう》を持っている。

一弥はとくに特徴《とくちょう》がない代わりに、いちばん生《き》真面目で、それに、成績《せいせき》がいちばんいい。そこを買われて、また三男で家督《かとく》を継《つ》ぐ必要がないため、万一、異国《いこく》で不運な事故《じこ》に遭《あ》って帰国できなくても問題ない、と家長である父が判断《はんだん》したために、最近になって同盟国《どうめいこく》の留学生《りゅうがくせい》を受け入れ始めたソヴュール王国の学園へやってきたのである。

父は軍人で、ことあるごとに一弥にこう言う。『帝国《ていこく》軍人の三男として……』と。一弥は自分でも、いつも、へまをしないように気をつけていた。帝国軍人の三男として真面目に行動しなくては、と……。

「……久城くん！　久城くーん！」

その日。朝の七時ちょっと過《す》ぎのこと。

いつもの一弥なら、男子寮《だんしりょう》の自分の部屋で目を覚《さ》まし、顔を洗《あら》って髪《かみ》をなでつけて制服《せいふく》に着《き》替《が》えて、カッカッカッ……と足音も堅物らしく響《ひび》かせ、一階の食堂に降《お》りることになっている。

貴族の子弟《してい》たちはみんな、朝のぎりぎりまで眠《ねむ》っている。一弥が狙《ねら》っている時間には、まだ食堂には誰もいない。おそらく二十歳《はたち》過ぎぐらいと思われる、赤毛の色っぽい寮母《りょうぼ》さんが一人、丸椅子《まるいす》に腰掛《こしか》けて足を組み、くわえ煙草《たばこ》で朝刊《ちょうかん》を読んでいるのが関の山だ。東洋人で、しかも貴族ではない階級の一弥のことを受け入れる少年は少なく、一弥にはまだ親しい友人もいない。その寂《さび》しさを避《さ》けるために、わざと時間をずらしているのだ。

しかし、その朝は……。

起きて、顔を洗う途中《とちゅう》だった一弥は、扉《とびら》をガンガン叩《たた》く音と、女の人の声に驚《おどろ》いて、制服を着かけた姿《すがた》のままで扉を開けた。

燃《も》えるような赤毛に、グラマラスな体つきをした、色っぽい寮母さんが眠たそうな顔で立っていた。

「……おはようございます。な、なにか？」

「よかった。久城くんなら起きてると思って。チーズとハム買ってきて！」

「……へ？」

寮母さんは有無《うむ》を言わさず一弥を部屋から引きずり出すと、制服の胸《むね》ポケットになにやらサ

ンドイッチらしきものをぐいぐい突《つ》っ込《こ》んだ。一弥は目を白黒させて、

「ななな、なんですか？　チーズとハム？　ぼくが？　どこに？　……どうして？」

「正しくはリコッタチーズを五百グラムと、ハムを一キロ。久城くんが。村の朝市に。わたしが昨日、買い物するの忘《わす》れたから」

寮母さんは一気にまくしたてた。一弥はネクタイをポケットに押し込みながら、

「ど、どうして？」

「食料品店に行くつもりが、途中で友達に会って、ダンスパーティーに誘《さそ》われたの。それで踊って、葡萄酒《ぶどうしゅ》飲んで、帰ってきた。手ぶらで。……だから、もう、はやく行ってよ！　みんなに出す朝御飯《あさごはん》がないんだってば！　クビになっちゃう！　はーやーくー！」

「ええと、その、どうしてって聞いたのは、どうしてぼくが……」

「早起きだから。あと、気が弱……あわわわ、や、優《やさ》しい、そう、優しいから！」

階段《かいだん》を引きずり降ろされ、一弥は容赦《ようしゃ》なく寮の外に蹴《け》り出された。寮母さんはふくよかな、いかにも女性《じょせい》らしいラインの体を揺《ゆ》らして、

「久城くんの朝御飯は、そのサンドイッチね。わたしはパンを切ったりお湯を沸《わ》かしたりしてるから、はやく買ってきて！」

「あのっ……！」

ばたん、とドアが閉《し》まった。

一弥は呆然《ぼうぜん》と、寝《ね》ぼけ顔でドアを見上げていたが、やがてため息をつき、

「……わかりました」

仕方なく、正門に向かって歩きだした。

一弥は実家にいる頃《ころ》から、女性に気軽にものを頼《たの》まれるたちだった。才能《さいのう》よ、と言ったのは確《たし》か姉だったが、一弥はちがうと思う。軍人の息子《むすこ》らしく威風《いふう》堂々としていれば、頼み事……しかもおつかい……なんてされないはずだ。

正門を抜《ぬ》け、村に向かって砂利《じゃり》道《みち》を歩きながら、一弥はため息をついた。

「はぁ……」

無口で堅物で、女性にはことのほか弱気な久城一弥は、誰にも見せたことのない意外な一面を持っていた。それは家族にも友人にもぜったいに秘密《ひみつ》なのだが、一弥はじつは、かなりのロマンチストなのだった。

真面目で堅い仮面《かめん》の陰《かげ》には、まだ見ぬ〝美形な異性との素敵《すてき》な出会い〟の想像《そうぞう》なども隠《かく》れていた。一弥は密《ひそ》かに信じていた。誰だっていつか〝自分の女の子〟に出会うはずなのだと。神さまが引き合わせてくれたような気がするほどぴったりで、気があって、それにかわいくて……。

……そんなことを考えているなどと父に知られたら、恥《は》ずかしいばかりか、男らしくないぞ

と往復《おうふく》ビンタを食《く》らいそうだし、兄たちに知られたら三日三《み》晩《ばん》ぐらい笑われそうで、だからぜったいに、家族にも秘密なのだが。

(だけど、どこかに、ぼくの女の子が……)

いるはずなんだよなぁ、とつぶやいて、村道を急ぎながらもまた、ため息をつく。

(たとえば、朝。そう、こんな朝に……)

一弥は想像し始めた。

(ぼくが歩いていると、急いでやってきたかわいい女の子と正面衝突《しょうとつ》するとか。「だいじょうぶ《サバ》?」と聞くと、彼女ははずかしそうに「だいじょうぶ《サバビアーン》、ありがと《メルシー》」と答える。目があったとたん、女の子はぼくに恋《こい》をして……)

そこまで考えて、一弥はふと我《われ》に返り、らしくなくちょっとベタな想像を巡《めぐ》らせていた自分のことを、肩《かた》をすくめて笑った。

(……なーんて、現実《げんじつ》にはあり得ないよ。それより、チーズとハムだ。急いで買って、学園に戻《もど》らなくちゃ。留学《りゅうがく》して半年、遅刻《ちこく》なんて一度もしてないんだ。帝国《ていこく》軍人の三男はけして遅刻なんてしないんだ。だから急いで……)

目の端《はし》をなにかが横切っていった。通行人だろう。こんな朝早くに、寂《さび》れた村道を人が通るなんてめずらしいが……。

(でも……その〝ぼくの女の子〟は……)

一弥は急ぎながらも、なぜかまた想像の世界に戻っていった。

（できたら金髪《きんぱつ》がいいな。だって金色はとてもきれいな色だもの。ぼくの国にはない、眩《まぶ》しい髪の色……）

そのとき……

きゅるるるる……！　ブレーキ音のような。

妙《みょう》な音がした。一弥はちょうど、金髪について真剣《しんけん》に逡巡《しゅんじゅん》しながら、つまり前も見ずに迂闊《うかつ》に角を曲がったところだった。続いて、大きななにかがぶつかったような音がして、その後、しんと静まり返った。一弥は我に返って、

「……えっ？」

葡萄園《ぶどうえん》を仕切る低い石塀《いしべい》に、ドイツ製《せい》のぴかぴかのオートバイがめりこんでいた。角を曲がれずにすごいスピードでぶつかってしまったらしい。少しタイミングがずれていたら轢《ひ》かれるところだったことに気づき、一弥の顔が険《けわ》しくなった。

黒いヘルメットをかぶった大柄《おおがら》な男がオートバイにまたがったまま、事故《じこ》に驚《おどろ》いたのか硬直《こうちょく》していた。一弥は抗議《こうぎ》しようと口を開いたが、あまりにも男が身動きしないので心配になり、

「あの……。だいじょうぶですか《サバ》？」

返事が返ってこなかった。覗《のぞ》き込むと、ヘルメットの中で男の顔は、目を見開いて瞬《まばた》きもせず、硬直していた。

一弥が内心、

(かわいい女の子と鉢合《はちあ》わせしたいなぁなんて考えてたのに、オートバイにまたがった大男と鉢合わせか。つまんないなぁ。これ以上悪いことなんて、ないよ)

そう思ってまたため息をついたとき……。

それ以上悪いことが起こった。

なにかが地面にむかって落ち、転がった。

その男の、首だった。

一弥はぎゃあっと悲鳴を上げた。

男の首はヘルメットごとごろごろごろっと転がって、一弥の足元でぴたっと止まった。硬直した表情《ひょうじょう》のまま一弥を見上げていた。一弥は思わず首に向かって、

「だいじょうぶですか《サバ》ー!?」

その瞬間《しゅんかん》……。

噴水の水が流れるような妙な音が響《ひび》いた。一弥が顔を上げると、取れた首の根元から鮮血《せんけつ》が噴《ふ》きだして、首なし死体とオートバイを真っ赤に染《そ》めあげていた。

一弥はまた悲鳴を上げた。

血飛沫《ちしぶき》の向こうにはきらきらと輝《かがや》く朝日と、生《お》い茂《しげ》る葡萄園の緑があった。さわやかな朝だった。

（女の子じゃなくて、首なし死体と鉢合わせ、か……）

一弥は眉《まゆ》をひそめ、いかにも生真面目《きまじめ》そうなしかめ面《つら》になって、考えた。

（……留学なんて、しなきゃよかった）

一度、大きなため息をついた。そして……。

気絶《きぜつ》した。

2

つぎに気づいたとき、一弥は見覚えのない部屋のベッドに寝《ね》かされていた。小さくて薄暗《うすぐら》くて、薬品棚《やくひんだな》に囲まれている。一弥は起きあがりながら、窓《まど》の外を見た。学園の敷地内《しきちない》の景色が広がっているのに気づいて、おそらくここは保健室《ほけんしつ》だろうと見当をつけた。

そのとき廊下《ろうか》の向こうから、かわいらしいソプラノの声が張り上げられてきた。

「待ってください、警部《けいぶ》さん！　そんなの横暴《おうぼう》だわ！」

聞き覚えのある声に、一弥は顔を上げた。ほどなく声の主がぱたぱたと足音を立てて近づいてきて、保健室の扉《とびら》を開けた。

ぴょこり、と小さな頭が現れる。

大きな丸眼鏡《まるめがね》に、垂《た》れ目がちのブラウンの瞳《ひとみ》。肩《かた》までのブルネットヘア。一弥の担任《たんにん》のセシル先生だ。おそらく二十代前半のはずだが、見た目は生徒たちより幼《おさな》い。どこかぷくぷくした仔犬を思わせる女性《じょせい》だ。

先生は一弥が目を覚《さ》ましていることに気づくと笑顔《えがお》になり、保健室に入ってきた。

「久城くん、気がついたの？　よかった。だいじょうぶ《サバ》？」

「あ、はい……」

「めずらしく遅刻《ちこく》だったから、心配してたの。寮《りょう》のほうに連絡《れんらく》したら、寮母さんがもごもごなにやら言いよどんでて……」

一弥は、チーズとハムのことを思い出した。おかずなしの朝御飯《あさごはん》を出してしまって、寮母さんは怒《おこ》られただろうか……と生真面目に思い悩《なや》んだが、その後、あの首なし死体のことを思い出して顔色を青くした。

「そしたら、村道で妙《みょう》な死体が発見されて、そのそばで倒《たお》れてたって連絡があったの。それで、村の人にここまで運んでもらったのよ。久城くん……いったいなにがあったの？」

心配そうに曇《くも》る先生の表情に気づいて、一弥はあわてた。説明しようと口を開いたとき、ガラガラガラッ……と大きな音がして、保健室の扉が開いた。

一弥は扉のほうを振《ふ》り返った。

そして、硬直《こうちょく》した。

そこにはおかしな男が立っていた。若《わか》い男だ。背《せ》がスラリと高く、顔も貴族《きぞく》的に整った二枚《にまい》目《め》で、服装《ふくそう》も仕立てのいいスーツに銀のカフスを輝《かがや》かせた伊達男《だておとこ》だった。だが……。

一か所だけ、ぜったいにおかしいところがあった。

頭だ。

男はきらきらと輝く金髪《きんぱつ》を、なぜか、前方に向かってドリルの先のように尖《とが》らせ、ぐりゅんと流線形に固めていた。一弥はぽかんと口を開けてその金色のドリルを見上げていた。男は壁《かべ》に片手《かたて》をついて片足を後方にぴんと伸《の》ばした、バレエダンサーのようなナイスポーズを決めると、一弥を見た。

そして口を開いた。

「待たせたね」

「…………えっ？」

待ってたっけ？　誰《だれ》？　などと一弥が悩んでいると、となりでセシル先生が息を呑《の》み、きっと男を睨《にら》みつけた。男は構《かま》わず、

「わたしがグレヴィール・ド・ブロワ警部だ」

「はぁ……」

「いまから君に事情聴取《じじょうちょうしゅ》する」

「あ、わかりました」

なんだ、警察の人か、と一弥がうなずいたとき、ブロワ警部がぱちんと指を鳴らした。する

と廊下をばたばた走ってくる音がして、兎革《うさぎがわ》のハンチングをかぶった若い男が二人、やってきた。こちらは警部とちがって、労働者階級らしい気さくな顔立ちで、服装も木綿《もめん》のチョッキに丈夫《じょうぶ》なブーツと、村でよくみかけるものだった。彼らはブロワ警部の部下らしかった。

しかし、一弥は二人に引っ張られて保健室を出ようとして……妙なことに気づいた。

二人の若い部下は、なぜかぎゅっと強く強く手をつないでいた。

一弥は一度、目をそらした。

それからもう一度、見た。

……やっぱり手をつないでいた。

不気味そうに二人をみつめる一弥に、なぜか二人はいいわけのように、

「幼なじみでねー」

「ははは一」

そろって、白い歯を見せて笑った。一弥はわけがわからなくなって頭を抱《かか》えた……。

ブロワ警部と妙な部下二人によって、一弥が連れて行かれたのは、資料室《しりょうしつ》として使われている校舎《こうしゃ》の一室だった。

そこは薄暗く、気味の悪い部屋だった。薄茶色《うすちゃいろ》の地球儀《ちきゅうぎ》と、インド土産《みやげ》らしいよくわからない巨大《きょだい》な木彫《きぼ》りと、中世からあって、捨《す》てていいのかよくわからないからここに積んであるら

しきへんな武器《ぶき》の山。

洋燈《ランプ》は燃《も》えが悪く、絶《た》えずブスブスッ……といやな音を立てていた。

ブロワ警部は一弥をやけにきしむ古い木の椅子《いす》に座《すわ》らせると、自分は頑丈《がんじょう》そうな四角い机《つくえ》に尻《しり》を乗せ、浅く座った。地球儀を手に取ってくるくると玩《もてあそ》びながら、

「久城一弥。歳《とし》は十五歳《さい》。一九〇九年生まれ。成績《せいせき》はトップクラス。友達はいない」

とつぜん、一弥のデータをしゃべり始めた。最後の〝友達はいない〟のところで、一弥はしゅんとしてうつむいた。

生まれた国にいたころは、通っていた士官学校に話の合う友人がいたし、近所にも幼なじみの少年たちがいた。でもソヴュールにきてからは、一弥はどうにも貴族《きぞく》の子弟《してい》になじめず、東洋人を遠巻《とおま》きにする空気に苦しんでいた。

そんなことを思い悩《なや》む一弥には構わず、ブロワ警部《けいぶ》はとつぜん「ふははは！」と笑い始めた。

「困《こま》ったものだよ。少年犯罪《はんざい》というものには頭を抱える。未来ある若者《わかもの》を絞首台《こうしゅだい》に送るのは気がすすまんが、罪《つみ》は罪だよ、君」

「……はぁ？」

一弥は我《われ》に返った。すごくいやな予感がしてきた。ちらりとドアのほうを見ると、逃《に》がすものかというように、手をつないだ部下二人が足を踏《ふ》ん張《ば》って立っている。

これは、もしや……？

警部は科白《せりふ》とは裏腹《うらはら》の、じつに晴れやかな笑顔《えがお》で一弥をみつめていた。そしてなぜか片足《かたあし》を上げ、不安定なナイスポーズで体をぐらぐら揺《ゆ》らしながらも、一弥をびしっと指差した。

「久城くん、犯人は君だな！」

一弥は頭を抱えた。必死で反論《はんろん》する。

「ちがいます！　ぼくは通りかかっただけです。そんな強引《ごういん》な。抗議《こうぎ》する。ぼくは断固《だんこ》、抗議します。そして入念な捜査《そうさ》とそれによる正確《せいかく》な推理《すいり》をあなたに要求します。ぼ、ぼくは……」

「ちっ、ちっ、ちっ」

「………………」

ブロワ警部はウインクをしながら人差し指を振《ふ》っていた。なんだか神経《しんけい》に障《さわ》る態度《たいど》だった。

一弥がいらいらしながらその指を見ていると、警部は恐《おそ》ろしいことを言った。

「わたしは君の心理になど興味《きょうみ》はないのだよ、久城くん。留学先《りゅうがくさき》で殺人を犯《おか》し、外交問題にまで発展《はってん》させるような心理には、ね」

「が、外交問題……？」

「殺されたのは、休暇中《きゅうかちゅう》の政府職員《せいふしょくいん》なのだよ」

「ま、まさか……」

一弥は頭を抱えた。顔が真っ青になった。

生まれた国の風景や、優《やさ》しい母の顔、厳格《げんかく》な父の顔、ソヴュールに向かう船の甲板《かんぱん》から目をこらした、港町の鮮《あざ》やかな朝日……。

すべてが走馬燈《そうまとう》のように脳裏《のうり》を過《よ》ぎっていった。

「……久城くん、犯人は君以外に考えられないのだよ」

「そ、そんな！　どうして……そんなことが、言えるんですか……？」

「ふはははは！　それはだね……」

ブロワ警部がまた新たなるナイスポーズをつくろうと片足を上げたとき……。

誰かが部屋の扉《とびら》をノックした。

こんこん、こんこん……！

警部も部下二人も知らんぷりしている。

と、また……。

こんこん、こんこん……！

それでも知らんぷりしていると、強引《ごういん》に扉が開いた。つないだ手で通せんぼしている部下二人の向こうに、セシル先生のかわいらしい小さな顔が見えた。先生は笑顔《えがお》で、部下二人のつないだ手の下をくぐり抜《ぬ》けると、泣きそうになっている一弥の前に歩いてきて、

「はい、これ」

紙を二枚《まい》、差しだした。

思わず一弥は受け取った。それは授業《じゅぎょう》で使われるプリントだった。今日の午前中の授業分だ。

一枚には久城一弥の名前が書かれていた。二枚目には……。

べつの少年の名前が書かれていた。

――〝ヴィクトリカ〟と。

セシル先生は有無《うむ》を言わせぬ感じの笑顔で、一弥を見ていた。一弥が問うようにみつめかえすと、

「あのね、午前中の授業のプリント。一枚は久城くんのよ。もう一枚は、同じく休んでいたべつの生徒のよ」

「はぁ……」

一弥はこの〝ヴィクトリカ〟という名前に聞き覚えがあることに気づいた。教室の窓際《まどぎわ》に、いつも必ず空席があるのだ。ぽっかり空いた席。留学してから半年のあいだ、一度も、その席の生徒が登校した姿《すがた》を見ることはなかった。

名前だけは知っていた。ヴィクトリカ、だ。

どうしていつも必ずいないのだろう、と気にはなっていたが……。

セシル先生は笑顔のままで、

「久城くん、はやく教室に戻《もど》りなさい。でも、戻る前にヴィクトリカさんのところにプリントを届《とど》けてほしいの。お願いしていい？」

「はぁ……」

一弥がうなずくと、ブロワ警部が怒《おこ》りだした。

「こら、君！　捜査の邪魔《じゃま》をするな！」

「お言葉ですが、警部《けいぶ》さん」

セシル先生は一歩も引かない構《かま》えで、振り返った。警部は気迫《きはく》に押《お》されたように、口を閉《と》じる。

「犯人扱《はんにんあつか》いするおつもりなら、ちゃんと逮捕状《たいほじょう》を取ってからにしてくださいな。これでは警察権力《けんりょく》をかさにきた横暴《おうぼう》ですわ。学園を代表して、わたし、抗議《こうぎ》いたします！」

警部はつっと目を細めた。

それからゆっくりとうなずいた。自信ありげに、

「ふむ。この状況《じょうきょう》なら、今日、申請《しんせい》すれば明日には逮捕状が取れることでしょう。明日、またお邪魔しますよ。大切な生徒を守りたい気持ちはわかりますが、勇敢《ゆうかん》さのために命を落とした者も歴史の陰《かげ》に多いことをお忘《わす》れなく。勇《いさ》ましい先生……！」

一弥はセシル先生にぐいぐい引っ張られて、その不気味な部屋から廊下《ろうか》に転がり出た。

「先生、あの、ありがとうございま……」

「いいのよ。それより、これ」

セシル先生は一弥にプリントを押しつけた。廊下を歩きながら、

「図書館ね」

「と、図書館……ですか？」

「そう」

セシル先生はうなずいた。

どうやらサボリ魔《ま》で劣等生《れっとうせい》のヴィクトリカは、なぜか図書館にいるということらしかった。

だが、どうして教室にこずにそんな場所にいるのだろう？

一弥の脳裏《のうり》に、教室の窓際の空席と、なぜかその席を恐《おそ》れるように遠巻《とおま》きにしているクラスメートたちの姿が蘇《よみがえ》った。

どういうことだろう？　なにせ、一度も顔を見たことがないというのは尋常《じんじょう》ではない。

セシル先生は楽しそうに笑って、言った。

「図書館塔のいちばん上よ。あの子、高いところが好きだから」

「そう、ですか……」

一弥はうつむいた。

……このとき一弥は、なぜか少し傷《きず》ついた気がしたのだった。一生懸命《けんめい》に授業に出て、予習も復習《ふくしゅう》もして、この国の公用語であるフランス語や、文献《ぶんけん》を読み解《と》くためのラテン語なども必死で勉強している優等生《ゆうとうせい》の自分を誉《ほ》めずに、サボリ魔の劣等生のことを笑顔《えがお》で話すなんて、ちょっとだけ先生に裏切られたような気がした。

ついさっきおかしな警部に恐怖《きょうふ》のどん底に突《つ》き落とされた反動もあってか、一弥にしてはめずらしく、不機嫌《ふきげん》そうに返事をした。

「なんとかと煙《けむり》は高いところが好きって、ぼくの国のことわざにありますよ」

「もぅっ、久城くんたら。そんなことないわ」

セシル先生は挑発《ちょうはつ》に乗る様子もなく、代わりに、実におかしそうにクスクス笑った。

それから、なぜか夢見《ゆめみ》るように言った。

「あの子はね、天才なのよ……！」

3

果たして、東洋の島国からやってきた成績優秀《せいせきゆうしゅう》な秀才少年をさしおいて、担任《たんにん》から天才呼《よ》ばわりされるサボリ魔とは、何者であるのか……？

一弥はそんなことを考えながら学園の砂利道《じゃりみち》を歩いていた。

ふくれっ面《つら》のままだが、元来の生真面目《きまじめ》な性格《せいかく》で、頼《たの》まれたプリントをちゃんと届《とど》けようと図書館に向かっていた。学園の敷地《しきち》はフランス風庭園を模《も》した豪奢《ごうしゃ》な造りで、あちこちに噴水《ふんすい》や花壇《かだん》や小川が造《つく》られ、その合間には心地《ここち》いい芝生《しばふ》が広がっている。一弥はその芝生の合間の白い砂利道を歩いていた。

校舎裏《こうしゃうら》にのっそり建つ建物にたどり着く。

——聖《せい》マルグリット大図書館。

角筒《かくづつ》型の図書館の壁《かべ》一面が巨大書棚《きよだいしよだな》になっている。中央は吹き抜《ぬ》けのホールで、遥《はる》か上の天《てん》井《じょう》には荘厳《そうごん》な宗教画《しゅうきょうが》が描《えが》かれている。書棚と書棚を、まるで巨大迷路《めいろ》のように細い木階段《かいだん》が危《あぶ》なっかしくつないでいる。

十七世紀初頭、学園の創立者《そうりつしゃ》である国王が、いちばん上の秘密《ひみつ》部屋で愛人と逢《あ》い引きに耽《ふけ》るため、わざと迷路状に建設《けんせつ》したのだという伝説のある大図書館。

だがいまは静寂《せいじゃく》に包まれ、埃《ほこり》とカビと、知性《ちせい》の匂《にお》いが濃密《のうみつ》に漂《ただよ》っている。

一弥は敬虔《けいけん》な気持ちで上を見上げた。と……

天井辺りから、金色の帯みたいなものが垂《た》れさがっているのが見えた。

(……なんだろう?)

首をかしげ、迷路階段を上がり始める。

……壁から壁へ。カクカクと、少しずつ天井に近づいていく。まるで綱渡《つなわた》りだ。下を見ないように、震《ふる》えながら細い階段を上がる。

……だんだん疲《つか》れてきた。こんなところでサボっている劣等生のために、なんでぼくが……と腹立《はらだ》ちながら上がっていくうち、いつのまにか、垂れさがる金色の帯のすぐ近くまできていた。

白く細い煙が、天井に上がっていく。

一弥はおそるおそる足を進めた。

そこに——植物園があった。

図書館のいちばん上は、なぜか緑茂《しげ》る温室だった。天窓《てんまど》から柔《やわ》らかな光が射《さ》し込み、風に緑が揺《ゆ》れている。国王の逢い引きの伝説とは裏腹に、明るい無人の部屋だった。

温室から階段の踊《おど》り場へ体を投げ出すように、大きなビスクドールが置かれていた。等身大に近い身長百四十センチぐらいの、素晴《すば》らしい人形。漆黒《しっこく》のドレスはたっぷりのベルベットのフリルで幾層《いくそう》にもふくらみ、宵闇《よいやみ》に咲《さ》く不吉《ふきつ》な小さな花のように、腰《こし》から裾《すそ》にかけて広がっていた。リボンレースと薔薇《ばら》の飾《かざ》りをあしらった、白いヘッドドレスの下から、長い見事な金髪《きんぱつ》が、まるでほどけたビロードのターバンのように床《ゆか》まで流れ落ちていた。

その横顔は冷たい美貌《びぼう》。大人なのか子供《こども》なのか判断《はんだん》しづらい造りの顔だ。

その、踊り場に打ち捨《す》てられた高価《こうか》な人形は、無表情《むひょうじょう》で、けだるげに、陶製《とうせい》のパイプをくゆらしていた。

——人形がパイプを⁉

と、ふいに人形……いや、少女が、ゆっくりと口を開いた。

「遅刻《ちこく》しただけでは飽《あ》きたらず、その上図書館でさぼるつもりかね？　もちろん勝手にしていいが、せめてもわたしの邪魔《じゃま》にならないよう、あっちへいきたまえ」

少女はまたゆっくりと口を閉《と》じた。

とつぜん響《ひび》いた老人のようなしわがれ声に、一弥は息を呑《の》んだ。その容姿《ようし》と、声は、驚《おどろ》くほどにアンバランスだった。この世に生まれ落ちてからほんの数年しか経《た》っていないのではないかと思わせるほど小さく華奢《きゃしゃ》な体は、夢《ゆめ》のように美しいフリルとレースに包まれているというのに、声は、まるで何十年の時を経たかのように老成している……。

呆然《ぼうぜん》と自分をみつめている一弥には構《かま》わず、その、人形と見まちがえるほど冷たい完成美をもつ少女は、それきり黙《だま》ってパイプをくゆらしていた。

一弥はようやく少し気を取り直して、

「えっ……もしかして、君がヴィクトリカなのかい？」

返事はなかった。一弥はおそるおそる続けた。

「だとしたら、その、君にプリントを持ってきたんだけどね……」

少女——ヴィクトリカが黙《だま》って手を差しだした。

一弥は数歩、近づいて、プリントを差しだした。静謐《せいひつ》なその場所に、意外なほど大きく自分の足音が響き、一弥は思わずたじろいだ。自分が静かなるこの楽園の無粋《ぶすい》な闖入者《ちんにゅうしゃ》のように思え、知らず顔を赤らめる。

それから一弥は、そっと彼女を観察した。

（……この劣等生《れっとうせい》、女だったのか。それにしてもすばらしい美少女じゃないか。最初は人形に

見えてしまったくらいだ。だけど……どことなく、いや、ものすごく、へんな子だ）

と、片手《かたて》を伸《の》ばしてプリントを受け取り、またぷかりぷかりとパイプをくゆらせていたその奇妙《きみょう》な少女が、ふいに……。

小さなさくらんぼ色の口を開いた。

「ところで、君はいったい誰《だれ》だね？」

「えっ」

一弥はたじろいだ。なぜか少し赤くなって、

「ぼくは……久城だ。君と同じクラスのね。一度も会ったことないけど」

「東洋人か」

少女はなぜかニヤリと笑った。悪魔《あくま》的で、冷たい表情の変化だった。なぜかゾッとする。

少女は続けて、しわがれ声で楽しそうにつぶやいた。

「なるほど。では君が〈春来たる死神《しにがみ》〉なのだな」

「……は？」

一弥は聞き返した。聞き覚えのない妙な言葉だった。少女はニヤニヤして、

「君、知らなかったのかね？　このカビくさい迷信《めいしん》だらけの学園にまつわる、くだらない怪談《かいだん》の一つだよ。〈春やってくる旅人が学園に死をもたらす〉。ここの生徒たちはなぜか怪談が大好きでね。君は格好《かっこう》の怪談の材料なのだ。だが、内心恐《おそ》れているために誰も君に近づこうとし

ないのだよ」

「な、なっ……!?」

一弥は言葉をなくしてそこに立ち尽《つ》くした。

……心にぽっかり穴《あな》が開いたような気がした。

脳裏《のうり》に、一人きりで教室にいる自分、遠巻《とおま》きにしてこそこそなにか話している貴族《きぞく》の子弟《してい》たち、話しかけたら逃《に》げるように去っていった近くの席の少年——さまざまな情景が思い出された。

留学《りゅうがく》してから半年、どうして誰とも親密《しんみつ》になれないんだろうと悩《なや》んでいたら、まさかそんな迷信のせいだったとは……。

一弥はムキになり、

「だ、だけど、君、それはおかしいよ。ぼくが留学してきたのは半年前なんだからね。季節は秋だ。ほら、おかしいだろう?」

少女の横顔がせせら笑った。

「ふむ、そうだったか?」

「そうだよ」

「まぁ、どちらにしろ生徒たちには関係ないのだろうよ、君。黒髪《くろかみ》の無口な東洋人は、死神のイメージにぴったりだからなぁ」

呆然《ぼうぜん》と立ち尽くす一弥を、少女はチラリとも見ようとせず、相変わらず冷たい横顔だけを晒《さら》していた。

一弥はしばらくその横顔を睨《にら》みつけていた。冷酷《れいこく》で、取り澄《す》まして、拒絶《きょぜつ》の浮《う》かぶ横顔だった。ソヴュールにきてからいやというほど見続けた横顔。貴族特有のお高くとまった態度《たいど》だ。

一弥は急に、彼女に対して緊張《きんちょう》と反発を感じた。自分が苦労している貴族社会に対する気持ちが、むくむくと胸《むね》にわき上がってきたのだ。

一弥はきびすを返し、迷路階段《かいだん》を降《お》りようとした。

数歩、進んで……ふと気づいた。

くるっと振《ふ》り返り、小声で少女に聞く。

「あのさ、君……ええと、ヴィクトリカ」

「……なんだね？」

面倒《めんどう》くさそうな声が返ってきた。一弥はめげずに、

「君、どうしてぼくが遅刻《ちこく》したことを知ってたんだい？」

少女はせせら笑った。

「ふっ。君、そんなことはかんたんだ。湧《わ》きでる〝知恵《ちえ》の泉《いずみ》〟が教えてくれたのだよ」

「どういうことだよ……？」

「それはだね」

ヴィクトリカは得意げに、しわがれ声を張り上げた。

「久城、君は几帳面《きちょうめん》でくそ真面目《まじめ》な、つまらない男と推測《すいそく》されるよ」

「ほ、ほっとけよ！」

「それなのに、制服《せいふく》のネクタイはどうしたのだね？　きっちり結ぶはずのそれが、ポケットに押《お》し込まれているのがチラリと見えたのだ。それで、おおかた、あわてて寮《りょう》を飛び出したのだろうと推理したのだよ」

一弥は思わず自分の首に手を伸《の》ばした。確《たし》かに、きっちり結んでいるはずのネクタイが今日はなかった。ポケットに押し込んだまま結ぶひまがなかったのだ。

ヴィクトリカは続けて、

「それから、その匂《にお》いだよ。君」

「えっ？　なにか匂う？」

「ああ、香《こう》ばしいパンの匂いがね。どうしてランチにはまだ早い時間にパンなど持ち歩いているのかね？　つまり、反対側のポケットに……」

一弥は反対側のポケットに手を入れてみた。

寮を出るときに寮母さんに押し込まれたサンドイッチが入っていた。だいぶひしゃげていたが、なかなかおいしそうだ。

「食べるはずだった朝食が入っている。ゆえに、君が遅刻したことがわかるのだよ。以上だ。

わかったかね？」

ヴィクトリカは話すのに飽《あ》きてきたのか、ふわぁ〜と退屈《たいくつ》そうに欠伸《あくび》をした。仔猫《こねこ》が伸びをするような動きだった。小さな体が意外なほどよく伸びた。目尻《めじり》にちょっとだけ涙《なみだ》が浮かんでいる。それからヴィクトリカはまた、けだるげにパイプをくゆらし始めた。

だが、不思議そうに、得体《えたい》のしれないものを見るように自分をうかがっている一弥に気づくと、彼女は肩《かた》をすくめ、仕方なさそうにまたしゃべりだした。

「ええい、面倒だが……詳《くわ》しく説明してやるとだね」

「うんうん……」

「五感を研《と》ぎ澄《す》ますのだ」

「……はぁ？」

「そして、この世の混沌《カオス》から受けとった欠片《かけら》たちを、わたしのこの〝知恵の泉〟が退屈しのぎに玩《もてあそ》ぶのだよ」

「混沌《カオス》……？　欠片？　知恵の泉……？」

「そうだ。再構成《さいこうせい》する、とでも言ったほうがわかりやすいかね？」

「……再構成？」

「時には、ついでにだが、君のような凡人《ぼんじん》にも理解《りかい》できるよう、それを言語化してやることもある」

「あぁ、面倒な説明をしてしまった。さて……わかったかね、君？」

一弥はまったくわからず、黙《だま》り込んでいた。

……ちょっとムッとしていた。

（なんだろ、この態度。なにを言ってるのかよくわからないし……。そりゃ、確かに彼女の推理は正しかった。〝知恵の泉〟とやらも、悔《くや》しいけど、なかなか冴《さ》えていると言わざるを得ないよ。だけど、さっきから……）

一弥は次第《しだい》に悔しくなってきた。人を見下したような超然《ちょうぜん》とした少女の態度《たいど》に、我慢《がまん》ならなくなってきたのだ。それに彼女は、授業《じゅぎょう》にも出てこない劣等生《れっとうせい》ではないか。

一弥はムキになって反論《はんろん》し始めた。

「だけど、そういう君はなんなんだい？　君だって遅刻《ちこく》して、こんなところでさぼっているんだろう？　それがぼくをばかにするなんて。これはまったく公平じゃないよ」

「……フン」

ヴィクトリカは鼻でせせら笑った。

「わたしはちがうよ、君」

「なにがちがうんだよ？」

「遅刻ではない。わたしは朝からずっとここにいたのだ」

「………」

一弥は顔をしかめた。

「なんだよ、それ。君、ここでずっと、一人で、いったいなにをしてたんだい？」

「思索《しさく》、さ」

一弥は階段を一歩上がった。

ヴィクトリカがペタリと座《すわ》りこんだ植物園の床《ゆか》一面に広がっている異様《いよう》な光景に、このときようやく、一弥は気づいた。

そこには書物が何冊《なんさつ》も何冊も開かれて放射線状《ほうしゃせんじょう》に置かれていた。ラテン語、高等数学、古典文学、生物学……。どれもおそろしく難解《なんかい》な書物だった。一弥は息を呑《の》んだ。

（この子、まさか……。この書物を、何冊も同時に読み進めてるのか……？　さっきからずっと、そういえばパイプをくゆらしてぼくと話しながらも、ときどき手を伸《の》ばしていた。きっとページをめくってたんだ。ずっと、これを読みながら、ぼくの行動を推理《すいり》したりもしてたんだ……！）

一弥はふいに、ぞっと背筋《せすじ》に寒気を感じた。

セシル先生の甘《あま》い声が、蘇《よみがえ》る。

（あの子はね、天才なのよ……！）

じつに退屈でつまらなそうに、難解な書物を読み飛ばす少女の横顔を、一弥はしばらく呆然《ぼうぜん》とみつめていた。

なぜかだんだん、意地になってきた。このツンと取り澄ました頭脳明晰《ずのうめいせき》らしい、だが奇怪《きかい》な少女を、ちょっとは驚《おどろ》かせてやりたいと思えてきたのだ。

「でも、君。ぼくの遅刻の原因《げんいん》までは、さすがにわからないだろう？」

「…………？」

一瞬《いっしゅん》置いて。

ヴィクトリカが、初めて、顔を上げた。

——一弥の心臓《しんぞう》が止まりそうになった。

大きな瞳《ひとみ》が、エメラルドグリーン色に輝《かがや》いて一弥をみつめていた。それはまるで、秘密《ひみつ》の宝《ほう》石《せき》のように、誰もいない植物園の隅《すみ》でキラキラと不思議な光を放っていた。長くて鮮《あざ》やかな、少女のきらめく金髪《きんぱつ》とのコントラストが、一弥の胸《むね》を打った。

そして、もの悲しげな、長く生きすぎた老人のような色が浮《う》かぶ、不可思議《ふかしぎ》なその表情《ひょうじょう》。

（かわいい……！）

予想外に心を揺《ゆ》さぶられて、一弥はなぜかよけい腹《はら》が立ってきた。

気を取り直し、大きく息を吸《す》って、宣言《せんげん》する。

「じつは、殺人事件《じけん》のせいなんだよ」

……ポロリ。

ヴィクトリカの口からパイプが落ちた。

豪奢《ごうしゃ》なフリルのスカートの上に落ちたので、一弥はあわててそれを拾った。灰《はい》がこぼれていないか点検《てんけん》してフリルのスカートをはらってやる。拾ったパイプを、ヴィクトリカが、ここに差せというように半開きにして突《つ》きだした薄《うす》い唇《くちびる》に、そっと差してやる。生来の甲斐甲斐《かいがい》しさでもって世話を焼きまくる一弥をヴィクトリカはしばらくうさんくさそうに眺《なが》めていたが、やがて……。

片手《かたて》を伸ばしてパイプをつかみ、口から離《はな》して、言った。

「…………へー」

一弥は顔をしかめた。いつのまにか気安くヴィクトリカのとなりに腰《こし》を下ろして、文句《もんく》を言う。

「って、それだけかい⁉」

「……さすが死神《しにがみ》、とでも言えばいいのかね」

「…………」

憮然《ぶぜん》としていた一弥は、しばらくすると気を取り直し、話しだした。

「あのねぇ、君！　言っておくけど、今朝、ぼくはすごく大変だったんだよ。殺人事件の目撃《もくげき》者《しゃ》になるわ、おかしなヘアスタイルの警部《けいぶ》に犯人扱《はんにんあつか》いされるわ！」

「む？　おかしなヘアスタイルの警部……？」

ヴィクトリカが妙《みょう》な顔をした。だが興奮《こうふん》し始めた一弥はそれには気づかず、

「……もしかしたら、ぼく、本当に殺人犯として裁《さば》かれてしまうのかもしれない。こんな異国で絞首刑《こうしゅけい》なんていやだ。いや、それとも国に強制送還《きょうせいそうかん》されるのかな……？　あぁ、この半年、ひたすら真面目《まじめ》に学業に励《はげ》んでたのに……あぁ、なんでこんなことになったんだ。困《こま》ったな」

「……おかしなヘアスタイルの警部、と言ったかね？」

一弥は顔を上げた。不思議そうにうなずいて、

「言ったけど……？」

ヴィクトリカはまた、悪魔《あくま》的な笑《え》みを浮かべた。ニヤニヤしながら、パイプから思い切り煙《けむり》を吸《す》いこみ、ふぅっと吐《は》いた。

白い煙が天窓《てんまど》に上がっていく。

それから、一転して興味を持ったように一弥に向き直り、

「話してみたまえ。混沌《カオス》を再構成《さいこうせい》してやる」

「は？」

ヴィクトリカは苛立《いらだ》ったように早口で言った。

「わたしのこの〝知恵《ちえ》の泉《いずみ》〟を、君のために使ってやると言っているのだ」

「……どうして？」

急にニヤニヤし始めたヴィクトリカに一弥は戸惑《とまど》い、うさんくさそうにこの小さな美しい少女を横目で見た。

と、問われたヴィクトリカは悪びれず、きっぱりと言った。

「退屈《たいくつ》しのぎだよ、君」

――一弥は有無《うむ》を言わさず、彼女に事件のあらましを説明させられてしまった。さっきまでの興奮はどこへやら、一弥はしょんぼりとうなだれていた。というのもヴィクトリカが、

「君が見たものだけじゃなく、そのとき考えたことを、お尻《しり》の穴《あな》まで正直に詳《くわ》しく話したまえ」

「や、やだよ。考えたことを全部話すなんて。紳士《しんし》にはお茶目《ちゃめ》な秘密《ひみつ》が一つや二つは……」

「君が紳士ならわたしは神かね？　くだらない無駄《むだ》なしょうもない反抗《はんこう》はいますぐやめたまえ。ほら、さぁ、話せ！」

……おそろしい毒舌《どくぜつ》に、女性《じょせい》からこんな居丈高《いたけだか》に話されたことのない一弥は驚《おどろ》き、思考が硬《こう》直《ちょく》し、抵抗《ていこう》できなくなってしまった。一弥の生まれた国では、女性はもっとおとなしく、控《ひか》えめなものだったのだ。

そういうわけで一弥は、誰《だれ》にも洩《も》らしたことのない〝ぼくの女の子〟だの〝素敵《すてき》な出会い〟の夢想《むそう》の辺りから、事細かに話してしまった。もちろん、そんな夢想を人に知られたのは十五年間で初めてのことだ。一弥は落ち込《こ》んだ。国で父がよく使っていた表現《ひょうげん》を借りるなら〝尻子《しりこ》玉《だま》を抜《ぬ》かれた〟ような心持ちになり、膝《ひざ》を抱《かか》えてうなだれていた。

「……なるほど。わかったよ、君」

尻子玉をなくした一弥の様子には気づく気配もなく、ヴィクトリカはパイプをくゆらしながら、いかにも満足そうにうなずいた。

そして、話させておいてひどいことを言った。

「そのおかしなヘアスタイルの警部の言うことも、もっともだな」

一弥はハッと我《われ》に返った。尻子玉が少し戻《もど》ってきた。

「君、なんてこと言うんだよ!? ぼくは断《だん》じて……」

「黙《だま》れ」

「……はい」

「君、考えてもみたまえよ。走っているオートバイに飛び乗って首を切り落とすなどということはまず、不可能《ふかのう》だ。犯行後、すばやく飛び降《お》りることもだ。なぜなら、君が塀《へい》にぶつかったオートバイと遭遇《そうぐう》したとき、現場《げんば》には君のほかには誰もいなかったのだからね」

一弥はうなずいた。

「うん、その通りだよ。確《たし》かに誰もいなかった」

「となると、犯行が可能なのはいつだね？」

「えっと……」

「オートバイが停《と》まった後だろう、君。そして、そのときそこにいたのは、久城、君だけなのだ。つまり……」

一弥はまたいやな予感がした。あの不気味な、地球儀《ちきゅうぎ》やら中世の武器《ぶき》やらの部屋でブロワ警《けい》部《ぶ》に指差されたときのことを思い出した。

と、ヴィクトリカはあのときのブロワ警部のように、パイプで一弥を指して、言った。

「君が犯人《はんにん》だ」

思わず泣きそうな顔になって黙り込む一弥をじろじろ見ると、悪魔《あくま》的な微笑《びしょう》を浮《う》かべて、

「……と、おもしろいんだがなぁ！」

「か、からかってるのかい⁉」

立ち上がって怒《おこ》りだした一弥に、ヴィクトリカは急に真面目な顔になった。一弥を見上げてしわがれ声で、

「しかしだね、君。警部《けいぶ》が君を殺人犯と疑《うたが》っているのも、おそらく同じ考えからだと推測《すいそく》されるよ。つまり、早晩《そうばん》、真犯人をみつけて疑いを晴らさなければ、君はよくて強制送還《きょうせいそうかん》、最悪の場合、この国で絞首刑《こうしゅけい》になるということだ。恐《おそ》ろしいなぁ、君」

一弥は真っ青になった。座《すわ》り込んで頭を抱《かか》える。

またもや、父や母を始め、国に残してきた家族や友人の顔が、故郷《こきょう》の景色などが脳裏《のうり》をすごい勢《いきお》いで駆《か》けめぐり始めた。

ヴィクトリカはその様子をちらちらと眺《なが》めていた。それからなにごともなかったかのように

書物に向き直り、ページをめくり始めた。

それから、欠伸混《あくびま》じりに、

「まぁ、わたしには真相がわかっているがね」

と小声でつぶやき、パイプをぷかぷかと吸《す》い始めた。

植物園には、天窓《てんまど》から春の日射《ひざ》しが射し込んで暖《あたた》かかった。さわやかな風が時折吹《ふ》き込んで、棕櫚《しゅろ》の葉や赤い大きな花、そしてヴィクトリカの金色の髪《かみ》を揺《ゆ》らしていく。

数秒が経過《けいか》した。

一弥が、ゆっくりと顔を上げた。

ヴィクトリカに聞き返す。

「……いま、君、真相がわかってるって言った？」

ヴィクトリカは返事をしない。一弥が覗《のぞ》き込むと、もう彼のことなど忘《わす》れたように読書に没《ぼっ》頭《とう》していた。すごいスピードでページをめくっていく。

「ねぇ、君」

「……ん？」

ヴィクトリカが顔を上げた。我に返って、余《あま》り興味《きょうみ》なさそうにだが、うなずく。

「あぁ、もちろんわかっているとも。わたしの辞書に〝わからない〟という言葉はないのだよ。わたしにはなんだってわかるのだ。……それがどうかしたのかね？」

一弥は地団駄《じだんだ》を踏《ふ》んだ。

「どうしたって……じゃ、ぼくに教えてよ！」

「ん……？」

ヴィクトリカは戸惑《とまど》ったような顔をして、

「どうしてだね？」

心底、不思議そうに聞き返した。

——それから数十分間、一弥は涙《なみだ》あり怒《いか》りあり、あらゆる言葉を駆使《くし》してヴィクトリカの説得を試みた。

ヴィクトリカはそのあいだずっと、冷酷《れいこく》にも知らんぷりして読書に励《はげ》んでいたが、やがて根負けしたように顔を上げて、言った。

「君、ところでだね」

「うん、うんうん」

「わたしの最大の敵《てき》は、退屈《たいくつ》というやつなのだ」

「…………は？」

一弥はきょとんとして聞き返した。ヴィクトリカはなぜか得意そうに得々と、

「食事においてもそれは同様なのだ。平々凡々《ぼんぼん》としたものを食《く》らうのなら、いっそ空腹《くうふく》のまま過《す》ごすほうがましというものだよ、君。それこそ知性《ちせい》というものの存在《そんざい》理由ではないかね？」

「はぁ…………？」

勘《かん》の鈍《にぶ》い一弥に業《ごう》を煮《に》やし、ヴィクトリカはずずいっと顔を寄《よ》せてきて、

「君の生まれ育った異国《いこく》の食べ物をだね、明日持ってきたまえ」

「な、なんで？　推理の役にたつのかい？」

「たつわけないだろう。食べ物だぞ？」

ヴィクトリカは鼻でせせら笑った。

「つまり、こういうことだ。君が持ってきた食べ物がめずらしく、美味で、わたしのお気に召《め》したら、もしかすると久城、君を助けてやる気になるかもしれない」

「はぁぁ!?」

一弥は叫《さけ》んだ。呆然《ぼうぜん》として、切れ切れに、

「君には、その、善意《ぜんい》ってものはないの!?」

「善意？」

ヴィクトリカは小馬鹿《こばか》にしたように聞き返した。そして、

「なんだ、それは。そんなもの、知性の墓場《はかば》だ」

鼻で笑うと、あっちへ行けというように、小さな手のひらで一弥をしっしと追いやった。

一弥は呆然として、とぼとぼと図書館から出てきた。乳鋲《ちびょう》を打った革張《かわば》りの扉《とびら》が、背後《はいご》でぱ

たんと音を立てて閉《し》まった。

芝生《しばふ》に立ち尽《つ》くしてぼんやりしていると、砂利《じゃり》道《みち》の向こうから、兎革《うさぎがわ》のハンチングをかぶった男二人がスキップして近づいてきた。例のグレヴィール・ド・ブロワ警部《けいぶ》の部下二人だ。やっぱり男同士で手をつないでいた。二人は一弥の前を一度通り過ぎたが、気になったようで器用に後ろ向きのスキップで近づいてきた。

「久城くんー。もしかして、元気ないー？」

「はい、元気ないです」

一弥はきっぱり言った。部下二人は顔を見合わせ、なぜか「あははー」と笑った。

「あの……ぼく、ほんとに捕《つか》まるんでしょうか？」

「うんー。明日にはねー」

とてもさわやかに、きっぱりと言われた。一弥は頭を抱《かか》えた。

「だって、君以外に怪《あや》しいやつはいないだろー」

「それに、ぼくらはブロワ警部には逆《さか》らえないしねー」

「……それって、どういうことですか？」

二人は顔を見合わせた。

「うん……。じつは、あの人は警察学校を出ていないんだよー。どこかの貴族《きぞく》のご子息でねー。なにやら警察の仕事をしたがってるっていうんで、村の警察署《けいさつしょ》で警部職《けいぶしょく》を与《あた》えたんだー」

「だから、ぼくらがお目付役でついてるけど、ときどき強引《ごういん》でねー」

「困《こま》ったもんだー。貴族の道楽さー」

一弥が驚《おどろ》いていると、二人はさらに、

「だけどさー、あの人、意外とスパッと犯人《はんにん》を当てることがあるんだよなー。最初は妙《みょう》なことを言ってるんだけど、一晩《ひとばん》経《た》ったら別人みたいに冴《さ》えてるんだよねー」

「そうそう。もしかして、天才肌《てんさいはだ》ってやつかねー」

「ははははー」

二人は朗《ほが》らかに笑うと、またスキップしてどこかに去っていった。一弥はぽかんと口を開けてそれを見送っていたが、自分がたいへんなことになっていることを改《あらた》めて自覚し、ため息をついた。

（ああ、もぅ、貴族も天才肌も、くそくらえだ……！）

不機嫌《ふきげん》に歩きだす。

日が少し陰《かげ》って、肌寒くなってきた。風も冷たく感じられた。寮《りょう》に戻《もど》る道はとても静かで、まるでこの学園には自分のほかに誰もいないように感じられた。

ともあれ寮に戻って、家族が国から送ってきた箱をひっくり返さなくてはいけないのだ。そして、あの奇妙《きみょう》なお姫《ひめ》さまのお気に召す食べ物をみつけなくては……。

4

翌朝《よくあさ》は、昨日の上天気が信じられないほど、不吉《ふきつ》な灰色《はいいろ》の雲ばかりが空を覆《おお》い尽くしていた。

朝の七時過《す》ぎ、男子寮の一弥の部屋を、誰かがノックした。顔を洗《あら》い、髪《かみ》を撫《な》でつけた一弥がネクタイを結びながら扉を開けると、心配そうな顔をした寮母さんが赤毛を左右に揺《ゆ》らしていた。

「久城くん……！　昨日、たいへんだったんだって⁉　ごめんね、おねえさんがへんなこと頼《たの》んだから……」

「いえ。それより、朝御飯《あさごはん》は大丈夫《だいじょうぶ》でしたか……？」

「……怒《おこ》られたー」

寮母さんはうなだれた。

その口の前に、一弥がなにかを差しだした。見たこともないピンクやオレンジや黄色の小さな玉がたくさん入った袋《ふくろ》だった。寮母さんはくんくんと匂《にお》いを嗅《か》いで、

「……なに、これ？」

「お菓子《かし》なんですけど、どう、思いますか……？」

「どうって……おいしそうに見えるけど？」

「よかった。じゃ、これにしよう」

一弥はほっとしたようにうなずいた。

扉が閉まる前に、寮母さんは部屋の中をチラリと見て、不思議そうな顔をした。いつもきっちり整理整頓《せいとん》されているはずの優等生《ゆうとうせい》、一弥の部屋が、引っ張りだしたらしい荷物の山で散らかっていた。

（久城くん、いったいなにをしてたのかしら……？）

首をかしげながらも、寮母さんは歩きだした。

一弥はお菓子を入れた袋を大事そうに抱《かか》えて登校した。昨夜《ゆうべ》から、国の家族が送ってきた荷物をひっくり返して探《さが》したあげくに、一弥なりに、女の子が気に入りそうなお菓子をようやくみつけたのだ。曇《くも》り空の中を、コの字型をした荘厳《そうごん》な校舎《こうしゃ》に向かって歩く。教室に入ると、いつものように貴族の子弟《してい》たちが一弥を遠巻《とおま》きにし、ちらちらと眺《なが》めたり目をそらしたりしていた。

一弥は気にせずに、窓際《まどぎわ》の空席をみつめた。ヴィクトリカの席は……今日もまた、主《あるじ》が登校した気配はなかった。

（やっぱり、教室にはいないのか……。しょうがないな。昼休みに図書館に行ってみよう）

一弥がそう考えて、一人でうなずいたとき……。

廊下《ろうか》を、言い争うような大人の男女の声が近づいてきた。

「はっはっはー、今日はちゃんと逮捕令状《たいほれいじょう》を取ってきましたよ！　留学生《りゅうがくせい》の政治《せいじ》的殺人！　外交問題に発展《はってん》することでしょうがね！」

「横暴《おうぼう》ですわっ！」

一弥はあわてて立ち上がった。思ったより早く、ブロワ警部がやってきてしまったらしい。しかも、本当に逮捕状を持って……。

お菓子の袋を抱えたまま、一弥は教室の窓を開けた。ざわめく生徒たちに構《かま》わず、二階の窓から目をつぶって飛び降《お》りた。真面目《まじめ》で堅物《かたぶつ》な一弥は、もちろん、ドア以外の出口から教室を出たのは生まれて初めてだった。

かなり動揺《どうよう》しながら、中庭の芝生《しばふ》の上にもんどりうって着地した。

（いってぇ……！）

内心の動揺に追い打ちをかけるように、頭上から、教室のざわめきが聞こえてきた。「あ」「死神《しにがみ》が逃《に》げた」などと言い合っている。一弥はムッとして教室の窓を睨《にら》んだ。

（……くそぅ、ほんとに陰で〝死神〟って呼《よ》ばれてたのか！）

——一弥は這々《ほうほう》の体《てい》で大図書館に逃げこみ、迷路階段《めいろかいだん》を必死で駆《か》け上がった。

カクカクと上へ上へ続く迷路階段。遥《はる》か上の天井《てんじょう》から荘厳な宗教画《しゅうきょうが》が一弥を見下ろしていた。

そして今日も、手すりのあいだから金色の帯のようなものが垂《た》れ下がってきていた。密《ひそ》かな風によって時折、ゆらゆらと誘《さそ》うように揺れている……。

「……ヴィクトリカっ！」

一弥が植物園にたどり着くと、ヴィクトリカは昨日とまったく同じ様子で、植物に囲まれ、放射線状《ほうしゃせんじょう》に広げた書物を退屈《たいくつ》そうに読み飛ばしていた。

一弥がはーはーと息をしながら近づいてくると、興味《きょうみ》なさそうに顔を上げ、

「……なんだ、君、またきたのか」

そうつぶやき、けだるげにパイプをくゆらした。

「久城、さては君、友達がいなくて寂《さび》しいのだろう？」

「……洒落《しゃれ》にならないこと言うなよ」

一弥は少女の暴言にいきなりめげて、その場に座《すわ》りこんだ。それから、

「それより、ほら、昨日の。あれだよ、あれ！」

「……なんだっけ」

「推理《すいり》だよ！　殺人事件《じけん》の真相!?」

ヴィクトリカは顔を上げた。ポカンとして一弥をみつめていたが、ようやく思い出したらしく、あぁ、とうなずいた。

それから、小さな手をずいっと差しだした。

一弥はため息をついて、お菓子《かし》の袋《ふくろ》をその手のひらに置いた。ヴィクトリカは意外なほどう

れしそうに袋を開け、

「……もぐもぐ。これはなんだ?」

「雛《ひな》あられっていうんだ」

「珍《めずら》しい味だな。もぐもぐ……」

「……」

「もぐもぐ……」

「……」

「もぐ……」

「……あ、あのさぁ」

ヴィクトリカは小動物のごとくかわいらしい仕草で、異国《いこく》の食べ物をポリポリ食べ続けていた。めずらしい味や形に大いに興味を持ったらしく、夢中《むちゅう》になって、小さな手でつかんでは口に入れ、咀嚼《そしやく》を繰《く》り返している。

一弥はじりじりして、ヴィクトリカが自分のことを思い出してくれるのを待っていた。

次第《しだい》に、不安になってきた。

(ぼく、この子のことをすっかり当てにしてたけど……。考えてみたら、この子が何者なのか、本当に事件の真相がわかっているのか、なにも知らないんだ。もしかして、お菓子がほしいから適当《てきとう》なことを言っただけだったら、どうしよう。ぼくにはもう逮捕状《たいほじよう》まで出てるっていうの

に……)

遥か下のホールに、誰《だれ》かが入ってくる足音が響《ひび》いた。なにげなく階段の手すり越《ご》しに見下ろした一弥は、飛び上がった。

金色の尖《とが》った頭が見えた。ブロワ警部《けいぶ》だ。彼のほうも一弥の姿《すがた》を確認《かくにん》すると、急いでホールの奥《おく》に向かった。教職員《きょうしょくいん》だけが使用を許可《きょか》されている油圧式《ゆあっしき》エレベーターがあるのだ。

ガタ、ガタ、ガタッ——!

無骨《ぶこつ》な音を立て、鉄の檻《おり》がどんどん上がってくる。

一弥は泣きそうになった。思わず叫《さけ》ぶ。

「外交問題になる!」

もぐ、も、ぐ……。

ヴィクトリカが雛あられを食べる手を止め、顔を上げた。一弥は震《ふる》えながら叫んでいた。

「父さんに殺される! いや、その前に絞首刑《こうしゅけい》になって死ぬんだ! そう、ぼくは異国の地で死ぬ! そんなのいやだけど!」

ヴィクトリカはぽかんと口を開けて、しばらくのあいだあきれたように一弥をみつめていた。

それから悪魔《あくま》的な微笑《びしょう》を浮《う》かべると、つぶやいた。

「……死神が泣いてる」

一弥は振《ふ》り向いた。

「あ、あのねぇ！」

「……冗談《じょうだん》だ」

「冗談だって⁉　人の生死がかかってるときに、冗談⁉　君、言っていいことと悪いことが……どうして笑ってるんだよ！　笑うなよ！　君ねぇ……」

一弥が生真面目《きまじめ》に抗議《こうぎ》すればするほど、ヴィクトリカはうれしそうにニヤニヤした。それからじつに楽しそうに、

「……まぁ、落ち着きたまえよ、君」

「落ち着く？　いまのこの状況《じょうきょう》で、落ち着く？　落ち着いてなんになるのさ？　ぼくはむしろ走り出したいよ。わめきながらどこまでも走るんだ。うー！　ううー！」

呻《うめ》くたびに、一弥の顔が真っ赤になった。

鉄の檻が上がってくる音が、響く。

ヴィクトリカは笑うのをやめ、あきれたように、

「うるさいなぁ。仕方ない。いま説明してやるよ、君」

「はやく！　はやく！」

一弥は地団駄《じだんだ》を踏《ふ》む。ヴィクトリカはのんびりとパイプをくゆらしながら、

「いいかね？　オートバイを飛ばす人間の首を切るのにだね、なにもそれに乗ったり、近づく必要はないのだよ」

「どうしてだよ？　うー！」

「なにせ、相手のほうでスピードを出してくれているからだよ、君」

「うー！　うー！　………ん、どういうこと？」

一弥の顔に冷静さが戻《もど》ってきた。生来の優等生《ゆうとうせい》らしさが顔を出し、ヴィクトリカの説明を理《り》解《かい》しようとその場に背筋《せすじ》を伸《の》ばして座《すわ》る。

ヴィクトリカは、その細っこい両腕《りょううで》を左右に伸ばしながら、

「君、こういうワイヤーかなにかをだね、オートバイの通り道に張《は》っておいたとしたら、どうだね？　相手が必ず通る、そしてその時間は人通りのない道にだ。オートバイがスピードを出して通り過《す》ぎ、そのワイヤーで首が切れる。犯人《はんにん》は、ワイヤーを片《かた》づけて逃《に》げればいいというわけだ」

一弥は呆然《ぼうぜん》とした表情《ひょうじょう》になり、ヴィクトリカをじっとみつめた。

額《ひたい》の汗《あせ》を拭《ふ》き、深呼吸《しんこきゅう》して、

「そ、そうか……」

「うむ」

「だけどさ、ヴィクトリカ。あの、証拠《しょうこ》は……」

ヴィクトリカは落ち着いてまたパイプをくゆらした。

「おそらく、朝早くには誰も通らないはずの道を君が歩いてきて、悲鳴を上げたせいで、犯人

は現場《げんば》から逃げざるをえなかった……可能性《かのうせい》もなきにしもあらずだよ、君。もしかすると犯人は、ワイヤーを回収《かいしゅう》、せず、に……」

ギギーッ――――！

鉄《てつ》の檻《おり》が上がりきり、不吉《ふきつ》な沈黙《ちんもく》の後、ガタンと大きな音を立てて、止まった。

鉄扉《てっぴ》が開く。

生《お》い茂《しげ》る緑の向こうに、奇妙《きみょう》な流線形に固めたヘアスタイルの警部がナイスポーズをキメて立っていた。

しかしそのブロワ警部《けいぶ》は、植物園で一弥と対峙《たいじ》しているヴィクトリカをみつけると、意外そうに瞳《ひとみ》を見開いた。

（あれっ……？）

一弥は警部の表情の変化に気づいた。

（もしかして、ヴィクトリカとは知り合いなのかな……？）

ヴィクトリカのほうを見ると、彼女は知らんぷりして警部から目をそらし、書物に顔を突《つ》っ込《こ》むように読書に励《はげ》んでいた。

（ん……？）

やがて警部は、気を取り直したように一弥に目を向けた。

手に、血まみれのワイヤーの束を握《にぎ》りしめている。一弥に向かってそれを差しだしながら、片足を上げて叫《さけ》ぶ。

「はっはっは、これが証拠だ！」

静かな植物園に、ブロワ警部の叫び声が響《ひび》き渡《わた》った。

「現場近くで発見された！　街路樹《がいろじゅ》にきっちり巻《ま》かれていたのだ。うーん……なんだかわからんが、おまえの仕業《しわざ》だな！　逮捕《たいほ》する、国際《こくさい》殺人犯！」

一弥は破顔《はがん》した。

思わず余裕《よゆう》の笑《え》みを浮《う》かべ、ヴィクトリカを振り返って、

「説明してあげてよ、ヴィクトリカ。この警部さんに、君の推理《すいり》をさ」

……返事がない。

振り返ると、ヴィクトリカは口いっぱいに雛《ひな》あられを詰《つ》めこんで咀嚼《そしゃく》しながらこちらを見ていた。やだよ、というように肩《かた》をすくめ、書物に視線《しせん》を戻す。

「え、あの……ヴィクトリカ？」

ブロワ警部がじりじり近づいてくる。

一弥は震《ふる》えながら、叫んだ。

「ちがうんです！　聞いて、警部さん！」

——一弥が自力で、ワイヤーの推理を警部に説明し、無実を訴《うった》えているとき。

ヴィクトリカはというと、とつぜん興味《きょうみ》を持ったように、血まみれのワイヤーをじろじろ眺《なが》めたりひっくり返したりしていた。

警部がなんとか納得《なっとく》し、容疑者《ようぎしゃ》から一弥を外してくれるまでかなりの時間を要した。疲《つか》れ切って床《ゆか》に座りこんだ一弥には構《かま》わず、ヴィクトリカはふと顔を上げると、

「………グレヴィール」

警部の頬《ほお》が、ピクリと神経質《しんけいしつ》に動いた。

「な、なんだ？」

一弥はその変化に気づいて、顔を上げた。ブロワ警部をじっと観察する。

ブロワ警部の顔はなぜか怯《おび》えた子供《こども》のようにひきつっていた。小さな、フリルに包まれたヴィクトリカのほうが強大な力をもつ何者かであるかのように、やけにびくついている。

その瞬間《しゅんかん》、大人と子供の立場がカチリと音を立てて入れ替《か》わったような――不思議な光景だった。

警部はわなわな震える唇《くちびる》を開くと、

「わっ、わたしは、もう、おまえの力は借りないからな！」

ヴィクトリカはせせら笑った。

「…………勝手にしたまえ」

「あのー、二人、やっぱり知り合いなの？」

……二人とも答えない。

一弥はしょんぼりした。

ブロワ警部が肩をそびやかし、鉄の檻に乗りこむ。鉄格子《てつごうし》が閉《し》まっていく。

天窓《てんまど》から風が吹《ふ》いて、棕櫚《しゅろ》の葉がさらさらと音を立てて、揺《ゆ》れた。

ふいにヴィクトリカが、静かな声で言った。

「真犯人《しんはんにん》は金髪《きんぱつ》の少女だ。手の指に怪我《けが》をしているよ」

警部が不思議そうな顔をして振《ふ》り返った。

「なっ……？」

「外科《げか》病院を当たるんだな。グレヴィール」

きょとんとした警部の顔が、鉄の檻の降下に合わせて、下方にガタン、ガタン——と消えていった……。

警部の姿《すがた》が遠ざかると、ヴィクトリカは再《ふたた》び、自分を取り巻《ま》く現実《げんじつ》のすべてに対する興味を失ったように、物憂《ものう》げにパイプをくゆらし始めた。

まるでなにごともなかったかのように、書物のページをゆっくりめくり始める。

ぽかんとしていた一弥が、ようやく我《われ》に返り、彼女に聞いた。

「……ねぇ、ヴィクトリカ」

「…………」

「ねえってば。いまの、なに？」

「……ん？」

ヴィクトリカが顔を上げた。面倒《めんどう》くさそうに口を開く。

「あぁ、思索《しさく》の結果だよ、君。湧《わ》きでる〝知恵《ちえ》の泉《いずみ》〟がそう告げていたのだ」

沈黙《ちんもく》が落ちる。

ヴィクトリカは、一弥のしつこい視線《しせん》に根負けするように顔を上げた。面倒くさそうに、

「久城、君、考えてもみたまえ。犯人はどうしてまた、わざわざこんな凝《こ》った殺害《さつがい》方法を取ったのだね？　刺《さ》すなり殴《なぐ》るなり撃《う》つなり、手っ取り早い方法はいくらでもあるというのに」

「さ、さぁ……」

「被害者《ひがいしゃ》のことがおそろしかったからだよ」

ヴィクトリカは雛《ひな》あられをつまみながら、

「犯人は女、もしくは子供なのだ。被害者は大人の男だったね。犯人は被害者に直接対峙《ちょくせつたいじ》して手を下すことをおそれ、遠隔操作《えんかくそうさ》できる殺害方法を選んだ。ゆえに、肉体的に激《はげ》しく劣《おと》る人物《じんぶつ》像《ぞう》が浮《う》かびあがるのだ」

「……手に怪我をしているっていうのは？」

「ワイヤーを調べてみたところ、被害者の首を切った辺りの鮮血《せんけつ》とは別に、端《はし》に小さな血の染《し》

みがあった。犯人の血だ。おそらく犯人は、ワイヤーを仕込むときか、外そうとしたとき、うっかり手の指を切ったのだろうよ」

一弥は座《すわ》りこんだまま、思わず自分も雛あられに手を伸ばした。

久々の懐《なつ》かしい味を咀嚼《そしゃく》しながら、なおも不思議そうに、

「だけど、金髪の少女ってのはさ……？」

「久城、君のはずかしい夢想《むそう》だが」

一弥はぎゃっと跳びあがった。雛あられを飲み込んでしまったようだ……。ヴィクトリカのほうは彼の動揺《どうよう》ぶりには興味を示《しめ》さず、あくまで淡々《たんたん》と、

「君、人間というものはだね。視覚《しかく》刺激《げき》に反応《はんのう》する生き物なのだよ。ふと視界に入ったものから の連想で、空想の第一歩が始まるわけだ。わかるかね？」

「う、うん……？」

「さて、久城。君はなぜ、寮母《りょうぼ》さんからおつかいを頼《たの》まれて急いでいるとき、わざわざ柄《がら》にもなく欲情《よくじょう》し、そんなつまらん夢想を始めたのか」

一弥は赤面した。

「君、そんな……よっ、欲情とか言うなよ……！」

ヴィクトリカは口からパイプを離《はな》した。白く細い煙《けむり》が、天窓に向かってゆらゆらと上がっていく。

それからヴィクトリカは、最後の欠片《かけら》を言語化してみせた。

「久城。君はだね、人気のない村道を歩いていたとき、視界の隅《すみ》に少女を目撃《もくげき》したのだよ。おそらく金髪の、かわいらしい少女をね。それが夢想に結びついたのだ。無意識《むいしき》のうちに目撃した犯人の姿が、ね」

5

〈オートバイ首切り事件《じけん》、解決《かいけつ》！

お手柄《てがら》のブロワ警部《けいぶ》に警視庁《けいしちょう》特別賞！〉

翌朝《よくあさ》。

いつものようにほかの男子生徒より早い時間に起き、食堂に降《お》りた一弥は、寮母さんに挨拶《あいさつ》をして朝食に取りかかった。

寮母さんは謝罪《しゃざい》の意味も込めてか、一弥の朝食に、いちばん上等なハムを出してくれた。それから丸椅子《まるいす》に腰掛《こしか》けて足を組み、いつものように、くわえ煙草で朝刊《ちょうかん》を読み始めた。

ちらりと横目で見た一弥は、その見出しが目に入ると、跳び上がった。寮母さんから朝刊を借りて、むさぼり読む。

記事によると……。

『ブロワ警部の推理《すいり》により外科《げか》病院で逮捕《たいほ》拘束《こうそく》された犯人《はんにん》は――なんと、意外や意外、金髪《きんぱつ》の可憐《かれん》な少女だった⁉　動機は不明ながら、いつもながらの見事なスピード解決に、ついに警部にはソヴュール警視庁より警視庁特別賞が授与《じゅよ》される運びとなり……』

記事には、捕《つか》まった犯人《はんにん》の写真が添《そ》えられていた。

うつむいた少女のその手元に、一弥は注目した。

手の指に――包帯がぐるぐる巻《ま》かれていた。

(これって、ヴィクトリカの推理通りだったってわけ、だよな。でも……)

手柄を横取りしたあの警部と、彼女は、いったいどんな間柄なのだろうか……？

一弥にはわからないことだらけだった。驚《おどろ》くべき頭脳《ずのう》で謎《なぞ》を解《と》いてみせたあの少女そのものこそが、もっとも巨大《きょだい》にして、奇怪《きかい》な……謎なのだった。

今朝は、昨日とはうってかわって天気がよく、日射《ひざ》しも眩《まぶ》しかった。一弥はいろいろと思い悩《なや》みながらも、いつも通り制帽《せいぼう》をきちんとかぶり、姿勢《しせい》を正して、校舎《こうしゃ》に向かって歩きだした。

教室に入ると、ここ半年と変わらず、誰《だれ》とも会話をせずに自分の席に着く。だが、いつも通りではない仕草が一つだけ、無意識に加わっていた。

窓際《まどぎわ》の空席に、ふっと目を向けたのだ。

その席にいるはずなのに、ぜったいにいない、あの不思議な少女のことを考えた。

少しだけ笑顔《えがお》になった。

（あの席の生徒について、いまではぼくは知ってるってわけだ。彼女——あの不思議な生き物は、今朝もきっと図書館塔《としょかんとう》に自主登校して、植物園の真ん中で、〝知恵《ちえ》の泉《いずみ》〟と放射線状《ほうしゃせんじょう》に広げた書物との、混沌《カオス》な逢《あ》い引きを楽しんでいるにちがいないよ。ヴィクトリカ……君、ほんと、へんなやつだよなぁ！）

一弥はおかしくなって、くすりと笑った。

（また、めずらしいお菓子《かし》でも差し入れにいってやろうかな。彼女、どうやら雛《ひな》あられは気に入ってくれたみたいだった。ヴィクトリカったら、まるで栗鼠《りす》が木の実を頰張《ほおば》るみたいに、口に詰《つ》めこんでいたな……）

——チャイムが鳴った。


教室にセシル先生が入ってきた。いつも通りの光景だ。

と、その後ろから……

背《せ》の高い少女が一人、入ってきた。

いかにも健康的にすらりとした体つきだった。濃《こ》い金髪《きんぱつ》を、優雅《ゆうが》な頭蓋骨《ずがいこつ》のラインを誇示《こじ》するように短くくるくるに切ったショートヘア。顔立ちははっきりして、遠目にも眩しい美貌《びぼう》だった。

セシル先生がニコニコして、

「イギリスからの留学生《りゅうがくせい》を紹介《しょうかい》します。アブリル・ブラッドリーさん。みなさん仲良くね」

少女はにっこりして、小首をかしげた。セシル先生がきょろきょろと見回して、

「席は、ええと……久城くんのとなりが空いてるわね」

ぼんやりしていた一弥は、あわててうなずいた。少女、アブリルと目があった。アブリルが愛想良《あいそよ》くにっこり笑いかけてきたので、一弥は少し照れて、赤くなった。

アブリルはまるで雲の上で踊《おど》るような優雅なステップで歩いてきた。一弥の隣の席につく。鞄《かばん》を机《つくえ》におき、椅子に座《すわ》ろうとして、その鞄を床《ゆか》に落とした。

一弥は生来の生真面目《きまじめ》さでもって、アブリルが落とした鞄を拾ってやった。アブリルが、あら、というように一弥を見た。

「君、だいじょうぶ《サバ》？」

「だいじょうぶ《サバ》。ありがと《メルシー》」

鞄を受け取って、アブリルは微笑《ほほえ》んだ。パッと花が咲《さ》いたように華《はな》やかで、陰《かげ》りのない微笑《びしょう》だった。

夢想《むそう》していたようなこの出会いに、一弥はびっくりして思わず硬直《こうちょく》した。アブリルは笑顔のまま一弥から目を離《はな》し、黒板に向き直った。

だが、しかし……

一弥の視線《しせん》は彼女の顔から離れ、机の上に出された手に集中した。そこには驚くべきものがあった。右手の親指と人差し指だ。そこにはぐるぐると包帯が巻かれていた。怪我《けが》をしているのだ。

（ま、まさか……！）

一弥は息を呑《の》んだ。

図書館塔にいる不思議な少女ヴィクトリカの、しわがれたあの声を思い出す。

（真犯人《しんはんにん》は、金髪の少女だ。手の指に怪我《けが》をしているよ――）

ガタン――！

一弥は思わず立ち上がった。その音に、セシル先生やクラスメートたちが驚いたように一弥をみつめる。一弥はあわてて座り直した。それから頭を抱《かか》えた。

金髪の少女。

手の指の怪我。

二つの条件《じょうけん》に見合う、イギリスからの留学生、アブリル・ブラッドリー……！

（まさか……！　きっと偶然《ぐうぜん》だ。だって、犯人は捕《つか》まったんだもの。この包帯はきっと、べつのことで怪我をしただけなんだ。それが、偶、然……）

窓《まど》の外からあたたかな春の風が舞《ま》いこんできた。女生徒たちの長い髪と、制服《せいふく》スカートの裾《すそ》が、風にふわふわと揺《ゆ》れている。

（そうか、いまは春なんだ……）

一弥は心の中で呆然《ぼうぜん》とつぶやいた。

（〈春やってくる旅人が学園に死をもたらす〉……！）


指に包帯を巻《ま》いた金髪の少女が、一弥の視線に気づいて振《ふ》り返った。疑《うたが》うようなその目に気づくと、さきほどまでのさわやかな笑顔とは別人のようなおそろしい目つきで、一瞬《いっしゅん》だけ、一弥を睨《にら》んだ。

（この子、本当にただの留学生か……？　いや、なにかが……）

一弥はじっとみつめかえした。アブリルが先に目をそらした。


東洋の某国《ぼうこく》からソヴュールにやってきた帝国《ていこく》軍人の三男、久城一弥と、図書館塔の最上階で南国の木々と難解《なんかい》な書物に埋《う》もれる不思議な少女ヴィクトリカ。二人が出会い、仲良くなったことによってつぎつぎに解《と》かれることになる、学園の秘密《ひみつ》の数々。

まず二人は、謎《なぞ》の留学生アブリル・ブラッドリーと怪《あや》しい呪術《じゆじゆつ》について書かれた〈紫《むらさき》の本〉を巡《めぐ》る推理《すいり》と冒険《ぼうけん》の旅に出ることになる。だがそれはまた、別の物語である——。

第二章　階段《かいだん》の十三段目では不吉《ふきつ》なことが起こる

暗闇《くらやみ》――。

空気は乾《かわ》いていた。

いま野原から摘《つ》まれたばかりのような、夜露《よつゆ》にしっとりと濡《ぬ》れた桜草《さくらそう》の花束が、闇の中で青白く揺《ゆ》れていた。

胸《むね》にそれを抱《だ》いているのは若《わか》い男だった。中世の騎《き》士《し》そのものの服に身を包み、静かに息をしていた。

ため息のような声が洩《も》れた。

「え、い、え、ん、に――」

声はますます小さくなる。

「……あ、な、た、と、と、も、に」

その言葉に生気を吸《す》い取られたかのように、桜草の花が輝《かがや》きをなくしてしおたれていく。

そこは地下室のような場所で、灯《あか》りもなく絶望《ぜつぼう》的に密閉《みっぺい》されていた。騎士は身動き一つせず花束を抱いて静かに息づいていた。

ほかにはなにも聞こえない。

やがて……あの声がもう一度だけ繰《く》り返された。

「――永遠《えいえん》にあなたとともに」

そしてそれから長い年月が流れた……。

1

麗《うら》らかな春の午後。

聖《せい》マルグリット大図書館──。

天高くそびえる角筒型の塔《とう》。壁《かべ》一面が巨大書棚《きよだいしよだな》になった吹き抜《ぬ》けのホールと、書物の匂《にお》いとしか言いようのない少し湿《しめ》った空気。

西欧《せいおう》の小さな巨人とも呼《よ》ばれるソヴュール王国の山脈奥《おく》に建設《けんせつ》された名門、聖マルグリット学園が誇《ほこ》る建造物《けんぞうぶつ》の一つだ。当時の国王が愛人との秘密《ひみつ》の逢瀬《おうせ》のためにわざと迷路状《めいろじよう》に造《つく》ったと言い伝えられる、長い迷路階段が天高くまで続いている……。

その大図書館の天井《てんじよう》近くに、天窓《てんまど》から射《さ》し込《こ》む光に照らされた、緑茂《しげ》る不思議な植物園があった。今日もまたそこから、白く細い煙《けむり》が上がっている。

陶製《とうせい》の白いパイプ。そこからたゆたう煙にエメラルドグリーンの瞳《ひとみ》をこらしながら思索《しさく》に耽《ふけ》っているのは、陶人形と見まごうような美貌《びぼう》の、しかしずいぶん小さな少女だった。

長い見事な金髪《きんぱつ》が、ほどけたビロードのターバンのように床《ゆか》に流れ落ちている。いまにも折れそうな小さな背中《せなか》から、ベルベットのピンクの編《あ》み上げリボンが、まるでたたまれた小鳥の羽根のように床に向かってたれている。白い梯子《はしご》レースで何層《なんそう》にもふくらんだ豪奢《ごうしゃ》なドレスの膝《ひざ》には、分厚《ぶあつ》い書物を開いて載せている。

少女の周りには開かれた書物が放射線状《ほうしゃせんじょう》に置かれ、そのあいだになぜかピンク色のマシュマロが散らばっていた。

——少女がふと身動きした。

図書館の入り口にある、真鍮《しんちゅう》の乳鋲《ちびょう》が打たれた革張《かわば》りのスイングドアが勢《いきお》いよく開き、誰かが入ってきた音がしたのだ。

少女は手すりのあいだから顔を出して下を見ると、かすかに眉《まゆ》をひそめた。

少女の淡《あわ》い緑色の瞳は、無邪気《むじゃき》な子供《こども》のようにも長く生きすぎた老女のようにも見え、とらえどころがない。小さな体は少し興味《きょうみ》を持ったように手すりにもたれて階下を見下ろしているが、奇跡《きせき》のように整った小さな顔に浮《う》かぶ表情《ひょうじょう》のほうは、倦怠《けんたい》に曇《くも》ったまま冷たい人形のごとく動かない。

一方、入ってきた人影《ひとかげ》のほうは……。

「……会いたくないなぁ。どうしようかな」

人影のほうは、図書館のホールに立ってぐじぐじと悩《なや》んでいた。

久城一弥《くじょうかずや》、十五歳《さい》。優秀《ゆうしゅう》な成績《せいせき》を買われて東洋の某国《ぼうこく》からこのソヴュールに留学《りゅうがく》してきた少年である。生徒たちのあいだで流行《はや》っていた〈春やってくる旅人が学園に死をもたらす〉という怪談《かいだん》のせいで、死神《しにがみ》というあだ名が付いてしまい、なかなか親しい友人もできないまま、ここ半年ほど辛《つら》い留学生活が続いている。

つい三日ほど前、うっかり殺人事件《じけん》に巻《ま》き込まれた折りに、この図書館の上にいる不思議な少女（じつはクラスメートなのだが……図書館でさぼってばかりで教室にきたことは一度もないのだ）に出会い、彼女の頭脳《ずのう》——本人曰《いわ》く〝知恵《ちえ》の泉《いずみ》〟によって、危《あぶ》ないところを助けられたばかりだ。

「うーん……。またぜひとも相談したいことがあるんだけど……あの子、よくわかんないし、なんだかこわいんだよなぁ……ぼくのこと嫌《きら》ってるかもしれないし…………へっくしゅん！」

一弥はくしゃみをした。

季節は春とはいえ、まだまだ風は冬の残り香《が》とともに吹いていて冷たい。ずっ、と洟《はな》をすった一弥の頭に向かって、図書館の上からなにかがふわふわと落ちてきた。

白い薄羽根《うすばね》のようなものが、一枚《まい》。

——なんと、ちり紙だ。

一弥は手を伸《の》ばしてそれを受け取ると、ちーんと洟をかんだ。それからしばらくちり紙をみつめて考え込んでいたが、上にいる例の人が落としてくれたのだろうと悟《さと》ると、まず驚《おどろ》いたように目を見開き、ついでにっこりと笑顔《えがお》になった。上を見上げ、

「ヴィクトリカー！　ぼく！　久城だけどー！」

元気に迷路階段《かいだん》を駆《か》け上がり始めた。

数分後――。

「はぁ、はぁ、はぁ……はぁ、はぁ……！」

一弥は長い長い階段を上り疲《つか》れて、手すりに片手《かたて》をついて息をしながら、パイプをくゆらす少女――ヴィクトリカに挨拶《あいさつ》した。

「やぁ、ヴィクトリカ。ちり紙ありがと」

「…………」

ヴィクトリカのほうは返事もせず、パイプをくゆらして書物に顔を突《つ》っ込んでいる。

一弥はそのかたわらに腰《こし》を下ろして、

「あと、先日のこともありがと」

「…………」

「で、その、またちょっと、君に聞いてもらいたいことができてさ」

「…………」

「ねぇヴィクトリカ。聞いてる……？」

しばらく返事はなかった。人形のようなその横顔からは、取り澄《す》まして突き放すような冷たさしか伝わってこなかった。じりじりしながら返事を待っていると、やがてヴィクトリカは顔も上げずに冷たく言った。

「あまりわたしになつくな。迷惑《めいわく》だ」

「どっ、どうしてだよ！」

一弥はムッとして聞き返した。

「君、死神だろう」

ヴィクトリカの冷たすぎる態度《たいど》にさらに怒《おこ》ろうとしていた一弥は、死神という言葉にあわてて、

「そう——それなんだよ！」

書物に向けられたままのヴィクトリカの瞳《ひとみ》が、一弥の大声に驚いたように少しだけ見開かれた。倦怠のベールをかぶっていた冷たい表情に、少しだけ新しい風が吹《ふ》き込んだようだった。

「死神はほかにいる。あの子こそ死神なんだよ！」

「……あの子？」

「アブリル・ブラッドリーだよ！　イギリスからの留学生。一見普通《ふつう》のかわいい女の子だけど、彼女にはじつは、秘密《ひみつ》、が………ん？　なぁに、その手？」

ヴィクトリカはそっぽをむいたまま、片手をずいっと差しだした。

まるで子供《こども》のそれのように小さな彼女の手のひらを、一弥は不思議そうにみつめた。

「……なに？」

ヴィクトリカは答えず、手だけ何度も振《ふ》る。

「ちぇっ……わかったよ。めずらしい食べ物だろ？」

一弥はうなずいた。

『退屈《たいくつ》が最大の敵《てき》』が口癖《くちぐせ》のこの少女は、彼女の退屈しのぎになるようなめずらしい食べ物を貢《みつ》がないことには、一弥の相談ごとを聞いてくれないのである。そのため一弥は、図書館に向かう前に寮《りょう》に戻《もど》り、国から送られた荷物をひっくり返して、日持ちのするめずらしいお菓子《かし》を探《さが》しまくったのだ……。

果たしてこれは賄賂《わいろ》に当たるだろうか、と生真面目《きまじめ》に思い悩みながらも、一弥は持ってきた小さな袋《ふくろ》を取りだした。

「はい、ヴィクトリカ。これ、姉が送ってくれたお菓子だよ。雷《かみなり》おこしっていうんだ」

ずっと彼を無視《むし》し続けていたヴィクトリカが、急に顔を上げた。書物を床《ゆか》に置くと、興味深《きょうみぶか》そうに袋の中に手を入れた。

餌《えさ》を抱《かか》え込んだ小動物のように、袋を抱えてうれしそうにお菓子を頬張《ほおば》る。

「もぐもぐ……なんだこれは？　この理不尽《りふじん》な硬さは？　君、これは美味なのか？」

「さぁね。それよりヴィクトリカ……」

一弥はヴィクトリカの顔をじっとうかがっている。

ヴィクトリカはため息混《ま》じりに、

「……わかったよ、君。そんなに話したいなら話してみたまえよ」

2

——その朝、一弥はいつも通り時間ぴったりに男子寮《だんしりよう》を出て、背筋《せすじ》を伸《の》ばして校舎《こうしや》に向かっていた。

天気のよい朝だった。フランス式庭園に似《に》た造《つく》りの学園の敷地《しきち》には、ところどころに色とりどりの花壇《かだん》があり、花の甘《あま》い香《かお》りが漂《ただよ》ってくる。いつもは早足で校舎に向かう一弥も、その朝は知らず歩みを遅《おそ》めて、花壇や木々の緑を見るともなしに眺《なが》めていた。

「あれ、ええと……隣《となり》の席の、久城くん？」

校舎の手前辺りまで着いたとき、女の子に呼《よ》び止められた。振り向くと見覚えのある少女が立っていた。金髪《きんぱつ》のショートヘアに、すらりと伸びた健康的な手足。いかにも活発そうな美少女だ。

つい先日イギリスから留学《りゆうがく》してきたばかりのクラスメート、アブリル・ブラッドリーである。

「ね、教室まで一緒《いつしよ》に行こ！」

アブリルは、人見知りがちな一弥には構《かま》わず、並《なら》んで歩きだした。大人びたくっきりした目鼻立ちの顔に、曇《くも》りのない爽《さわ》やかな笑顔《えがお》を浮《う》かべている。

「久城くんも留学生なんだって？」

一弥は少し緊張《きんちょう》しながらもうなずいた。

「う、うん……」

並んで歩きだすと、アブリルは大柄《おおがら》な女の子だった。男の子である一弥と背丈《せたけ》が変わらないし、少女というよりは大人の女性《じょせい》に近い、しっかりした体格《たいかく》をしていた。

一弥はふと、この子は本当に十五歳《さい》なのかなと疑念《ぎねん》を持った。アブリルは黙《だま》りがちな彼には構わず、楽しそうに話し続けている。

「ねぇ、この学園っておかしいよね？　長い歴史があって、校舎も庭園も、それに寮も古ーいの。わたしが通ってた英国の学校は新しかったから、こういうのってすごく新鮮《しんせん》だな。ねぇ、怪談《かいだん》がたくさんあるの知ってる？」

「……もしかして〈春来たる死神《しにがみ》〉？」

「なぁにそれ？　じゃなくて、わたしが聞いたのは〈階段《かいだん》の十三段目で足を止めてはいけない〉って言うの。なんでも十三段目で首を吊《つ》った教師《きょうし》がいるらしくて、あの世に引きずり込《こ》まれちゃうんだって。あはははは！」

アブリルはかわいい顔で豪快《ごうかい》に笑った。

「幽霊《ゆうれい》なんてこの世にいるわけないのにね？　そういうの信じるなんて、くっだらなーい」

……どうやらこの留学生は、怪談や迷信《めいしん》などは信じない性格らしかった。

「でも、なんだかおもしろいよね？　わくわくしてきちゃった。さぁ、これからアブリルの冒《ぼう》険《けん》が始まるぞって。わたしのおじいちゃんは冒険家だったの。サー・ブラッドリー卿《きょう》って知らない？　ジープでアフリカに行ったり、気球で大西洋横断《おうだん》したりしてた人なんだけど」

なんとなく聞き覚えのある名前だった。新聞記事を読んだことがあるような気がする。

「もっとも、最後は気球ごとどこかに消えちゃったんだけどね……」

あ、その記事だ。

「わたしの夢は、おじいちゃんみたいなすごーい冒険家になることなの。いまほしいのは飛行機の免許《めんきょ》とねぇ、オートバイとねぇ、でもワンピースもほしいからなぁ……」

一弥が思わず、悲鳴を上げながら気球で飛ばされていくアブリルを思い浮かべていると、いつのまにか彼女は真面目《まじめ》な表情《ひょうじょう》に変わっていた。そうするとアブリルは、さっきまでの明るいかわいい女生徒とは別人のようだった。顔に不吉《ふきつ》な影《かげ》が差し、声も低くなり、

「わたしね……じつは、あるものを捜《さが》しにこの学園にきたの。とっても大事なものなのよ」

「それって、なに？」

「それは……ないしょ！」

「ふーん……？」

一弥はアブリルと会話をしながらも、彼女の指をじっと観察していた。

アブリルの右手の指先には白い包帯が巻《ま》かれていた。

先日このすぐ近くで殺人事件《じけん》があった。一弥が犯人《はんにん》にされそうになったその事件の真犯人は、あの小さな名探偵《めいたんてい》ヴィクトリカの推理によって逮捕《たいほ》された……はずだった。

でも一弥の頭からは一つのことが離《はな》れないのだった。それは……。

真犯人の特徴《とくちょう》である。ヴィクトリカ曰《いわ》く、金髪の美少女で手の指に怪我《けが》をしているということだった。ほどなくその特徴を持つ少女が捕《つか》まり、本人も罪《つみ》を認《みと》めた。

だが……その直後に転校してきたアブリルもまた……金髪の美少女で、そして手の指に怪我をしているのだ……。

これは果たして偶然《ぐうぜん》だろうか？　それとも、本当の犯人はまさか……？

「……アブリル、その怪我どうしたの？」

一弥が手の指をみつめて聞くと、アブリルの笑顔が、急に、消えた。

「……………………これは、別に」

「ふぅん？　そうなんだ」

アブリルは黙《だま》っている。

一弥はアブリルの硬い表情を不審《ふしん》そうに観察した。彼女はやっぱり陰《かげ》のある不吉な表情を浮《う》かべていて、さっきまでの明るい無邪気《むじゃき》な少女とは別人のようだった。

（この子、おかしいよ、な……？）

そのとき校舎《こうしゃ》から忙《いそが》しそうに出てきたセシル先生が、二人をみつけて手を振《ふ》った。

セシル先生は二人やヴィクトリカがいるクラスの担任《たんにん》で、小柄《こがら》な若《わか》い女性《じょせい》だ。肩《かた》までのブルネットに大きな丸眼鏡《まるめがね》。ちょっと童顔でなかなかかわいらしい。

「ちょうどよかったわ。二人とも、放課後に先生を手伝ってくれない？」

先生の明るい声に、アブリルも笑顔で承諾《しょうだく》した。先生に学園が気に入ったと楽しそうに話しだす彼女の横顔を見ながら、一弥は（さっきのはやっぱり気のせいかな？）と思い直した。不吉なことばかり考えていた自分が恥《は》ずかしくなってきた。

先生の手伝いとは、葬儀《そうぎ》についてきてほしいというものだった。長く学園の用務員《ようむいん》を務《つと》めていた老人が病気で亡《な》くなったので、放課後、学園の敷地内《しきちない》にある小さな教会の共同墓地《ぼち》で簡単《かんたん》な葬儀があるというのだ……。

そういうわけで放課後、一弥とアブリルはセシル先生について、学園の敷地の、図書館とは反対側の端《はし》にある共同墓地に行った。

聖《せい》マルグリット学園は、山脈の麓《ふもと》にある広大な土地を使って贅沢《ぜいたく》に造《つく》られていた。なだらかな傾斜《けいしゃ》の土地を広々と使い、敷地の外とは城壁《じょうへき》のように高い生け垣《がき》でぐるりと隔《へだ》てていた。生け垣は庭師によって、季節ごとに動物や城《しろ》などを模《も》したデザインで美しく刈《か》り込まれていた。

そして敷地の中心には、コの字型をした大きな校舎が堂々とそびえていた。フランス式庭園に似《に》た広々とした土地には、生徒の寮《りょう》や食堂、大図書館、教会などがそびえていた。それらは一つ一つが広い敷地のあちこちに点在《てんざい》しており、花壇《かだん》や芝生《しばふ》、池や噴水《ふんすい》などが美しい庭園風の道によってゆったりとつながれていた。

一弥は教会の前を通りかかったことがあったが、アブリルはその日が初めてらしかった。そびえ立つゴシック建築《けんちく》の古い教会や、古びてまるで遺跡《いせき》のような納骨堂《のうこつどう》に、アブリルがめずらしそうに歓声《かんせい》を上げた。

「素敵《すてき》⁉」

でも一弥にはそうは思えなかった。どうも空気が暗く感じられるため、教会の周辺は苦手だったのだ。

問題の納骨堂は墓地の真ん中に鎮座《ちんざ》していた。大きな十字架《じゅうじか》の下に鉄扉《てっぴ》があった。内部は迷《めい》路《ろ》じみた造りの暗くてだだっ広い部屋で、幾《いく》つもの寝台《しんだい》に遺体を安置するようになっていた。アブリルが『ロミオとジュリエット』の最後の、二人が毒薬で死んでしまうシーンの場所を思い出す、と言った。確《たし》かにそうだ。

セシル先生によると、

「ここが使われるのはとても久《ひさ》しぶりよ。八年前に学園の生徒が一人亡くなってね。そのときに開けて以来なの。それからは幸い、学園の関係者が亡くなっていないから」

屈強《くっきょう》な葬儀屋の男たちが、セシル先生に渡《わた》された鍵《かぎ》で納骨堂の鉄扉を開けようとした。鍵は錆《さ》びついてなかなか回らなかった。

強い風が吹《ふ》いて、アブリルやセシル先生の髪《かみ》を揺《ゆ》らしていった。

ようやく鍵が開いたが、今度は鉄扉が固くてびくともしない。

葬儀屋が振り返り、一弥に手伝いを頼《たの》んだ。一弥も一緒《いっしょ》になって鉄扉を引っ張《ぱ》った。

ギギ、ギギギ、ギッ——!

ようやく扉《とびら》が開き始めた。

鉄錆《てつさび》の臭《にお》いがした。

そして扉が開いたとき、その正面に立っていた一弥に向かって、上からゆっくりと……。

死体が、落ちてきた。

3

「……さすが死神《しにがみ》だな」

そこまでの話を一応《いちおう》聞いていたヴィクトリカが、面倒《めんどう》くさそうに言った。

「あのねぇ!」

「このお菓子《かし》硬いな。……もういらない!」

ヴィクトリカが放《ほう》り出した雷《かみなり》おこしを仕方なく齧《かじ》りながら、一弥はため息をついた。

「……聞いてよ。それで、さ」

——一弥の上に落ちてきたのは、屍蠟《しろうか》化した男の死体だった。

眼窩《がんか》は落ち窪《くぼ》み、頬《ほお》の肉も乾《かわ》いて、断末魔《だんまつま》の表情《ひょうじょう》のまま乾いていた。男は奇妙《きみょう》な服装《ふくそう》をしていた。中世の騎士《きし》のような正装をして、胸《むね》に桜草《さくらそう》を飾《かざ》っていた。

一弥の上に落ちてきたその死体はカラカラと音を立て、頭、胴体《どうたい》、手首……と幾つかに解体《かいたい》しながら地面に転がり落ちた。乾燥《かんそう》した桜草の花も粉々になって風に飛んだ。

セシル先生が気絶《きぜつ》した。

葬儀屋が大声を上げる。

そして……その後……。

「……アブリルがおかしなことをしたんだ」

一弥は小声でささやいた。

「ぼくしか見てなかったと思うけど……」

――アブリルは悲鳴一つ上げなかった。一弥がセシル先生のほうを振《ふ》り返ったとき、その視《し》界《かい》をまるで野生動物のようなしなやかな身のこなしで通り抜《ぬ》けた。驚《おどろ》いてアブリルの姿《すがた》を目で追った一弥が見たのは――。

解体して転がる死体をジャンプして飛び越《こ》え、納骨堂《のうこつどう》の中にヒラリと着地したアブリルの姿だった。彼女はかがみ込んで床《ゆか》に手を伸《の》ばした。そして……。

、、、
とあるものを床から拾い上げた……。

「……とあるもの？」

　ヴィクトリカの問いに一弥はうなずいた。

「本だったんだ。紫色《むらさきいろ》の表紙の薄《うす》い本」

「ふぅむ？」

「そして急いで鞄《かばん》に隠《かく》したんだ。そのとき小声でつぶやくのが聞こえた。『どうしてこれがここにあるの？』って」

「……妙だな」

「うん。もしかしたらあの本が、彼女の言う〝捜《さが》し物〟だったのかもしれない。でもどうしてあんな場所にあったんだ……？　あの本はいったいなんなんだろう？」

　ヴィクトリカがふわぁ〜、と欠伸《あくび》した。

「さてねぇ……」

「ま、真面目《まじめ》に聞いてよ。おかしな行動なのは確かだろ？　それに先日の殺人事件《じけん》の犯人《はんにん》は、君が言うには、金髪《きんぱつ》の美少女で手の指に怪我《けが》をしているはずだ。偶然《ぐうぜん》かもしれないけど、アブリルも……」

　ヴィクトリカが面倒くさそうに、

「その事件は犯人が捕《つか》まっているよ、君」

「うん……。だけどぼくは思うんだ。〈春来たる死神〉は、本当はアブリルだったんじゃないかって……」

一弥のつぶやきをヴィクトリカは無視した。文句《もんく》を付けたわりには気に入ったらしく、雷おこしを取り返して齧りながら、

「それはともかく、鉄扉を開けた途端《とたん》に死体が落ちてきたということはだ。その男は鉄扉の鍵を締《し》められた時点では生きていたわけだ。何者かによって生きたまま暗い納骨堂に閉じこめられ、助けを呼《よ》びながら力尽《ちからつ》き、立ったまま死体になったというわけだな」

一弥は息を呑んだ。

そういえばそうだ……。

「そっか……。大昔の服装《ふくそう》をしていたから、てっきりとても古い死体なのかと思ったけど……。それじゃ、八年前に納骨堂が使われたときに閉じこめられたってこと……？」

それならそう昔のことではないということだ。

一弥は、あの屍蠟《しろうか》化した死体の断末魔《だんまつま》の叫《さけ》びを浮《う》かべた顔を思い出し、黙《だま》りこんだ。

「……じゃあ、八年前にあの場所で殺人が起こったということだ。そして現場《げんば》に残された紫《むらさき》の本。それをこっそり拾ったイギリスからの留学生《りゅうがくせい》。あの本はいったい……」

と、そのとき……。

ガタッ、ガタッ、ガタッ――！

教職員専用《きょうしょくいんせんよう》の油圧式《ゆあっしき》エレベーターが、温室の木々を無粋《ぶすい》に揺《ゆ》らしながら上に上がってきた。

鉄檻《てつおり》が大きな音を立てて止まる。

鉄格子《てつごうし》がガタッガタッと開く。

――腕《うで》を組んで扉《とびら》にもたれかかる、ナイスポーズをキメた伊達男《だておとこ》が立っていた。

三つ揃《ぞろ》いのスーツにてかてか輝《かがや》くアスコットタイ。手首には銀のカフス。そして自信たっぷりのファッションを台なしにする、流線形にガッチリ固めた謎《なぞ》のヘアスタイル。

グレヴィール・ド・ブロワ警部《けいぶ》だ。数日前に起こった殺人事件で一弥を逮捕《たいほ》しようとした……。貴族《きぞく》の道楽で警察の仕事をしているというとても迷惑《めいわく》な人だ。

ヴィクトリカは一瞬《いっしゅん》だけその姿をみつめると、すっと目をそらした。書物に顔を突《つ》っこむようにし、パイプをくわえ直して煙《けむり》を強く強く吸《す》いこみ始める。

ブロワ警部のほうもちらりとヴィクトリカを見ただけで挨拶《あいさつ》もせず、その代わりなぜか一弥に向かって愛想《あいそ》たっぷりに、

「よぅ、久城くん！」

「……なにか用ですか？」

一弥はじりじりと後ずさった。警部は顔中に気味の悪い笑《え》みを浮かべて、

「君、君はわたしの優秀《ゆうしゅう》なる頭脳《ずのう》のおかげで、あやうく殺人犯の汚名《おめい》から逃《のが》れたばかりではな

だけれどね……」

「恩返《おんがえ》ししたいのならさせてやってもよい。いや君、今朝の〈騎士《きし》のミイラ事件〉のことなのいかね」

「……逆《ぎやく》です」

どうやら警部は事件担当者《たんとうしや》としてさっそく学園にやってきたらしい。一弥がそっと迷路階段《めいろかいだん》の下を覗《のぞ》き見ると、先日もきていたあの部下の男二人組が、図書館の入り口辺りに立っていた。またもやなぜか手をつなぎ、首をかしげて不安そうにこちらを見上げている。

そういえば先日も警部はこの場所にきた。最初は一弥のことを犯人だと思いこみ、逮捕《たいほ》しようと息巻《いきま》いていたが、ヴィクトリカの〝知恵《ちえ》の泉《いずみ》〟が紡《つむ》ぎ出す言葉を聞いて真犯人を知ると、まんまと犯人を逮捕したばかりか、それを自分一人の手柄《てがら》にしてしまった。

見たところそうやり手ではないはずなのに、なぜか名警部との誉《ほま》れが高いのは、もしかすると、いつも……？

しかしこの謎の警部とヴィクトリカは、どうやらもともと知り合いらしいのだが、なぜか犬《けん》猿《えん》の仲なのだった。先日もお互《たが》いに会話しないどころか目も合わせず、あいだに立った一弥はわけがわからず困《こま》り果てたものだった。

一弥はヴィクトリカのほうをそっと窺《うかが》い見た。彼女の表情《ひようじよう》はいつにも増《ま》して氷のようにひんやりとしていた。

と、ヴィクトリカがパイプを口から離《はな》し、

「聞いてやってはどうだね、久城。わたしはここでたまたま読書をしているだけだ。わたしがグレヴィールの話を聞くわけではない」

ブロワ警部の体がビクリとした。

「……まぁ、話を小耳にはさめば、グレヴィールではなく久城、君にだね、わたしの個人《こじん》的な感想を話すかもしれないが」

「あ、うん……ええと…………」

一弥は二人の顔を見比《みくら》べた。二人ともそっぽを向いたままだ。

いったいなんなんだよ……!? と戸惑っている一弥にかまわず、ブロワ警部は、

「そういうわけなら久城くん、わたしと君はたまたまこの場所で話すことになったわけだ。さぁ話すぞ」

「はぁ……」

ブロワ警部はあくまでも一弥のほうを向いて話しだした。ヴィクトリカのほうをちらりと見ると、彼女も書物に顔を突っこみながら、その小さなかわいらしい耳だけをこっそりそばだてて聞いているようだった……。

「あの納骨堂《のうこつどう》から飛び出してきた死体の身元はだね、どうやらマクシムという名の男らしいと

わかった。学園の卒業生だが、春になるとどこからかフラリと戻《もど》ってきて、しばらく滞在《たいざい》してはまたどこかへ旅立つという謎の男だ。噂《うわさ》ではいかさま、恐喝《きょうかつ》、泥棒《どろぼう》と悪事の多い男で、ずいぶんあちこちで恨《うら》まれていたらしい。おそらくそのせいで殺されたのだろう。肉体的特徴《とくちょう》、失《しっ》踪《そう》時期がぴったり一致《いっち》した。なかなかの色男だったらしいがねぇ。まぁそれはともかく、彼は八年前の春、学園に戻ってきて数週間滞在していたのだが、部屋に荷物を残したまとつぜん姿《すがた》を消したのだ」

警部《けいぶ》はそこまで話すとため息をついた。

「しかし疑問《ぎもん》は残る。彼を殺したのは誰《だれ》か？　なぜあんな場所で殺されたのか？　……例の納骨堂が最後に使われたのは八年前だ。セシルという教師曰《きょうしいわ》く、一人の女生徒が、長く病気でふせったまま、とうとう亡《な》くなったらしい。それ以来誰もあの鉄扉《てっぴ》を開けていない。なんでも葬式《そうしき》以前のことだが、なぜか納骨堂の鍵《かぎ》が盗《ぬす》まれたことがあるらしい。その後、鍵を新しくつけかえて厳重《げんじゅう》に保管《ほかん》することにしたのだそうだ。納骨堂に忍《しの》び込《こ》んでも、たいしたものはみつけられないはずだがね。なにせ中にあるのは遺体《いたい》だけだ……」

警部は一人で笑った。それからまじめな顔に戻り、

「鍵は現《げん》に錆《さ》びついていたようだしね。ところで、その八年前の葬儀をしたのも今回と同じ葬儀屋なので、話を聞いてみたがね。葬儀のときにはもちろんマクシムはいなかったと言っている。納骨堂の中にも外にもだ。葬儀屋は内部に入るから、彼らの証言《しょうげん》は確《たし》かなものだ。彼らは

内部を確かめた後、女生徒の遺体を安置して納骨堂に鍵をかけた。それから八年のあいだ、誰も鉄扉を開けていない……。それならマクシムはいったいどうやって納骨堂に入ったのだ？　そしてなんのために？」

苦々しい表情で続ける。

「八年前に死んだマクシムはなぜ大昔の騎士《きし》の扮装《ふんそう》をしていたのか？　胸《むね》に飾《かざ》られた桜草《さくらそう》の花束の意味とはなんだ？」

一度言葉を切る。それから低い声で、

「いちばんの問題はだね、マクシムが自ら納骨堂に入ったのでなければ、もちろんこれは殺人事件《じけん》だということだ。誰かが彼を生きたまま閉《と》じこめたのだからね。八年前に起きていた殺人——。犯人はおそらくまだこの学園にいるにちがいない。誰にも気づかれずのうのうと暮《く》らしているというわけだ。これは許《ゆる》してはおけん犯罪《はんざい》だよ、君」

ブロワ警部は語り終えると、難《むずか》しい顔をして虚空《こくう》を睨《にら》んだ。尖《とが》った髪《かみ》が、天窓《てんまど》から射し込む陽光に照らされて金色に光った。

「……ふぅむ」

ヴィクトリカが顔を上げた。

一弥はおやっと思った。ヴィクトリカの顔にわずかに赤みがさしていた。さっきまで退屈《たいくつ》そうで倦怠感《けんたいかん》に満ちていた表情が、少しだけ生気を取り戻したように思えた。少しは興味《きょうみ》を持ったということだろうか……？

「なにかわかったの？」

「なかなかの混沌《カオス》だった。もっとも、そう複雑《ふくざつ》なものではないが」

雷《かみなり》おこしに手を伸ばす。小さな両手で口の前に持っていき、もぐもぐと咀嚼《そしゃく》し始める。

「もぐもぐ……真相は単純極《たんじゅんきわ》まりないよ、君。もぐもぐ。わたしのこの〝知恵《ちえ》の泉《いずみ》〟が退屈しのぎに混沌《カオス》の欠片達《かけらたち》を玩《もてあそ》び、再構成《さいこうせい》してみたがね。事は至《いた》って単純だ。ふわ〜あ！」

眠《ねむ》そうに欠伸《あくび》をする。

じりじりとつぎの言葉を待つ一弥とブロワ警部に気づくと、面倒《めんどう》くさそうに、

「しかしだね、欠片が一つ足りない。もちろんグレヴィール、君の怠慢《たいまん》のせいだがね」

「なっ……!?」

「真相を知りたければ欠片を拾ってくることだ」

ヴィクトリカは二人に背《せ》を向けた。

「君たち、葬儀屋に行って質問《しつもん》をしてきたまえ。いいかね、こう聞くのだ。『納骨堂《のうこつどう》の遺体が一つ減《へ》っていないかね？』と」

一弥と警部は顔を見合わせた。

4

「……まったく、もったいぶってあんな言い方をして。これだから灰色狼《はいいろおおかみ》はいやなんだ」

　ブロワ警部がぶつぶつと文句《もんく》を言いながら、村に向かう道を歩いていく。

「……灰色狼？」

　警部は返事をしなかった。その顔には怒《いか》りだけではなく……なにかをおそれるような、ひきつれた表情《ひょうじょう》が浮かんでいた。

　警部はその後もぶつぶつと、

「ほかにも事件があって忙《いそが》しいのに……」

　と文句をつぶやいていた。どうやらこの村に有名な大泥棒《おおどろぼう》がやってくるという怪情報《かいじょうほう》があり、警察署《けいさつしょ》は対応《たいおう》に追われているらしい。

　それはともかく、警部と二人の部下、それになぜか一弥も付き合うはめになり、村外れにある葬儀屋《そうぎや》を訪《たず》ねた。ヴィクトリカに言われたとおりのことを質問すると、葬儀屋たちはあわてて納骨堂に戻《もど》り、中を点検《てんけん》した。

「確かに一体減っています」

　若《わか》いほうの葬儀屋が奥《おく》を指差した。

「年代順に並《なら》べてあるんだけど、奥のほうに一つだけ空いている寝台《しんだい》がありますね」

歳取ったほうの葬儀屋が驚《おどろ》いて、

「そんなはずはねぇ。ちゃんと並べて入れているはずなんだ。八年前に入ったときだってそうなってたはずだ」

若いほうを押《お》しのけて奥に入っていくと、驚いたように声を上げた。

「本当だ！　一体減ってやがる!?　おかしいな……？　こりゃどういうこった？」

葬儀屋と警部《けいぶ》たちは顔を見合わせた。

学園に帰ってくる道すがら、警部は一人でぶつぶつと、遺体《いたい》が減ってる、だの、桜草《さくらそう》の花束、だのとつぶやいていた。時折、

「灰色狼め……！」

とうめくのも聞こえ、そのたび一弥はいったいなんのことだろうと首をかしげた。

学園の敷地《しきち》に戻り、図書館に続く白い砂利《じゃり》道《みち》を歩いていると……。

図書館の革張《かわば》りのスイングドアが開き、見覚えのある少女が早足で出てくるのが見えた。アブリル・ブラッドリーだ。

一弥が思わず「……あ！」と声を上げると、警部が顔を上げた。

「なんだね、久城くん？」

「ええと……」

先日、殺人事件《じけん》の犯人《はんにん》と間違《まちが》えられたときの苦労を思い出すと、疑念《ぎねん》だけでアブリルのことを警部に話す気にはなれなかった。

「いえ、なんでもないです……」

歩き去るアブリルの横顔はやはり、一弥がおかしいと感じたときと同じ、陰《かげ》のある不吉《ふきつ》な表情を浮かべていた。とても無邪気《むじゃき》な少女には見えない。明るいアブリルは彼女の演技《えんぎ》で、本当の彼女とは、もしかすると……？

一弥は悩《なや》みながら図書館に入り、アブリルはいったいなんのためにここにきたのだろう？と辺りを見回した。とくに変わったところはなかった。いつも通りの図書館だ。

（やっぱり思い過《す》ごしかな……？）

ブロワ警部がエレベーターで最上階に上がっていく。

数分後——。

一弥がはぁはぁ息をしながら迷路《めいろ》階段《かいだん》を上がり終え、ヴィクトリカのいる植物園に着くと、ヴィクトリカと警部は二人きりで黙《だま》りこくっていた。

天窓《てんまど》からの風に木々の葉が揺《ゆ》れている。

「……それでだね、久城くん」

警部がしゃべりだした。

「確《たし》かに遺体が一つ減っていたが」

「……知ってますよ。ついさっきまで警部と一緒《いっしょ》だったんだから」

「犯人は誰だね？」

「だから警部……ぼくじゃなくてヴィクトリカに……」

「最後の欠片《かけら》を集めたら、殺人犯の名前を教えてくれる約束だが……」

「警部！」

　と、書物に顔を突《つ》っ込んでいたヴィクトリカが、顔も上げずに言った。

「八年前に病死した女生徒の名は？」

　警部がびくりと肩《かた》を震《ふる》わせながら、

「ミリィ・マールだが？」

「それが犯人の名だ」

　ヴィクトリカはそう言うと、パイプをくわえ、つっと顔を上げた。

　植物園は水を打ったように静まり返った。一弥と警部は口をポカンと開けたまま、落ち着き払《はら》っているヴィクトリカをみつめた。

「……へ？」

「ミリィ・マールが犯人だ」

「なぜだね久城くん？　ミリィは葬儀《そうぎ》のときにはすでに亡《な》くなっていたのだぞ！」

「だから警部、ぼくじゃなくて……」

一弥はヴィクトリカに向き直った。

「……どういうこと？　まさかその女生徒は死んだ振《ふ》りをしていたとか……」

「いや、死んでいたのだろう。つまりこれは死者による殺人ということになる」

パイプから白くて細い煙《けむり》がまっすぐに上がっていく。

ヴィクトリカは書物を膝《ひざ》の上から降《お》ろすと、二人をじっとみつめた。不思議な澄《す》んだ瞳《ひとみ》だった。そうしてみるとヴィクトリカは取り澄ましているのでも冷たいのでもないように見えた。彼女はけして悪い子じゃない、ただとても不思議な人なのだ、と一弥はふいに思った。

ヴィクトリカが話しだした。

「マクシムは、どういった経過《けいか》かは想像《そうぞう》するしかないが、病床《びょうしょう》のミリィ・マールによって死出の旅の道連れに選ばれたのだよ。騎士《きし》とは貴婦人《きふじん》に付き従《したが》い守るものだからね」

「それで……あの衣装《いしょう》を……？」

「それだけではないよ。さてここに三つの混沌《カオス》の欠片がある。一つは中世の騎士の衣装。二つめは盗《ぬす》まれた鍵《かぎ》。そして最後に一体減《へ》っていた昔の遺骸《いがい》。これらの欠片をこのように再構成《さいこうせい》させることができる。ミリィ・マールは睡眠薬《すいみんやく》によってマクシムを眠《ねむ》らせ、騎士の衣装に着替《きが》えさせた。そして盗んだ鍵を使って納骨堂《のうこつどう》に入り、大昔の騎士の遺骸と、騎士の扮装《ふんそう》をして眠るマクシムを入れ替えたのだよ。そうして彼女は死んだ。ミリィ・マールの遺骸を葬儀屋が納骨堂に納《おさ》めたとき、マクシムはその奥《おく》で眠り続けていた。気の毒なことに、死出の旅の道連れにされようとしているとは気づきもせずにね。葬儀屋も同じだ。暗い納骨堂の中で、昔からずっとあった見慣《みな》れた遺骸が、衣装だけそのままでフレッシュな人間の眠り姿《すがた》と入れ替えられているとは気づくまい。かくして死んだミリィ・マールは埋葬《まいそう》され、納骨堂の扉《とびら》は固く閉《と》ざされた。マクシムが目覚めたとき、そこは暗闇《くらやみ》で、あるものは遺骸だけ。あるいは死んだ少女をみつけ、事を悟《さと》ったかもしれない。暗闇でわけもわからぬままだったかもしれない。……しかし、鉄扉はすでに固く閉ざされていた」

　ヴィクトリカが口を閉ざす。

　一弥は恐《おそ》ろしさに顔を青くしていた。

　ふととなりを見ると、ブロワ警部《けいぶ》も真っ青になってうつむいていた。

「……なんということだ！」

　ヴィクトリカだけが、物事の善悪《ぜんあく》や恐怖《きょうふ》、喜びなど、人間のさまざまな感情《かんじょう》の彼岸《ひがん》をみつめるように、濡《ぬ》れたガラス玉のような瞳《ひとみ》で遠く虚空《こくう》をみつめていた。

　この子はやっぱり、とても不思議な人だな、と一弥はまた思った。

　ヴィクトリカが口を開いた。

「……もちろん証拠《しょうこ》はない。それに、八年も昔の話だよ、君。だがこれで筋《すじ》が通る」

　植物園は重い沈黙《ちんもく》に包まれた。

ふいにごそごそと物音がした。

一弥が顔を上げると、ブロワ警部が急いで立ち上がろうとしていた。彼は二人に背《せ》を向けると早足で歩きだし、エレベーターの鉄檻《てつおり》に入っていこうとしていた。

「警部、ヴィクトリカにも一弥にも一言も挨拶《あいさつ》しようとしない。一弥は腹《はら》を立てて警部を呼《よ》び止めた。

「警部、ヴィクトリカにお礼を言ってくださいよ。真相を教えてくれたんですから」

警部は振り返った。肩をすくめ、

「なにを言っているんだね、久城くん？　わたしはただ、目撃者《もくげきしゃ》の君に話を聞きにきただけだよ？　では……！」

ガターン――！

鉄格子《てつごうし》が閉まる。

「なっ……！」

怒《おこ》り出す一弥にかまわず、ヴィクトリカは顔を上げ、物憂《ものう》げに声をかけた。

「グレヴィール」

警部が振り返った。いかにも不愉快《ふゆかい》だというように顔を歪めている。しかし瞳に浮《う》かぶ表情は少しばかり不安そうに見えた。

「……なんだ？」

聞き返す声も震えている。

また二人の空気が一変する。怯《おび》えた子供《こども》のようにヴィクトリカを見据《みす》える警部と、淡々《たんたん》とその視線《しせん》をはじき返す小さな少女。

大人と子供の立場が、カチリと音を立てて入れ替わるような、不思議なこの瞬間《しゅんかん》――。

「二人の――ミリィ・マールとマクシムの関係を調べてみることだ。マクシムはなかなか色男だったということだがね。しかし、少女の犯《おか》した殺人の動機が隠《かく》されているのは、桜草《さくらそう》の花束なのだよ」

一弥は死体の胸《むね》に飾《かざ》られていた桜草の花束のことを思い出した。パリパリに乾燥《かんそう》していたそれは、死体が地面に落ちるとともに粉々になって風に飛ばされていった……。

「桜草の花言葉は〝永遠《えいえん》にあなたとともに〟なのだよ。……ではな、グレヴィール」

――ガタン、ガターン！

きょとんとしたようなブロワ警部の顔が、鉄檻の落下に伴《ともな》って床下《ゆかした》に向かってゆっくり消えていった。

一弥は、彼のその顔が床下に消える瞬間、実に悔《くや》しそうにきゅうっと歪《ゆが》んだのを、確《たし》かに、見た……。

5

ブロワ警部が去ると、聖《せい》マルグリット大図書館の最上階にある緑茂《しげ》る植物園は、もとの静寂《せいじゃく》を取り戻《もど》したかに見えた。

ヴィクトリカはふわぁぁ〜と欠伸《あくび》をすると、また書物を膝《ひざ》の上に載せ、熱心に読み始めた。難解《なんかい》なラテン語で書かれた分厚《ぶあつ》いその本をすごい勢《いきお》いで読み飛ばしていく。

一弥はその姿《すがた》をちらちら見ていたが、やがて勇気を出して彼女の読書をさえぎった。

「……ねぇ、ヴィクトリカ」

「むぅ⁉ 久城、君、まだそこにいたのかね？」

「いたよ。さっきからずっととなりにいたってば、ヴィクトリカ」

一弥は話しだした。

「確かに八年前のマクシム殺人事件《じけん》のことはわかったよ。だけど、もう一つあるだろ」

「なんだよ、もぅ！ しつこいやつだなぁ！」

ヴィクトリカが面倒《めんどう》くさそうに叫《さけ》んだ。一弥はその暴言《ぼうげん》に驚《おどろ》いて、

「な、なんで怒ってるんだよ。ぼくはもともと、その話をするためにここに上ってきたんじゃないか。君、忘《わす》れたの？」

「むっ。わたしが忘れるわけがないだろう。しかし、だんだん面倒くさくなってきたのだ」

「じゃ、雷《かみなり》おこし返してよ！」

「むぅぅ？」

二人は睨《にら》みあった。

天窓《てんまど》から眩《まぶ》しい陽光が射し込《こ》んで、二人の顔を明るく照らした。

「……まったく、久城。君はじつに騒々《そうぞう》しいやつだ」

「ヴィクトリカ、君も意地悪できまぐれで、ひどいやつだよ」

「ここは静かで書物だらけで、誰《だれ》にも邪魔《じゃま》されずに知性《ちせい》と倦怠《けんたい》に耽溺《たんでき》できる楽園だというのに。君が大声を上げて迷路階段《めいろかいだん》を上がってくるたび、ばかばかしい騒《さわ》ぎに巻《ま》き込まれてこのザマだ。ここ数日間、わたしはとても迷惑《めいわく》しているのだ」

「ぼ、ぼくはただ……君がとっても頼《たよ》りになるからさ……」

一弥の声が少し震《ふる》えた。ヴィクトリカはフンッとばかりにそっぽを向いた。

「それにぼく、君が喜ぶと思ってお菓子《かし》も持ってきたのに……」

一弥は次第《しだい》にしょんぼりし始めた。ヴィクトリカはその顔をちらりと窺《うかが》うと、

「……とはいえ、退屈《たいくつ》はしないがな」

と、一弥の顔がぱっと輝《かがや》いた。

「だが、わたしの最大の敵《てき》は確かに退屈だが、二番目の敵は喧噪《けんそう》なのだ」

「はぁ？」

「君は最大の敵を追《お》っ払《ぱら》ってくれる二番目の敵というわけだ。……もう帰れ。騒ぐのは飽《あ》きた」

「ちょっと、ヴィクトリカ！　君ねぇ！」

一弥が怒《おこ》りだしたので、ヴィクトリカはやがて根負けし、仕方なく書物を閉《と》じた。

「なんなのだ、もぅ！」

「……だからぼくが君に教えてほしいのはね。アブリルが納骨堂《のうこつどう》から拾った、あの紫《むらさき》の表紙の本のことだよ」

話しながら一弥はまざまざと思い出していた。アブリルの横顔に浮《う》かぶ不吉《ふきつ》な表情《ひょうじょう》と、一瞬《いっしゅん》ちらりと見たあの本の、どす黒い紫色の不気味な表紙が重なって感じられた。

あの不吉な紫の本——。

死体とともに納骨堂にあった、あの本——。

「アブリルの〝捜《さが》し物〟はあの本なのか？　なぜ八年前の殺人事件の場所であり、それきり誰も入らなかったはずの納骨堂の床に落ちていたのか？　彼女は本当に犯罪《はんざい》に係《かか》わってはいないのか？　あの本はいったいなに？」

「……以上かね？」

「うん。つまり本だよ。最初から問題はあの本なんだ。本！　本！　本！　それからアブリル！」

ヴィクトリカはじつに面倒くさそうに、

「……その謎《なぞ》を解《と》けば、わたしにとって二番目の敵である君は、ここから去ってくれるのかね？」

ヴィクトリカがいらいらしたように念を押《お》すので、一弥は内心（君、そんなにぼくのことがいやなのかい……？）と悲しくなりながらも、渋々《しぶしぶ》うなずいた。

「そういえば……さっきアブリルが図書館にきていたけれど、もしかするとぼくを捜していたのかな？」

「どうしてそう思うのだね？」

「だって、ぼくはその……彼女が本を拾うところを目撃《もくげき》したし、彼女もぼくに見られたことに気づいたのかもしれない。それで……」

「しかし久城。君が本当にその少女を疑《うたが》っているのなら、グレヴィールにそのことを話したのではないのかね？　しかし君はそれをしなかった」

一弥は不承不承《ふしょうぶしょう》うなずいた。

「うん……。アブリルは怪《あや》しい気もするし、怪しくない気もする。よくわからないのに警部《けいぶ》の魔《ま》の手に引き渡《わた》すわけにはいかないじゃないか……」

「ふむ……？」

ヴィクトリカはくすんと鼻を鳴らすと、ちょっと見下すように一弥を見た。

「な、なんだよ、その目は？」

「つまり、善意《ぜんい》から黙《だま》っていたというのだな」

「ま、まぁ、そう……なのかな」

「善意などというものは、知性の墓場《はかば》だというのがわたしの持論《じろん》なのだがね。久城、君はそれの塊《かたまり》だな」

「……なんだよ、それ！　そんなけなされ方、したことないよ！」

一弥はまた怒りだした。顔が少し赤くなっている。

ヴィクトリカはなにか言いかけて、言葉を切った。

と、とつぜん手すりにもたれていた体を起こし、すっくと立ち上がった。

怒っていた一弥も、つられて立ち上がる。

ヴィクトリカの年齢不詳《ねんれいふしょう》な——実年齢以上に幼《おさな》い面立《おもだ》ちの中に、長すぎる生を終えようとしている老人のような悲しげな瞳《ひとみ》が揺《ゆ》れている——その小さな頭が、驚《おどろ》くほど下のほうにあった。少年としてはどちらかというと小柄《こがら》な一弥の、胸《むね》かお腹《なか》辺りに頭がある。

ふいに一弥は、立ち上がったヴィクトリカを見るのはこれが初めてだと気づいた。

その体は、座《すわ》っていたときに想像《そうぞう》したよりもずっとずっと小さく、まるで精巧《せいこう》に造《つく》られた高価《こうか》な陶人形《とうにんぎょう》のようにも見えた。なぜか、くすぶっていた怒《いか》りが、驚きに吸収《きゅうしゅう》されるように胸からすうっと消えていった。一弥はただただ驚いて、ヴィクトリカのあまりに小さなその姿《すがた》をじっとみつめた。

それから、彼女が床《ゆか》に散らばせた難解極《なんかいきわ》まりない書物の山に目を落とした。

これらをすごいスピードで読み飛ばし、老女のようなしわがれ声で〝知恵《ちえ》の泉《いずみ》〟について語り、奇怪《きかい》な事件《じけん》を即座《そくざ》に解決《かいけつ》する……その頭脳《ずのう》が、こんなにも小さな、まるで精巧な人形みたいな体に入っているなんて……。

それはずいぶんと不思議なことに思えた。

この少女はいったい何者なのか……？

ふいに、グレヴィール・ド・ブロワ警部が少女の頭脳を頼るくせに、彼女の存在《そんざい》をやけに恐《こわ》がって目を合わせようともしない、あの態度《たいど》が思い出された。

彼が口にした謎《なぞ》の言葉のことも……。

（灰色狼め……！）

あの言葉は、そして恐《おそ》れるように震《ふる》えていたあの声は、なんだったのだろうか？

——ヴィクトリカは果たして何者か？

一弥は、村や学園の敷地内《しきちない》でここ数日のあいだに起こった不思議な事件を思い出した。そのどれもが確《たし》かに不可思議《ふかしぎ》な謎ではあった。だが……。

そのどんな謎よりも、ヴィクトリカ本人こそが大きな謎だということに、一弥はとつぜん気づいた。

この不思議な少女の、レースやリボンでふくらんだ小さな姿をじっとみつめる。

ヴィクトリカのほうは、一弥の動揺《どうよう》を気にする様子もなかった。小さな体を動かして、迷路《めいろ》階段《かいだん》をとことこ降《お》り始めた。その動きに合わせて、ドレスの背中《せなか》を編《あ》み上げている大きなピンクのベルベットリボンが、まるで小鳥が飛び立つように羽根を広げて、夢《ゆめ》のようにふわふわと舞《ま》い始めた。ドレスの裾《すそ》に飾《かざ》られた白い梯子《はしご》レースが、彼女の動きに合わせて誘《さそ》うように漂《ただよ》いながら遠ざかっていった。

白とピンクの、リボンとレースの小鳥のように軽々と飛び立っていくヴィクトリカを、一弥はあわてて追った。

「どこに行くんだよ？」

その姿にはあまりに不似合《ふにあ》いな、老女のようなしわがれ声が遠く、響《ひび》いてきた。

「君の悩《なや》める魂《たましい》を救済《きゅうさい》してやるのさ。本！　本！　本！　そして不吉《ふきつ》な留学生《りゅうがくせい》！　君のためにとりあえずその本をみつけてやろうというのだよ。せいぜいありがたく思いたまえよ」

「だからって、どうして階段を降りるんだよ？　それに、どうして君が本の在処《ありか》を知ってるの？　君はずっと、この図書館のいちばん上でパイプをくゆらせていただけで、なにも見てやしないじゃないか。……おい、気をつけなよ。足を滑《すべ》らせたら大変だってば……」

一弥は迷路階段の下を見下ろして顔色を青くした。奈落《ならく》のような階下まではまだまだある。悪夢のように、迷路状《めいろじょう》の細い階段が下へ下へ絡《から》みあい続いている。うっかり足を滑らせたら最後だ。

一弥の心配をよそに、ヴィクトリカは地面から足が浮《う》いているかのような不思議な歩き方でふわふわと迷路階段を降り続けていた。降りながらまるで歌うように、

「君、その不吉な留学生はだね、この図書館にある理由があってやってきたのだ。そしてそれは君を捜《さが》していたのではない」

「……どういうこと？」

「見回してみたまえ。わかるはずだよ、君。図書館にあるものとはなんだ？　人は図書館になにをしにやってくる？」

「図書館にあるのは……本だろ？　で、図書館にくるのは……本を読むため？」

心の中で一弥は（それから君に会うためかもね……）と付け足した。

――二人はようやく迷路階段を降り終わった。いちばん下のホールに立って、角筒型《かくづつ》のこの建造物《けんぞうぶつ》を見上げる。

壁《かべ》一面が書物で覆《おお》い尽《つ》くされている。大理石の床《ゆか》と天井《てんじょう》のフレスコ画のみを残して、すべての壁は書物に取って替《か》わられている。目もくらむほどの書物の殿堂《でんどう》。知性《ちせい》と過去《かこ》と塵《ちり》の匂《にお》いがきらきらと降り落ちてくる。

ヴィクトリカがつぶやいた。

「その少女はだね、〝木を森に隠す〟ために、、、、ここにきたのだよ」

「…………あ！」

一弥が叫《さけ》んだ。ヴィクトリカが我《わ》が意を得たりというように満足げにうなずいた。

「そう。少女は納骨堂《のうこつどう》の床から本を拾いあげたとき、君に見られたことに気づいたのだろうよ。それにほかの誰かにも見られた可能性《かのうせい》があった。そのため急いでその……〝捜し物〟である紫《むらさき》の本を隠すことにしたというわけだ。本を隠すには図書館が最適《さいてき》だ。なにしろ壁中が本なのだから。この中から少女が隠《かく》したたった一冊《さつ》の本を探《さが》すのは至難《しなん》の業《わざ》だ」

「なるほど……！」

「その不吉な留学生の秘密《ひみつ》が知りたいかね、君？　彼女が隠した本がなんなのか」

「そりゃもちろん気になるけど……。でも無理だよ。アブリルが本を隠すところは見ていないし……」

ヴィクトリカは折れそうなほど深く首をかしげ、一弥の顔を見上げていた。

老女のようなその瞳《ひとみ》は、目前に立つ一弥を見てはいなかった。それはただ、好奇心《こうきしん》と、謎を解《と》く快感《かいかん》のために、宝石《ほうせき》のようにきらきらと輝《かがや》いていた。退屈極《たいくつきわ》まりない人生から一瞬《いっしゅん》の解放を得て、生きる喜びに踊《おど》りださんばかりになっている。

さきほどまでまるで人形のように動かなかったその体も、冷たく取り澄《す》まして倦怠《けんたい》と傲慢《ごうまん》の海に沈《しず》んでいたその表情《ひょうじょう》も、別人のように生き生きとしていた。

一弥はふいに、謎が糧《かて》の、この鋭敏《えいびん》で奇《き》怪《かい》な頭脳《ずのう》を抱《かか》える少女の本質《ほんしつ》——長い倦怠と深い絶《ぜつ》望《ぼう》と、その奥《おく》に隠れるきらきらしたなにか——に、そっと触《ふ》れた気がした。

でも、それに気づいたことを彼女に知られてはいけない気もした。それはきっと、この不思議な、古代の小鳥のような金色の少女の、大切な大切な秘密にちがいないのだ……。

一弥は黙《だま》って、不思議な少女をみつめていた。

「本、本、本、か……！」

ヴィクトリカがつぶやいた。そしてふいに身を翻《ひるがえ》した。一弥はあわてて彼女を追った。

ヴィクトリカは小さな小さなその足を、迷路階段の一段目にかけてみせた。

「いーち！《アン》」

大声を出す。

その声は老女のそれのようにしわがれていた。

くるっと振《ふ》り返る。

一弥を手招《てまね》きし、二段目《だんめ》に足をかけ、

「にーい！《ドゥ》」

また大声を出す。

「……なにしてるんだよ、君？」

戸惑《とまど》う一弥に構《かま》わず、彼女は上り続ける。

「さーん！《トロワ》」

「しーい！《クワトロ》」

「……ご！《サンク》」

大声が続く。

一弥は不思議に思いながらも後を追った。

ヴィクトリカは大声で数を数えながらゆっくり階段を上がっていく。

「じゅういち《オンズ》！」

「じゅうに《ドゥーズ》！」

「じゅう……さんっ《トレーズ》!?」

くるっと振り返る。

瞳が爛々《らんらん》と輝いている。まるで緑の炎《ほのお》だ。

こんなにも熱いものを、一弥はこれまで見たことがなかった。火傷《やけど》しそうな、きらめく、しかし冷たい緑色の炎——。

ヴィクトリカは瞳を輝かせて、一弥に問う。

「君、階段の十三段目で足を止めると不吉《ふきつ》なことが起こるのだったね？　あの世に引きずり込《こ》まれてしまうのだったかね」

「あぁ、そういう怪談があるけど……」

「この学園の生徒はとても迷信深《めいしんぶか》い。学園全体が申しあわせて足並《あしな》みを揃《そろ》えているかのように。全員で大がかりな悪戯《いたずら》に興《きょう》じているかのように。君やその留学生《りゅうがくせい》のように、ある日この学園にやってきた異邦人《いほうじん》にとっては、さぞ奇異《きい》に思えることだろうね」

「うん。そりゃあね……」

「ということはだね、君。この学園にある階段の十三段目で足を止めようとする生徒はいないということではないかね？」

「うん。そういうことだ」

「おそらくその留学生はこう考えたはずだ。広大な図書館のどの書棚《しょだな》に本を隠しても、たまたま誰《だれ》かにみつけられてしまう可能性《かのうせい》はある。だが階段の十三段目に立ったとき、ちょうど人の目前の高さにある書棚だけは安全にちがいないと。つまり……」

ヴィクトリカは得意満面な顔になり、書棚に、子供《こども》のように華奢《きゃしゃ》な手をそっと入れた。

不吉な紫色《むらさきいろ》の背表紙《せびょうし》の本がその手に握《にぎ》られ、書棚からゆっくりと出てきた。

「〝紫の本〟は少女の手によって、十三段目の書棚に隠《かく》されたにちがいない。そう〝知恵《ちえ》の泉《いずみ》〟がわたしに告げるのだよ、君……！」

一弥はポカンとして、ヴィクトリカと手の中の紫色の本を交互《こうご》に見た。

それからようやく声が出るようになると、つぶやいた。

「なるほどね」

ヴィクトリカはにこにこしてうなずいた。急に、子供が誉《ほ》められたときのように、無邪気《むじゃき》で曇《くも》りのない、満面の笑《え》みになった。一弥はその変化をとても意外なものだと感じたが、しかしいまはそれどころではなかった。

本！　本！　本！

そして……。

二人は顔を寄《よ》せあい、〝紫の本〟の最初のページを急いでめくった。

八年前の殺人事件《じけん》の現場《げんば》に落ちていた本。捜《さが》し物をするためにイギリスからきたと語っていたおかしな留学生、アブリルがみつけだして図書館に隠した本。アブリル同様に不吉な暗さを帯びた、どす黒い紫色の本――。

この本をみつけなければその後の事件も起きなかったと、一弥は後に逡巡《しゅんじゅん》することとなる。静かなる灰色狼《はいいろおおかみ》ヴィクトリカもまた、この不吉な本とともに新たな事件に巻《ま》き込まれ、一弥とともに奔走《ほんそう》することになるが、それはまた別の話である――。

第三章　廃倉庫《はいそうこ》にはミリィ・マールの幽霊《ゆうれい》がいる

1

ぽかぽかと暖《あたた》かな春の午後。

聖《せい》マルグリット大図書館――。

十七世紀から建ち続ける荘厳《そうごん》な塔《とう》。内部は壁《かべ》一面が巨大《きょだい》書棚となった吹《ふ》き抜《ぬ》けのホールで、天井《てんじょう》に向かって細い迷路《めいろ》階段《かいだん》が綿々《めんめん》と続いている……。

西欧《せいおう》の小国ソヴュール王国の山間《やまあい》にひっそりと建つ貴族《きぞく》の子弟《してい》のための名門、聖マルグリット学園の敷地《しきち》の奥《おく》の奥にあるその塔には、ここ数百年のあいだずっと、埃《ほこり》と塵《ちり》、そして知性《ちせい》の匂《にお》いが、遥《はる》か上の天井から床《ゆか》に向かって柔《やわ》らかく沈殿《ちんでん》し、誰にも冒《おか》せないような静謐《せいひつ》な空気に満ち満ちていた。

まだひんやりとして湿気《しっけ》の多い、冬の名残《なごり》を残す空気に覆《おお》われたその春の日の午後。

しかし図書館塔の入り口のホールには、めずらしく、少年と少女のどこか清々《すがすが》しい話し声が響《ひび》いていた。

「……〝紫の本〟は少女の手によって、十三段目の書棚に隠されたにちがいない。そう〝知恵の泉〟がわたしに告げるのだよ、君……！」

「なるほどね」

「ほら、これだ」

「うわっ！　ほんとだ。ぼくが見たのはその本だよ、ヴィクトリカ。ほんとにみつけちゃうなんて⁉　君ってすごいなぁ。へんだけど」

——ゴッッ！

鈍《にぶ》い音が響いた。

……木階段をゆっくりと、さきほどからまるで老女のようなしわがれ声で語っていた小さな少女がまず降《お》りてきた。精巧《せいこう》な陶人形《とうにんぎょう》を思わせる容姿《ようし》。長い見事な金髪《きんぱつ》を、まるでほどけたビロードのターバンのように背中《せなか》に垂《た》らし、緑色の瞳《ひとみ》は怪《あや》しく瞬《またた》いている。人形がからくりで動いているようにも見える小さくバランスのいい肢体《したい》は、白い梯子《はしご》レースとピンクのベルベットリボンで幾層《いくそう》にもふくらんだ、夢《ゆめ》のように豪奢《ごうしゃ》なドレスに包まれている。

片手《かたて》に、紫《むらさき》の表紙の古い本を握《にぎ》っている。

続いて、涙目《なみだめ》になって側頭部をさすりながら降りてきたのは、小柄《こがら》な東洋人の少年だ。人の良《よ》さそうな優《やさ》しげな黒い瞳に、しかし少々頑固《がんこ》そうに引き結んだ唇《くちびる》。どうやら、少女——ヴィクトリカに本の角で殴《なぐ》られたらしく、ぶつぶつと、

「すごく痛《いた》かった。ねぇ、痛かったってば」

「……フン」

ヴィクトリカは、少年——久城一弥《くじょうかずや》の文句《もんく》に、不敵《ふてき》に鼻を鳴らしてみせた。

「……君、ちょっとは気にしてよ」

「気になどしない。さて、読むぞ」

ヴィクトリカは本を開いたが、ホールが薄暗《うすぐら》くて読みにくいことに気づき、顔をしかめた。

一弥はとなりでぶつぶつと、

「女の子に殴られたのなんて初めてだよ。帝国《ていこく》軍人の三男として君に断固《だんこ》抗議《こうぎ》する。婦女《ふじょ》は三歩下がって二夫にまみえず……あれ、ちがうな。ええと……なんだったっけ」

「黙《だま》れ」

「……ご、ごめん」

一弥はうなだれた。それから抗議するのもなにもあきらめて、小さくておそろしいヴィクトリカと一緒《いっしょ》に図書館のスイングドアを開け、明るい外の石階段に腰《こし》を下ろした。うなだれた割《わり》にはもう機嫌《きげん》を直したのか、一弥は屈託《くったく》のない笑顔《えがお》を浮《う》かべ、

「さぁ、読もうよ。ヴィクトリカ」

「……む」

ヴィクトリカはなにやら不満そうな顔をしていたが、渋々《しぶしぶ》と紫の本を開いてみせた。

「……ふむ、ふむ」

ヴィクトリカがどんどん書物を読み進み、すごいスピードでページをめくっていく。

一弥はページがめくられてしまう前に自分も読もうと、ヴィクトリカと頭を並《なら》べて覗《のぞ》きこん

だ。

すると、ヴィクトリカが不機嫌そうに顔をしかめた。一弥の頭のせいで本に影《かげ》がかかり、読みにくくなってしまったのだ。

だが一弥のほうは本を読むのに夢中《むちゅう》で、ヴィクトリカの小さな横顔に浮かんだ危険《きけん》なシグナルに気づく様子もない。

——紫の本は〝呪術《じゅじゅつ》〟を扱《あつか》ったものだった。放浪《ほうろう》の民《たみ》、ジプシーが中世から使っているという〝死者復活《ふっかつ》の魔術《まじゅつ》〟について綿々《めんめん》と書かれていた。一弥は声に出して読み上げた。

「鳩《はと》の心臓《しんぞう》を二十個《こ》。フクロウの目玉を七個。そして人間の子供《こども》の血を三ドラグマ……ドラグマって何貫《なんかん》ぐらいだっけ？　それにしても物騒《ぶっそう》な本だなぁ…………いってぇぇぇ!?」

一弥は頭を押《お》さえてうめいた。

ヴィクトリカがいきなり、一弥の頭に思い切り本の角をぶつけたのだ。すごい音がした。頭を押さえてうめいている一弥をチラリと見ると、ヴィクトリカはフンと鼻を鳴らした。そして一弥に背を向けて一人でどんどん読み始めた。

一弥は立ち上がって、叫《さけ》んだ。

「……なんだよ、君はぁぁぁ!?　さっきから、ぼくの頭になんの恨《うら》みがあるのさ!?」

ヴィクトリカはにべもなく、

「君の頭部が、わたしの読書にとっては思いのほか邪魔《じゃま》だったのだよ」

「邪魔ぁぁぁ!? なんでだよ？ 君には、人と一緒に仲良く読もうって考えはないの？」

ヴィクトリカは顔を上げた。実に不思議そうな表情《ひょうじょう》を浮かべて、一弥を見上げている。そして苺《いちご》のような小さくて赤い唇を開き、

「……ないが？」

「………だよねぇ」

一弥はふてくされて、ドスンと座《すわ》った。

と、そのとき……。

紫の本から一枚《まい》の紙片《しへん》がヒラヒラと落ちた。

絵葉書《えはがき》だった。地中海らしきとある街の風景が描《えが》かれていた。表には受取人としてアブリル・ブラッドリーの名が記されていた。そして差出人の名は、サー・ブラッドリー……。

「それ、アブリルの祖父《そふ》だよ。イギリス人の有名な冒険家《ぼうけんか》だった人だ。最後は気球と一緒に大西洋に消えちゃったんだけどね……」

一弥が頭をさすりながら言うと、ヴィクトリカは絵葉書を指差し、

「……切手が貼《は》ってあるが、消印《けしいん》はないな」

一弥は首をかしげた。

「ほんとだ……。じゃ、このおじいさんからの手紙は、まだアブリルの手に渡《わた》ってないってこと？ 本にはさまれたまま、ずっと納骨堂《のうこつどう》の床《ゆか》に落ちていたのかな？」

「さてね」

ヴィクトリカは急に立ち上がった。紫《むらさき》の本を無造作《むぞうさ》に一弥の膝《ひざ》に置くと、なにも言わずにとことこと歩きだした。小さな手で一生懸命《けんめい》、図書館の大きな扉《とびら》を開けて、ホールの中に戻《もど》っていく。絵葉書を握《にぎ》りしめたままだ。

「……ヴィクトリカ？」

返事はない。

「おい、君、急にどうしたんだよ？　この本はもういいのかい？」

——ばたん！

扉が閉《し》まった。

一弥は、ヴィクトリカのあまりに唐突《とうとつ》な行動に、さすがに腹《はら》を立て始めた。

「君ねぇ、ヴィクトリカ……って、あれっ？」

文句《もんく》の一つも言おうと、彼女を追って図書館の扉を開け、ホールに戻った一弥は、驚《おどろ》いて辺りを見回した。

「ヴィクトリカ……？　どこに消えたの？」

フリルとレースでふくらんだ不思議な少女の姿《すがた》は、煙《けむり》のようにどこかにかき消えていた。

一弥はついで、長い迷路《めいろ》階段《かいだん》を見上げた。

……階段も無人だった。かといって、ホールの奥《おく》にはエレベーターがあるだけで、それは教《きょう》職員《しょくいん》しか使えないから、そこにいるはずはない。

「おーい、君……。おかしな、頭のいい、小さな、意地悪な、君……？」

返事はない。

一弥はしばし未練を残してその場に立っていたが、しばらくするとあきらめ、うなだれながらも渋々《しぶしぶ》、図書館を後にした……。

2

「なんだよ、ヴィクトリカのやつ。頭突《ずつ》きはするわ、憎《にく》まれ口は叩《たた》くわ、とつぜん本を置いて消えちゃうわ。……やっぱり、おっかしな子だなぁ。ぼくにはぜんぜんわかんないや……。あんな子、いままで会ったこともないし……。いや、聞いたこともないよ……」

一弥はぶつぶつと悩《なや》みながら、紫の本を小脇《こわき》に抱《かか》えて、歩いていた。

せっかく、図書館のいちばん上にいる不思議な少女、ヴィクトリカと少し仲良くなれたような気がしたのに……。手の中にいた小鳥が再《ふたた》びどこかに飛び去ったように、彼女を見失ったような気がした。悔《くや》しいような、寂《さび》しいような、焦《あせ》るような……。

一弥は図書館に入ったあのときに遥《はる》か上から落ちてきた物のことを思い出した。くしゃみをした一弥に気づいたヴィクトリカが、上からちり紙を一枚、落としてくれたのだ。

「……仲良くなれたつもりだったのにな」

一弥は肩《かた》を落としてつぶやいた。

——寮《りょう》に戻る前に、学園の敷地内《しきちない》のいつもとちがう砂利道《じゃりみち》を歩いていた一弥は、ふと気づいて、うらぶれた廃屋《はいおく》の前で足を止めた。

そこはもとは倉庫として使われていたが、いまは用途《ようと》もなく近づく者もいない場所だった。いまにも朽《く》ちそうな不気味な倉庫……。

じっとみつめていると、びゅうっ……とやけに冷たい風が吹《ふ》いた。暖《あたた》かだった日射《ひざ》しがとつぜんサッと暗くなった。見上げると、太陽が流れる灰色《はいいろ》の雲に覆《おお》われようとしていた。また、びゅうっ……と風が吹いた。

一弥は好奇心《こうきしん》にかられて倉庫に近づいた。そっと覗《のぞ》くと、古い机《つくえ》や椅子《いす》、汚《よご》れた鏡などがごちゃごちゃに積まれていた。

一歩、二歩と入ったとき……。

——ゴスッ！

後ろから頭を殴《なぐ》られた。なにか硬いものの感触《かんしょく》がした。さっき、小さな女の子に本で殴られたのとは比《くら》べものにならないほどの衝撃《しょうげき》で、一弥は目の前が真っ白になり……。

その場に、ばったりと倒《たお》れた……。

3

……気づくと、保健室《ほけんしつ》のベッドの上だった。頭を冷やしてくれている女の人が見えた。

セシル先生だ。

一弥が意識《いしき》を取り戻したのに気づくと、セシル先生はあきれ顔で、

「久城くんったら、どうして倉庫で居眠《いねむ》りしてたの？」

「えっ、いえ、居眠りじゃなくて、その……」

一弥は頭をかいて、起きあがった。

(誰《だれ》かに後ろから殴られたんだけど……。でも誰が、どうして？　あっ、もしかして……紫の本を取り返そうと、アブリルが……？)

辺りを見回したが、紫の本はどこにもなかった。一弥はあわてて、

「先生、ぼくが運ばれてきたとき、紫の表紙の本を持ってませんでしたか？」

セシル先生は首をかしげた。

「紫の本？　そんなの、持ってなかったわよ」

「そうですか……。あの、ぼくが倒れてるところの近くで、アブリルを見たりとかは……」

「あら。見たもなにも、倒れてる久城くんをみつけたのはアブリルさんよ。あわてて庭師《にわし》さんを呼《よ》んで、ここまで運んでもらったの」

一弥は考え込《こ》んだ。

(アブリルが助けてくれたんだったら、ぼくを殴ったのは彼女じゃないのかな……？)

一弥が悩《なや》んでいるそのとき、保健室のドアがゆっくりと、廊下《ろうか》に向かって、開いた。

ドアノブをつかんでいる青白い手が見えた。

「……久城くん」

続いて、アブリルがゆっくり顔を出した。

「だい、じょう、ぶ……？」

一弥とアブリルの目があった。一弥はなぜか、ぞくりと寒気を感じて後ずさった。

アブリルは、大人びて、なにを考えているのかわからない奇妙《きみよう》な顔つきでじっとこちらを睨《にら》んでいる。と……。

「やだなぁ、久城くんったら。いったいどうしてあんなところで居眠りしてたの？　勉強しすぎで寝不足《ねぶそく》なの？　もうあきれちゃった」

急に——

普段《ふだん》の明るいアブリルに戻った。

一弥はその変化に戸惑《とまど》って、黙《だま》り込んだ。

(やっぱり、この子を疑《うたが》うなんておかしいかな……。でも、あの紫《むらさき》の本はアブリルがみつけて隠《かく》していたものだし、それを持っていたぼくを襲《おそ》ったのも、アブリルなのかも……。いや、考え過《す》ぎかな。この子がそんなことするわけないよ……)

迷《まよ》っていると、アブリルのほうはそんなこととは知らず屈託《くつたく》のない笑顔《えがお》で、

「ね、久城くんが倒れてたあの倉庫、学園の生徒には有名な場所なんだって。知ってた？」

「……ううん」

「あのね、病気で死んだ女生徒の幽霊《ゆうれい》が……」

アブリルが話しだした途端《とたん》、なぜかセシル先生が、

「わぁ！」

と叫《さけ》ぶと、続けて「ええと、試験の問題作りがあってね」「そうだ、植木鉢《うえきばち》に水をやらないと！」などと口走りながら、保健室を飛び出していった。

ドアがバタンと閉《し》まり、ぱたぱたと走り去る足音が遠ざかっていく。

一弥もアブリルもきょとんとしたが、アブリルのほうが先に気を取り直し、

「……幽霊が出るんだって。倉庫の奥《おく》にあの世の入り口になる地下階段があって、手招《てまね》きされて階段を降《お》りたら、死んじゃうんだって」

一弥は顔をしかめた。

「……その女生徒って、もしかしてミリィ・マールのこと？」

「多分ね。だけど、死んだ人のことをおもしろ半分に噂《うわさ》するなんて不謹慎《ふきんしん》じゃない？　わたし、怪談《かいだん》ってきらいだなぁ」

アブリルは生真面目《きまじめ》そうにつぶやいた。

その横顔は、一弥が前にも一度感じたことだが、十五歳《さい》という年齢《ねんれい》には似合《にあ》わない大人びた

ものだった。一弥は、本当にアブリルは同い年なのかな、と不思議に思い始めた。

一弥がベッドから降りようとすると、アブリルは手を貸《か》してくれた。そうしながらもまだ喋《しゃべ》っている。

「あとね、図書館にも怪談があるらしいのよ」

「……図書館？」

一弥はびっくりしたように繰《く》り返した。

「うん。〈図書館のいちばん上には金色の妖精《ようせい》が棲《す》んでいる〉っていうの。この世のすべての謎《なぞ》を知り尽《つ》くした妖精で、だけど、見返りにその人の魂《たましい》を要求するんだって。……それって妖精っていうより、なんだか悪魔《あくま》みたいじゃない？」

一弥は首をかしげた。

「図書館のいちばん上なら、妖精でも悪魔でもなくて、ヴィクトリカがいるよ」

アブリルは聞き返した。

「ヴィクトリカって……？」

「うん。ほら、うちのクラスに空席の場所があるだろ？　窓際《まどぎわ》の席。あの席の生徒がヴィクトリカなんだ。いつもサボッて図書館にこもってるんだ。だから図書館のいちばん上にいるのは、金色の妖精じゃなくて金髪《きんぱつ》の女の子で、見返りに要求するのは魂じゃなくて、めずらしい異国《いこく》のお菓子《かし》だよ」

アブリルは興味《きょうみ》を持ったように瞳《ひとみ》を輝《かがや》かせて、何度もうなずいた。

「ふぅーん……？」

アブリルとわかれて廊下を歩きだすと、向こうから金色の尖《とが》った頭が近づいてくるところだった。グレヴィール・ド・ブロワ警部《けいぶ》だ。

兎革《うさぎがわ》のハンチングをかぶって手をつないでいる部下二人を、お供《とも》に連れている。一弥をみつけると、ナイスポーズを決めて、

「よぅ、久城くん！　君、ええと、その、見なかったかね……」

「なにをですか？」

「ちょっと失《な》くし物をしたものでね。いや、やっぱりいい……」

ブロワ警部はなにか聞きかけて、やめた。代わりに、

「いや、君、わたしは忙《いそが》しいよ。〈騎士《きし》のミイラ事件《じけん》〉が解決《かいけつ》した途端《とたん》に、別の事件で奔走《ほんそう》することになってね。君、クィアランという男を知っているかね？」

「……いえ、まったく」

「クィアランはヨーロッパを縦横無尽《じゅうおうむじん》に荒《あ》らした有名な大泥棒《どろぼう》だよ。誰もその姿《すがた》を見た者はいなく、顔も本名もわかっていないのだがね。ここ七、八年ほどはなりを潜《ひそ》めている。おそらく引退《いんたい》してどこかで優雅《ゆうが》に暮《く》らしているか、もしくは事故《じこ》かなにかで死んだのではないかとも言

われているがね……」

ブロワ警部は滔々《とうとう》と語り続けた。

「しかしだね、久城くん。最近になって、ソヴュールの首都ソヴレムで、二代目クィアランを名乗る大泥棒が現《あらわ》れてちょっとした騒《さわ》ぎになっているのだよ。ずいぶん若《わか》い子らしいがね。それでだね、ソヴュール警視庁《けいしちょう》からの連絡《れんらく》によると、その二代目クィアランがなぜかこの村に向かったという情報《じょうほう》があるらしい。列車に乗ったところを見たという者がいてね。詳《くわ》しいことはわからないのだが……しかし、久城くん。そんな大泥棒がいったいなんのために、こんななにもない村にやってくると思うかね？　村にあるのは葡萄畑《ぶどうばたけ》と、林檎園《りんごえん》と、後はこの謎めいた聖《せい》マルグリット学園だけだ……」

ブロワ警部は首をかしげ、

「さっぱりわからん……」

「ぼくにだってわかりませんよ。そりゃヴィクトリカなら、話を聞けばすぐにピンとくるかもしれないですけど……」

警部は聞こえていない振《ふ》りをした。

一弥は警部の横顔を睨《にら》んだ。

そして、この風変わりな貴族《きぞく》の警部と、図書館の上にいるあのとんでもなく奇妙《きみょう》な少女は、いったいどんな間柄《あいだがら》なのだろうと思った。

——ブロワ警部は一弥が巻《ま》き込まれた第一の事件〈オートバイ首切り事件〉も、第二の事件〈騎士のミイラ事件〉も捜査《そうさ》を担当《たんとう》し、どちらも、ヴィクトリカの力を借りることで見事解決したのだった。ブロワ警部はヴィクトリカがいる場所も、彼女の頭脳《ずのう》のすごさも知っていて、その力を借りようとするくせに、自分からは絶対《ぜったい》にヴィクトリカに話しかけようとしないのだ。もっともヴィクトリカのほうも、ブロワ警部のことを気にも留《と》めず、鼻であしらっているようだったが……。

この二人はいったいどういう知り合いなのだろうか？　そして、どうしてそんなに仲が悪いのだろうか？

——警部はふと思い出したように、

「そういえば、久城くん。例の〈騎士のミイラ事件〉の犯人《はんにん》、ミリィ・マールのことだがね。君の担任《たんにん》のセシルとかいう女教師《おんなきょうし》は、その昔この学園の生徒だったのだよ」

「はぁ……」

「いいかい？　セシルは八年前に生徒だったのだ。君、わかるかね？　セ、シ、ル、と死、ん、だ、ミ、リ、ィ・マ、ー、ル、は同級生だったのだよ」

一弥は驚《おどろ》いて目を見開いた。

セシル先生は、納骨堂《のうこつどう》に入るときも、死体がみつかったときも、そんなことは一言も言っていなかったけれど……。

「ついさっき、保健室《ほけんしつ》から出てきたところで会ったものでね。ミリィ・マールが犯人だったことを告げたら、どうも、ずいぶんとショックを受けていたようだよ。あっちのほうに……」

ブロワ警部《けいぶ》は校舎裏《こうしゃうら》の花壇《かだん》を指差した。

「ふらふらっと歩いていった。どうも、泣いていたようだったな」

ブロワ警部はそれだけ言うと、部下二人を引き連れて廊下《ろうか》を歩いていった……。

4

一弥はどうしようかと迷《まよ》いながらも、校舎裏の花壇に向かった。

と、花壇の辺りでしょんぼりしているセシル先生をみつけた。先生はしゃがんで、拾った小《こ》枝《えだ》でもって地面をぐさぐさつつきながらため息をついていた。

一弥はどうしようか迷ったが、事件《じけん》のことで声をかけるより先に、先生が小脇《こわき》に抱《かか》えているものに目が吸《す》い寄《よ》せられた。

それは――なんと、一弥がなくしたはずの紫《むらさき》の本だった。

「セシル先生、その本……ッ！」

セシル先生は一弥に気づいて立ち上がった。

「どうしてその本を持っているんですかっ？」

セシル先生は目をぱちくりして、

「えっ、これ……？　花壇の裏に捨《す》ててあったのよ。じゃ、久城くんの本なの？」

「は、はい……」

「本を粗末《そまつ》にしちゃだめよ。だけどこれ、なんの本なの？」

まさか死者復活《ふっかつ》の本だとは言えず、一弥は受け取って、もごもごと言いよどんだ。

（花壇の裏に捨ててあった……？　どういうことだろう？　アブリルはこの本を隠《かく》したし、それをみつけて持っていたぼくは、誰かに襲《おそ》われて倒《たお》れた。なのに、肝心《かんじん》の本がどうして花壇なんかに捨てられてたんだ……？）

それに、熱心に本を読んでいたかと思ったらとつぜん興味《きょうみ》をなくして去っていってしまったヴィクトリカのことも気になり始めた。

（いったいどういうことだろう……？）

一弥は頭を抱えた。悩《なや》んでいるその姿《すがた》に、セシル先生はきょとんとしている。

一弥は気を取り直して、先生に聞いた。

「ところで、先生。さっきブロワ警部から聞いたんですけど……」

「あら、なぁに？」

「あの、亡《な》くなったミリィ・マールさんとセシル先生は、昔、同級生だったって」

セシル先生は驚《おどろ》いたように一弥を見た。

「……ええ、そうよ」

「仲がよかったんですか？」

「ええ。だからとてもショックだったの……」

セシル先生の顔に陰《かげ》が差した。

——いつのまにか、一弥とセシル先生は校舎裏の花壇を離《はな》れ、学園の敷地《しきち》に広がる庭園をゆっくり歩き始めていた。

セシル先生は顔をしかめて、

「ほんとは、一人で納骨堂に行くのがいやだったの。ミリィが眠《ねむ》ってる場所だから、かなしくて。それで久城くんとアブリルさんに手伝ってもらうことにしたのよ」

「そうだったんですか……」

「だけど、そしたら、あんなことに……。まさかミリィが人を殺していたなんて……」

一弥は、自分とセシル先生がいつのまにか、さっき何者かに襲われて倒れた、あの倉庫の近くまできていることに気づいた。

倉庫を指差して、

「ぼく、そこに倒れてたんですけど」

と言うと、セシル先生はあきれ顔になり、

「久城くんたら、こんなところで眠ってたの？　どうして、また？」

「いや、眠ってたんじゃないんですけど……」

一弥はそっと倉庫に近づいた。

「アブリルが言うには、ここには生徒が近づかないそうです。死んだ女生徒——ミリィ・マールの幽霊《ゆうれい》が出るとか、あの世に連れて行かれるとか、そういう怪談《かいだん》があるらしくて」

「まぁ！」

セシル先生はあきれながらも、ちょっとこわいのか、両手でぎゅっと一弥の腕《うで》をつかんだまま倉庫を覗《のぞ》き込《こ》んだ。

倉庫の中は埃《ほこり》がたまっていた。古い机《つくえ》や椅子《いす》が積み上げられ、その奥《おく》に地下に続くらしい汚《よご》れた螺旋階段《らせんかいだん》が見えた。内部は薄暗《うすぐら》かった。ドアから射《さ》し込む日射しで、舞《ま》い上がった埃が白く輝《かがや》いていた。

と……。

〈う、うぅ——！〉

奥のほう……いや、地下から、かすかにうめき声のようなものが聞こえた……気がした。

二人は顔を見合わせた。

また耳をすますが、もうなにも聞こえない。

「先生、いま、人の声みたいなのが……」

振《ふ》り向いた一弥は、セシル先生の顔を見てギョッとした。

大きな丸眼鏡《まるめがね》の奥で、垂《た》れ目がちの仔犬のような瞳《ひとみ》に涙《なみだ》が溜《た》まっていた。肩《かた》もぷるぷると震《ふる》えている。

そして……。

「こわい！」

「…………へ？」

「こわい！　久城くん、怒《おこ》るわよ！」

「ぼ、ぼくに？　どうしてですかっ？」

「こわいから！」

どうやらセシル先生はかなりのこわがりらしかった。そういえばついさっきも保健室《ほけんしつ》で、アブリルが幽霊の話をした途端《とたん》に、いろいろいいわけを並《なら》べて逃《に》げてしまった……。セシル先生はついさっきまでの優《やさ》しい教師《きょうし》の姿《すがた》はどこへやら……人差し指で何度も一弥をつついて、先に倉庫に入らせた。

ひゅうっ……！

やけに冷たい風が吹《ふ》いてきた。

二人の頬《ほお》を撫《な》でる。

——ガタッ！

なにもない場所から、大きな音が響《ひび》いた。セシル先生が震え上がり、一弥の背中《せなか》にぴったり

くっついて、

「なにかあったら言ってね？　先生、眼鏡はずしたから！　だからなんにも見えないから！幽霊とかも、ぜんぜんなんにも見えないの！」

振り向くと、本当に眼鏡をはずして、ぼんやりした目つきで一弥を見上げていた。眼鏡をしているときよりずいぶん大きく見えるブラウンの瞳は、きょときょとと落ち着きがない。

と、落ちていた木箱につっかかってコロンと転んで、小さな子供《こども》みたいに悲鳴を上げた。一弥はあきれて、

「先生、眼鏡かけてください。危《あぶ》ないです」

「……ちぇっ」

セシル先生が眼鏡をかけた。

と、そのとき……。

〈た、す、け……〉

低い声が響いた。

二人は顔を見合わせた。お互《たが》いに、自分じゃない、と首を振る。

〈たすけ、て……！〉

それは少女の声だった。

二人が振り向くと、薄暗《うすぐら》い倉庫の奥《おく》に、青白い少女の上半身が浮《う》き上がっていた。金色の短

い髪《かみ》に、青い瞳。瞳はぱっちりとして鼻筋《はなすじ》は通り、ずいぶんとかわいらしい顔だったが、肌《はだ》はやけに青白く、頬もこけていた。

セシル先生が叫《さけ》んだ。

「出ーたー⁉」

……と、

ずるり……！

おかしな音がして、少女の姿はかき消えた。

セシル先生がまた叫んだ。

「消ーえーたー⁉」

それから震える両手で眼鏡をはずしてなぜか断固《だんこ》たる様子で一弥に手渡《てわた》した。そして、

「これでもう見えないわ！」

と叫ぶと、一弥の腕《うで》をぎゅっとつかんだまま転がるように倉庫を出て、叫んだ。

「いやー！」

「せ、先生っ……⁉」

セシル先生は悲鳴を上げながらものすごく急いで走って逃げたが、歩幅《ほはば》がとてもせまくちょこちょことした走り方なので、一弥がちょっと早歩きするとちょうど追いつくぐらいだった。

「先生、眼鏡、眼鏡……！」

倉庫から遠く遠く離《はな》れたところまでくると、ようやくセシル先生は足を止め、一弥から眼鏡を受け取ると両手でかけ直し、それから断固とした口調で、

「……久城くん、ほかの生徒に言わないでね。言ったら赤点をつけますよ？」

「言いませんよ！　それにぼくは赤点なんてとりません。それより先生……いまのはいったいなんでしょうか？」

セシル先生は目をきゅっと固くつぶって、

「ゆ、ゆ、幽霊《ゆうれい》」

「……先生、幽霊なんていませんよ」

「だけど、ミリィ・マールじゃないわ」

「……へっ？」

セシル先生はブラウンの瞳《ひとみ》を開いた。

「幽霊だけど、べつの少女の幽霊よ。あの顔はミリィとは別人だったわ。あれはこの学園の教《きょう》師《し》のわたしが、まったく見たこともない少女なのよ」

二人はきょとんとして顔を見合わせた。

「……いったい誰《だれ》の幽霊なのかしら？」

立ち尽《つ》くす二人のあいだを、冷気を含《ふく》んだ風が通りすぎていった――。

5

――そのころ。

聖《せい》マルグリット大図書館。

「こんなところに、女の子が、いる……？」

埃《ほこり》と塵《ちり》と知性《ちせい》の匂《にお》いの沈殿《ちんでん》する不思議な角筒《かくづつ》型の塔《とう》。そのホールに立ち尽くして、アブリルが口を開け、遥《はる》か上を見上げていた。

「こんなところ、女の子がいる場所じゃないわ。せいぜいお爺《じい》さんがいいところよ。それかもしくは……幽霊ね」

自分の言葉に、自分でくすくす笑う。

「幽霊には居心地《いごこち》のいい場所でしょうね。ミリィ・マールの幽霊も、あんな古倉庫じゃなくて、ここに出ればいいのに」

なぜか頭をのけぞらせて笑い始める。

それから急に笑い終わると、真顔に戻《もど》り、迷路状《めいろじょう》に上へ上へどこまでものびている細い木階《かい》段《だん》を、走って上がり始めた。

たったたったたったたっ……！

薄暗い塔には似合《にあ》わぬ、軽快《けいかい》で健康的な足音が、響《ひび》く。

木階段の揺《ゆ》れに合わせて、壁全体を覆《おお》う巨大書棚《きょだいしょだな》も、カタカタ小刻《こきざ》みに揺れ始めた……。


——約十分後。


「はぁ、はぁ、はぁ、はぁ……」

始めの数分こそ元気に走り上ったアブリルだったが、あまりにも長い、永遠《えいえん》と思えるほどに続く迷路階段に疲《つか》れ果て、最後の数段は膝《ひざ》に手のひらを当てて肩《かた》で息をしながら、這々《ほうほう》の体《てい》でなんとか、上がりきった。

「こ、こんな、すごい階段を、久城くんは上って、普《ふ》通《つう》に上って……なに考えてるのかしら……はぁ」

アブリルはそっと下を見下ろした。

遥か下に、一階ホールの床《ゆか》が見えた。目もくらむほどの高さだった。迷路階段は、まるでのたうつ不気味な生き物のように床からどこまでも続いていて、目で追っていくと、最後は自分が立っている足元の階段になった。

アブリルはなぜか急にぞっとした。いまにも迷路階段が動き出して悪夢《あくむ》のように自分を捉《とら》えてしまうような……。

「……ここ、なんだかいやな感じがするわ」

アブリルはつぶやくと、急いで階段を駆《か》け上がって、いちばん上の階にある白い床に足を踏《ふ》み出した。

そして、アッと叫《さけ》んだ。

そこには……

植物園があった。

緑茂《しげ》る温室に、南国の木々や毒々しい原色の花が咲《さ》き乱《みだ》れていた。四角い天窓《てんまど》から密《ひそ》かに太陽が覗《のぞ》いていた。

アブリルは辺りを見回した。

「でも、誰も……」

知らず声が大きくなる。

「誰も、いないじゃないの……？」

——そこは無人だった。

アブリルは何度も何度も辺りを見回す。

植物園と階段のあいだに、小部屋ぐらいの薄暗《うすぐら》い空間があり、アンティークらしいガラスの洋燈《ランプ》と、積まれた難解《なんかい》そうな書物と、古い陶製《とうせい》のパイプなどが散らばっていた。

アブリルは眉《まゆ》をひそめ、観察した。

それらは埃をかぶっていた。その場所は薄暗《うすぐら》く、長い時と静寂《せいじゃく》が降《ふ》り積もったように、床には白い埃の層《そう》が見えた気がした。

「誰も、いないわ」

アブリルはもう一度つぶやいた。

「いるとしたら幽霊《ゆうれい》よ。やーい、幽霊！」

こわさを押《お》し隠《かく》し、わざと声を張《は》り上げる。

それから辺りをきょろきょろ見回し、一歩一歩、歩き始めた。植物園の入り口辺りに近づいたとき……。

「ひっ……!?」

アブリルは一瞬《いっしゅん》だけ、本当におびえたような短い悲鳴を上げた。

ひきつった顔が、やがてゆっくりと、なんだ、と安堵《あんど》するような笑顔《えがお》に変わる。

そこには――

豪奢《ごうしゃ》なビスクドールが――

無造作《むぞうさ》にぽつんと立てかけられていた。

……とても寂《さび》しそうに。

等身大よりはずっと小さいが、人形にしてはずっしりと重量感があった。ゴブラン織《お》りの豪奢なドレスを着せられ、長い金髪《きんぱつ》を垂《た》らす小さな頭には、鉤針編《かぎばりあ》みのレースのボンネット。

瞳《ひとみ》は大きく見開かれ、凍《こお》りついたように動かない。

アブリルはとつぜん笑顔になり、人形に手を伸《の》ばすと、そっと持ち上げた。そしてぎゅうっと抱《だ》きしめた。

顔を近づけ、長い睫毛《まつげ》の一本一本まで丁寧《ていねい》に埋《う》め込《こ》まれた精巧《せいこう》なビスクドールの顔をみつめて、

「まぁ、なんてかわいらしいの！」

いつからそこに置かれていたのか、豪奢な服や帽子《ぼうし》が埃《ほこり》をかぶっているのに気づくと、床の上に座《すわ》らせてていねいに埃を払《はら》ってやる。

知らず独《ひと》り言がこぼれた。

「ずいぶん高価《こうか》なビスクドールだわ。これはおそらく……」

アブリルの横顔がとつぜん表情《ひょうじょう》を変えた。冷徹《れいてつ》で大人びていて、一弥やセシル先生に見せている元気な少女とはまったく別の顔だった。

「前世紀ドイツの天才人形師《にんぎょうし》グラフェンシュタインの作品ね。……ほら、サインがある」

人形の長い金髪をそっと持ち上げて、首の後ろにある飾《かざ》り文字〈G〉のサインを確認《かくにん》すると、満足そうにうなずく。

「悪魔《あくま》と取り引きして人形に魂《たましい》を込めたという、人形師グラフェンシュタイン。邪悪《じゃあく》な魂を得て夜歩く闇《やみ》のビスクドールたち。彼の作品は売れば大変な額《がく》になる。……これはこれは。冒険《ぼうけん》

家《か》サー・ブラッドリーの秘密《ひみつ》の遺産《いさん》を手に入れるためにこんな山奥《やまおく》まできたけれど、思わぬ拾い物をするとはね。さすが二代目クィアラン、と言えば自画自賛《じさん》しすぎかしら。どうやらわたしは、一代目に勝《まさ》るとも劣《おと》らない立派《りっぱ》な大泥棒《どろぼう》になれそうね。で、さて、このお嬢《じょう》ちゃんは、と……」

アブリルは今度は人形を無造作に持ち上げると、辺りをきょろきょろ見回した。ミニチェストをみつけて、そこに隠そうとふたを開けようとしたが、なぜかびくともしないのであきらめ、チェストの陰《かげ》にそっと隠した。

「このままビスクドールを抱えて図書館から出たら、誰かに見られるかもしれないわ。あの紫《むらさき》の本だって慎重《しんちょう》に隠したつもりなのに、きっと誰かがこっそりわたしを見ていたのね。すぐに、せっかくみつけたサー・ブラッドリーの遺産を横取りされてしまったのだもの。それは追々取り返してみせるとして、とりあえずこの人形は……。そうだ、鞄《かばん》を持ってきて、中に隠して持ち去ればいいわ。どうせこんなところで埃をかぶってる人形が盗《ぬす》まれたって、誰も気づかないにちがいないしね。ほんとにほんとに、これは思わぬ拾いもの」

満足そうにうなずいて、立ち上がる。

しかし、急になにか思いだしたように顔をしかめた。それから不思議そうな表情になり、

「ちょっと待って……。そういえば、ここのことは久城くんに聞いたんだったわ。確《たし》かヴィクトリカとかいう女の子がいるって言ってたけど。結局、そんな子はどこにもいない……」

アブリルは辺りを見回した。

古いパイプ。

難解《なんかい》な書物の山。

洋燈《ランプ》。

……すべてがまるで百年も前からそこにあるような非現実感《ひげんじつ》を帯び、夢《ゆめ》のような静寂《せいじゃく》に漂《ただよ》っている。

アブリルは努《つと》めて冗談《じょうだん》めかせて、

「ねぇ、人形のお嬢さん、まさか、あんたが久城くんの言っていた女の子の正体なんじゃないでしょうね？　まさか、ちがうわよね？」

もちろんビスクドールは答えない。凍《こお》りついたように見開かれた大きな瞳が空《むな》しくこちらをみつめかえしてくるだけだ。

「まさか、ね……」

答える声はない。

アブリルは急にぶるる、と身震《みぶる》いした。

思い出したように、つぶやく。

「〈図書館のいちばん上には金色の妖精《ようせい》が棲《す》んでいる〉……」

自分が金髪の少女人形を隠《かく》したチェストを振《ふ》り向き、気味悪そうに、

「〈妖精は見返りに魂を要求する〉……」

なにを感じたのか、後ずさる。

「前世紀の人形師グラフェンシュタイン作の、悪魔が魂をこめた少女人形……！」

天窓《てんまど》から冷たい風が吹《ふ》いた。

「あなたまさか、久城くんをばかして、魂をとっちゃうつもり、なんてこと……？」

青白い磁器《じき》で造《つく》られた人形の唇が、
パカリ――

と、音を立てて動いた……気がした……。

アブリルは短く悲鳴を上げた。

何度も後ずさり、ついに階段《かいだん》の踊《おど》り場から下へ落ちそうになったアブリルは、チッと顔に似《に》合《あ》わぬ下町風の舌打《したう》ちをし、

「……まさかまさか。そんなはずはないわ！」

震える声で叫《さけ》ぶと、迷路《めいろ》階段を転がるように駆《か》け下りていった……。

6

そのころ、一弥は図書館への道を急いでいた。こわがるセシル先生をなだめてから、寮《りょう》に戻《もど》り、めずらしいお菓子《かし》を探《さが》して、急いでやってきたのだ。

図書館のホールに入った途端《とたん》、飛び出してきた人影《ひとかげ》と思い切りぶつかった。

「うわっ！」

出てきたのはアブリルだった。なぜか荒《あら》く息をしていて、一弥に気づくと、

「く、久城くん……！」

「アブリル、どうかしたのかい？」

「わたし、その、久城くんから聞いた植物園に……」

「いちばん上まで上ったの？　たいへんだっただろ？　それで……いったいどうしたの？」

問われたアブリルはなにか言いたそうな顔で黙《だま》っていたが、結局、

「ううん。なんでも、ない……」

首を振って、急いで図書館から出ていってしまった。

「どうしたんだろう？」

一弥は首をかしげたが、アブリルを追うことはせず、そのまま図書館に入っていった。

図書館はいつものように静寂に包まれていた。少し埃《ほこり》っぽい独特《どくとく》の空気と、静けさ。

一弥は少しだけ憂鬱《ゆううつ》そうに天井《てんじょう》までのびる迷路階段を見上げたが、うんとうなずくと姿勢《しせい》を正し、カッ、カッ、カッ、カッ……と足音を響《ひび》かせて上がり始めた。

それにしても迷路階段は長い。

一弥は上がり続ける。

上がり続ける。

……まだ上がっている。

どれぐらいのあいだ上がり続けたか。悪い魔法《まほう》にかけられて同じ場所をぐるぐる回っているかのような感覚が一弥を捉《とら》えそうになる。うっかり下を見てしまうとあまりの高さに目がくらみ、足が止まってしまう。

カッ、カッ、カッ、カッ……。

——ぴょこっ！

急に視界《しかい》の上のほうで、金色の小さなものが動いた。一弥は足を止め、目を細めて見上げた。

「ヴィクトリカ？」

「……お菓子を持ってきただろうな」

老女のようなしわがれ声が、遠く、上のほうから響いた。一弥はあきれ顔になり、

「持ってきたよ。花林糖《かりんとう》っていうんだ。ちょっと硬いけど、文句《もんく》を言わないでよ」

「……フン」

小さな頭が引っ込んだ。遅《おく》れて長い金色の髪《かみ》も、不思議な太古の生き物の尻尾《しっぽ》のようにゆっくりとヴィクトリカ本体の後を追って、うねりながら消えていく……。

「さっきアブリルとドアのところですれ違《ちが》ったよ。植物園がどうのって言ってたけど。君、彼女に会ったのかい？」

「…………」

ようやくいちばん上まで上がってきた一弥が、肩《かた》ではーはー息をしながら聞いた。ヴィクトリカはしばらく知らんぷりをしていたが、

「ねぇ？」

「……知らん」

渋々《しぶしぶ》、短く答えた。

「じゃあ、会わなかったの？　おかしいなぁ」

ヴィクトリカは、一弥が持ってきた花林糖を一つ摘《つま》み、険《けわ》しい顔をしていた。縦《たて》にして睨《にら》み、横にして睨み、それから小さな鼻に近づけるとクンクンと匂《にお》いを嗅《か》いだ。

「……甘《あま》い匂いがするぞ！」

一弥はちらりとヴィクトリカの顔を覗《のぞ》き見た。と、どうやら気に入ったらしく彼女がにこにこし始めたので、うれしくなり、

「そりゃそうだよ。お菓子だもん」

「犬の糞《ふん》みたいな姿なのにな」

「……女の子が、糞だなんて」

ヴィクトリカが小さな唇《くちびる》を開いて、ぱくっと花林糖をくわえた。それから顔をしかめ、

「硬い」

「……君、硬いものが苦手なんだね。雷《かみなり》おこしのことも、硬いからいらないって放《ほう》り投げてたし。君ったら、おばあさんみたいだなぁ。……いてぇ⁉」

ブーツの底で脛《すね》を蹴《け》られた。一弥は痛《いた》みに悶絶《もんぜつ》しながらも、横目でヴィクトリカを見た。どうやら花林糖を気に入ったらしく、二つめに手を伸《の》ばしている姿《すがた》を確認《かくにん》し、ほっと胸《むね》を撫《な》で下ろす。

「……イテテテテ。それでさ、ヴィクトリカ。順番に話すけど、ついさっき、またブロワ警《けい》部《ぶ》に会ってね。どうも警部は大泥棒《どろぼう》クィアランとかいうやつの二代目を捜《さが》しているらしいんだけど、そいつは誰《だれ》にも顔も名前もはっきりとは知られていないんだって。それでね……」

一弥はこれまでのことを一気に語った。

「クィアランなら、知ってるぞ」

ヴィクトリカがこともなく言った。

一弥はキョトンとして、

「君、クィアランのなにを知ってるのさ？」

「顔と名前」

「………」

「そのアブリルとかいうやつな。あいつが二代目クィアランだ。さっきここで自画自賛《じさん》していたぞ。なかなか間抜《まぬ》けな姿だったが」

　ヴィクトリカはそれだけ言うと興味《きょうみ》をなくしたように書物を膝《ひざ》の上に置き、またすごいスピードで読み始めた。ぱらぱら、ぱらぱら、とあっというまに読み終えてはページをめくっていく。

　……ぽろり。

　一弥が手に持った花林糖を取り落とした。

　ヴィクトリカは顔を上げた。

「……どうしたのだね、君。ばかみたいに口を開けて。虫が入っても知らないぞ」

「アブリルがクィアラン⁉」

「だからそう言ったじゃないか、君」

「……ほんと？」

「うそを言ってどうするのだ」

　ヴィクトリカは知らんぷりしてまた読書に戻《もど》った。もぐもぐ、と花林糖を咀嚼《そしゃく》している。

　と、一弥が、

「…………いや――――――⁉」

「久城、うるさいぞ！」

ヴィクトリカは怒《おこ》りだした。小さな手に花林糖をつかんでは一弥に投げ、つかんでは投げる。

「君、静かにしてくれたまえ！　読書の邪魔《じゃま》だ」

「いや――――――!?　……って、どういうこと？」

「知るか」

ヴィクトリカは知らんぷりしてしばらくパイプをくゆらしていたが、やがて、ツッと一弥を見た。その顔には不敵《ふてき》な笑《え》みが浮《う》かんでいた。

「君、聞きたいかね？」

「……なにを？」

「わたしが〝知恵《ちえ》の泉《いずみ》〟によってこの混沌《カオス》の欠片《かけら》たちを退屈《たいくつ》しのぎに玩《もてあそ》び、再構成《さいこうせい》した事実を、だよ」

一弥は身を乗り出した。

「謎解《なぞと》きってこと？　だけど、君、ほかになにを知ってるのさ？」

「二代目クィアランの正体だ」

「へっ？」

一弥はきょとんとした。

「もしかして……知ってる人なの？　えぇーっ……。ねぇ、誰？　誰？」

ヴィクトリカは緑の瞳《ひとみ》を見開いた。瞳には冷たい炎《ほのお》がちろちろと燃《も》えていた。不敵で、悲しげで、見たこともない不思議な炎——。

「……それはだね、君」

そしてヴィクトリカは、ある名前を口にした……。

大泥棒《どろぼう》クィアランは聖《せい》マルグリット学園に存在《そんざい》した。そして謎の留学生《りゅうがくせい》の正体は、その跡《あと》を継《つ》ぐ二代目クィアランだった。

彼女が狙《ねら》う不思議な紫《むらさき》の本——。本に書かれているのは、不吉《ふきつ》な死者復活《ふっかつ》の儀式《ぎしき》——。否応《いやおう》なく巻《ま》き込《こ》まれた、東洋からの留学生久城一弥と、彼の守護《しゅご》天使か、それとも魂《たましい》を狙う悪魔なのか……奇怪《きかい》な頭脳《ずのう》を縦横無尽《じゅうおうむじん》に駆使《くし》する謎の少女ヴィクトリカ。

紫の本を巡《めぐ》るヴィクトリカと一弥の冒険《ぼうけん》はこの後、意外な決着を見せるが、それはまた別の話である……。

第四章　図書館のいちばん上には金色の妖精《ようせい》が棲《す》んでいる

1

穏《おだ》やかな春の日の夕刻《ゆうこく》。

聖マルグリット大図書館——。

石造《いしづく》りの外壁《がいへき》に悠久《ゆうきゅう》の時を刻《きざ》んだ、欧州《おうしゅう》でも指折りの巨大《きょだい》な書物庫。乳鋲《ちびょう》を打った革張《かわば》りのスイングドアの内部は、すべての壁《かべ》が書棚《しょだな》に取って代わられ、ただただ、知と、時と、静寂《せいじゃく》が、床《ゆか》に向かって静かに降《ふ》り積もったような敬虔《けいけん》なその空間——。

西欧の小国ソヴュール王国の山間にひっそりと建つ貴族《きぞく》の子弟《してい》のための名門、聖マルグリット学園の敷地《しきち》のずっと奥《おく》に隠《かく》された知の殿堂《でんどう》は、今日もまた、ここ三百年余《あまり》そうであったように、奇跡《きせき》のような静謐《せいひつ》さを、保《たも》って、いた……。

「えぇぇ——!? マクシムがクィアラン——!?」

……静かなはずの図書館の遥《はる》か上、荘厳《そうごん》な宗教画《しゅうきょうが》が描《えが》かれた天井《てんじょう》近くの空間から、驚《おどろ》きのあまり張《は》り上げられたらしい、少年の叫《さけ》び声が降り落ちてきた。長き静寂にたゆたっていた壁の何万という書物たちが、ゆっくりとしわだらけの目を開けて天井を見上げたような、奇妙《きみょう》なざわめきがホールを横切っていった。

――ホールから、まるで巨大な迷路《めいろ》のように細い木階段《かいだん》が危《あぶ》なっかしくのびている。その遥か上の天井近くに、南国の植物や艶《あで》やかな花々が咲《さ》き乱《みだ》れる、緑眩《まぶ》しい植物園があった。少年の声はどうやら、その植物園の辺りから響《ひび》いたようだったが……。

「……久城《くじよう》、君、うるさいぞ！」

「ど、どういうこと？」

「知るか」

いかにも無邪気《むじやき》そうな少年の声に混《ま》じって、まるで老女のようにしわがれ、そのくせよく響く不思議な声も降り落ちてくる。その声はずいぶんと乱暴《らんぼう》に少年を突《つ》き放しているようだ。少年のほうは「あー……」だの「うーん……？」だのしばらく唸《うな》り声を上げていたが、やがて植物園には再《ふた》び、静けさが満ちてきた。

そこにいるのは、小柄《こがら》で人の良さそうな顔つきをした東洋人の少年である。彼が膝《ひざ》を抱《かか》えて座《すわ》っている目前にいるのは、小さな精巧《せいこう》な人形である。

等身に近い大きさに造られた、おそらく身長百四十センチほどの少女人形。白い梯子《はしご》レースとピンクのベルベットリボンでたっぷりとふくらんだ、豪奢《ごうしゃ》で重そうなドレスに身を包んでいる。長い見事な金髪《きんぱつ》を、まるでほどけたビロードのターバンのように床に垂《た》らしている。横顔しか見えないが、凄《すご》みのあるほど整った小さな顔に、思わず息を呑《の》むほど冷酷《れいこく》な輝《かがや》きを湛《たた》えた、ひんやりとした緑色の瞳《ひとみ》が瞬《また》いている。

少女人形の膝には分厚《ぶあつ》い書物が開かれていた。小さな体の周りには開かれた書物が放射線状《ほうしやせんじよう》に広がり、まるで呪術《じゆじゆつ》的な模様《もよう》のようにぐるりと彼女を取り巻《ま》いている。

口元に近づけた白いよくできた手の指に、陶製《とうせい》のパイプを握《にぎ》り、ぷかぷかと吸《す》っている……。

白い細い煙《けむり》が、天窓《てんまど》にゆっくりと上っていく……。

「二代目クィアランがアブリルっていうのも、すごく驚いたけど……。一代目クィアランが、どうしてマクシムなのさ？」

一弥《かずや》の問いに、その人形、いや人形そのものに見えるあまりに小柄であまりに美しく、またあまりにひんやりとした少女——ヴィクトリカが面倒《めんどう》くさそうにだが、答えた。

「一代目クィアランは七、八年前にとつぜん消えた。マクシムは春になるたびに学園に戻《もど》ってきていたが、八年前の春、殺された。そしてマクシムの死体が発見され、二代目クィアランがやってきた……。これが偶然《ぐうぜん》かね？」

「で、でもさ……」

「マクシム、いや、一代目クィアランはおそらく、春になるたびに学園に戻ってきては、彼が手に入れた宝《たから》を学園に隠していたのだろう。海賊《かいぞく》が洞窟《どうくつ》に宝を隠すようにね。紫《むらさき》の本もその一つだ。しかし隠す前に、紫の本ごと納骨堂《のうこつどう》に閉《と》じこめられたのだろうよ。まぁ、想像《そうぞう》の域《いき》を出ないがね」

ヴィクトリカはそれだけ言うと、また書物に向き直ってすごいスピードで読み始めた。ページをめくっては読み、めくっては読む。時折パイプを口に近づけて、ぷかり、ぷかり、と吸う。

一弥はその姿《すがた》をじーっと見ていた。

と、とつぜんヴィクトリカがばたんと書物を取り落とした。呆然《ぼうぜん》としたように緑の双眼《そうがん》を見開き、虚空《こくう》をみつめている。

「ど、どうしたのさ、君？」

「……退屈《たいくつ》だ！」

「はぁ？」

「読んでも読んでも、退屈なのだ！　君、ええと確《たし》か、久城とかいう間抜《まぬ》けな男だったな。なにかわたしが驚《おどろ》くようなことをしてみたまえ」

「だ、誰《だれ》が間抜けだよ⁉　それに、驚くようなことなんて……」

「たとえばだ」

ヴィクトリカはまじめな顔をして、ずずいっと一弥に近づいてきた。一弥はいやな予感がしてずりずりと後ずさった。

「足のあいだから頭を出してにっこり笑ったり、腹《はら》の上に置いた棒《ぼう》で皿を回したりだ」

「……そんなことできないよ！」

「なぜだ？　君、東洋人だろう？」

「へ、へ、偏見《へんけん》だよ！」

一弥は立ち上がった。本気で怒《おこ》っていた。なるほど相手は〝西欧《せいおう》の小さな巨人《きょじん》〟ソヴュールの貴族《きぞく》だが、一弥は帝国《ていこく》軍人の三男として、このような侮辱《ぶじょく》には断固《だんこ》抗議《こうぎ》するべきだと決意した。硬《かた》い顔つきで、

「ヴィクトリカ、君……」

「……ちょっと待て。君、倉庫に出た幽霊《ゆうれい》は、君とセシルになんと言ったのだったかね？」

一弥は出鼻をくじかれて、口を閉じた。

「……ええと、確か『助けて』って」

「それはたいへんだ。君、助けに行ってやってはどうだ」

「幽霊を？」

「君はばかだなぁ」

一弥はまた怒りだした。しかしヴィクトリカは気にする様子もなく、さくらんぼのようにつやつやした小さな唇《くちびる》を開いて、

「君、倉庫にいるのは幽霊ではない。少女だ。短い金髪に青い瞳の、と言ったね？　これはたいへんだ……！」

「な、なにが？」

「君、グレヴィールはまだ学園にいるかね？　もしいるなら、一緒《いっしょ》に倉庫に行きたまえ。おか

しなヘアスタイルをしてはいるが、一応《いちおう》、警察権力《けいさつけんりょく》だ。権力などというものはもちろん文明の排泄物《はいせつぶつ》に過《す》ぎないが、少しは役に立つことだろう」

一弥は戸惑《とまど》った。

「別にいいけど……ぼくたち、倉庫になにしに行くのさ？」

ヴィクトリカは小さな両手を開いて、抗議するようにぶんぶん振《ふ》り回した。そしてあきれ顔で、

「君、まだわからないのかね？　短い金髪《きんぱつ》に青い瞳《ひとみ》の、囚《とら》われた少女を救うのだよ」

「……それ、誰？」

「アブリル・ブラッドリーだよ。……いいから行きたまえ。足のあいだから頭を出すのは今度にしておいてやる。さぁ、行きたまえ」

――一弥は、なんのことだかさっぱりわからないまま、何度も首をかしげ、迷路階段《めいろかいだん》を降《お》り始めた。

「……あれ？」

ついいま話題に出たばかりのアブリル本人が、迷路階段を急いで上がってくるところだった。なぜか片手《かたて》に大きなトランクを持っているが、中は空っぽらしく、軽そうだ。

「君……」

一弥の声に、アブリルも顔を上げた。

「どうしたの？　そのトランクは？」

「これは人形師《にんぎょうし》グラフェンシュタインの作品を入れ、て……あわわ、いや、なんでもないの。わたし、急ぐから。……く、久城くんはなにしてたの？」

一弥はアブリルと、細い木階段の途中《とちゅう》で危《あぶ》なっかしくすれちがいながら、答えた。

「ヴィクトリカと話してたんだ。彼女の命令でちょっと、ね……」

「……ヴィクトリカ？」

急いで階段を降りていく一弥の後ろ姿《すがた》を、アブリルは戸惑ったような表情《ひょうじょう》を浮かべて見送っていた。

「久城くん――」

小声でささやく。

「本気で言ってるのかしら……？　植物園には人間の女の子なんていないのに。あの人形……人形師が悪魔《あくま》と取り引きして邪悪《じゃあく》な魂《たましい》を封《ふう》じ込《こ》めたという、あれに命令されて久城くんは動いているっていうの？　どういうこと……？」

アブリルは首をかしげながらも、空のトランクを片手に、再《ふた》び迷路階段を上がり始めた。

2

図書館を出た一弥は、学園の敷地中《しきちじゅう》を走って、ブロワ警部を捜《さが》した。教師たちに行きあうたびに、警部の奇怪《きかい》なヘアスタイル——金髪をドリルの先のように尖《とが》らせて先端《せんたん》をぐりゅんとねじって、固めている——を説明する。一人の教師が、

「そのへんな人なら、あっちに行った」

と指差す方向に、一弥は走りだした。

ほどなくブロワ警部をみつけた。夕刻《ゆうこく》に差しかかり、眩《まぶ》しい夕日が金色のドリルを照らしていた。一弥が警部に、なんだかわからないのだがヴィクトリカが倉庫に行けと言うのだと説明すると、ブロワ警部は顔をしかめ、

「君の言う、その、ヴィなんとかという名前は知らないが、とにかく行ってみよう」

「け〜い〜ぶ〜……！」

「……そんな恐《おそ》ろしい顔をするな、久城くん」

ブロワ警部はそそくさと一弥の前を歩き、倉庫に向かった。

倉庫の中は薄暗《うすぐら》く、空気は湿《しめ》っていた。埃《ほこり》をかぶった机《つくえ》や椅子《いす》、染《し》みだらけの鏡などが乱雑《らんざつ》に積まれている。

警部《けいぶ》は一歩、一歩、おそるおそる進んだ。

「久城くん、ここには確《たし》かあれが出るんだったね？」

「ええ。ミリィ・マールの幽霊《ゆうれい》が。噂《うわさ》ですけど」

「で、君とあのセシルとかいう教師も、見たんだね？」

「……もしかして、怖《こわ》いんですか？」

ブロワ警部がカッとして振り向いた。ドリルの先が額《ひたい》に刺《さ》さりそうになり、一弥はあわててよけた。

「怖くない！」

「……だけどセシル先生が言うには、ぼくたちが見た幽霊はミリィじゃないって。顔が別人だったそうです」

「じゃ、誰だね？」

「さぁ……。ただ、その話をヴィクトリカにしたら、彼女は『アブリル・ブラッドリーだ』って。そして、『彼女を助けに行け』って。でも、どういう意味なのかな。だってアブリルはピンピンしてて、ついさっき、図書館の迷路階段ですれ違《ちが》ったばかりなんだ……」

「ふむ……？」

一弥とブロワ警部は顔を見合わせ、同時にこてんと首をかしげた。

「いかに名警部のわたしといえども、さっぱりわからんな」

「でしょうね」

「……むっ！」

二人は睨《にら》みあい、また一歩、一歩と進んでいった。

倉庫の奥《おく》に……。

誰かが倒《たお》れていた。

ブロワ警部は短く悲鳴を上げたが、一弥はあわてて走り寄《よ》った。それが同い年ぐらいの女の子だと気づいたのだ。

「君ッ——!?」

少女は目を閉《と》じていた。

(この子、さっきここで見た〝幽霊〟だ。やっぱり、幽霊じゃなくて人間の女の子だったんだな……)

一弥は少女を助け起こしてその顔を覗《のぞ》き込み、それから息を呑《の》んだ。

(かわいい女の子だ……!)

少女の目鼻立ちは整っていて、鼻筋《はなすじ》の通った大人びた顔をしていた。短い金髪《きんぱつ》。シンプルな白いワンピースから、健康的でいかにも活発そうな長い手足がのびていた。細いけれどしなやかで、若い雌鹿《わかめじか》を連想させる体つき。だけど肌《はだ》も服も薄汚《うすよご》れていたし、手足は縛《しば》られて、口にはほどけかけたさるぐつわがからみついていた。

「君、君ッ……!」

一弥はあわてて少女のさるぐつわを外して、手足を縛る紐《ひも》もほどいてやった。顔を覗き込んでいると、少女が急にカッと瞳《ひとみ》を見開いた。

——晴れた夏の空のような、青い、澄《す》んだ瞳だった。

みるみるその瞳に涙《なみだ》が盛《も》り上がって、目尻《めじり》からぽろぽろっと流れた。少女は腕《うで》を伸《の》ばして一弥に抱《だ》きつくと、

「助けて！」

「……助けたよ！　もう大丈夫《だいじょうぶ》。ここに警察の人もいるよ。だけど、君……いったい誰なんだい？　どうしてこんなところに囚《とら》われていたの？　誰にこんなことをされたの？」

大きな青い瞳をした少女——本物のアブリル・ブラッドリーは、かわいらしい顔を恐怖《きょうふ》に歪《ゆが》ませて、叫《さけ》んだ。

「わたしが本物のアブリル・ブラッドリーよ！」

一弥は息を呑んだ。

「君が、本物……？」

「そうよ……！」

「じゃ、あっちのアブリルは、偽者《にせもの》……」

一弥は、偽者のアブリルにときどき感じた違和《いわ》感を思い出した。無邪気《むじゃき》で元気な様子だったかと思うと、とつぜん別人のように冷たい顔をしてみせたり。それに、年齢《ねんれい》よりもずいぶん上に思えるときもあった。

ろう……。

おそらく無邪気で元気に見えていたときは、この本物のアブリルを真似《まね》していたときなのだ

そしてその偽のアブリルのことを、ヴィクトリカは、二代目クィアランだと言っていたのだ。

（……ちょっと待てよ。だとしたら……）

一弥は立ち上がった。

いま、偽のアブリル——二代目クィアランが、どこにいるのかを思い出したのだ。

「図書館だ！　ヴィ、ヴィクトリカ!?」

「……どうしたんだね？」

ブロワ警部にアブリルのことを任せ、一弥は倉庫を飛び出した。ブロワ警部があわてて、

「久城くんっ？」

「二代目クィアランは、図書館に行ったんです。目的はわからないけど……図書館にはヴィクトリカがいるんだ！　ちっちゃな女の子が、たった一人で……」

一弥は砂利《じゃり》道《みち》を走りだした。

3

そして、その頃《ころ》。

アブリル・ブラッドリー……いや、二代目クィアランである少女は……。

空っぽのトランクを片手《かたて》に、図書館塔《としょかんとう》の迷路階段《めいろかいだん》を駆《か》け上がっていた。

「はぁ、はぁ、はぁ……！」

上っても上っても、いちばん上の植物園までは、遠い。

——ようやく迷路階段を上がりきった少女クィアランは、巻葉装飾《まきばそうしょく》の細い手すりに寄りかかり、肩《かた》ではーはー息をしながら、

「に、人形は、どこ……？」

よろよろと歩いてビスクドールを探《さが》した。

ついさっき、ミニチェストの裏《うら》に隠《かく》すように置いたはずの豪奢《ごうしゃ》な少女人形は、しかし、その場にはなかった。クィアランはそれに気づくと、ヒッ……と息を呑んだ。

トランクを置いて、辺りを見回す。

探す。

人形を探す。

探して……。

「……ど、どうして⁉」

ようやくみつけたビスクドールは、しかし、植物園に茂《しげ》る南国の木々の陰《かげ》に隠れるようにしゃがみこんでいた。金色の長い髪だけが、生《お》い茂る緑の合間から覗いていた。クィアランは乱《らん》暴《ぼう》に髪《かみ》を引っ張《ぱ》ると、人形の細い胴体《どうたい》をつかんだ。

「まったく、どうしてこんなところに移動《いどう》してるの？　久城くんが動かしたってわけ？　それとも……人形が自分の意志《いし》で、わたしから隠れようとした、なんて……」

クィアランは自分の言葉に噴《ふ》き出した。

トランクを開けて、人形を乱暴に放《ほう》り込《こ》む。

そのとき……。

遥《はる》か下の下界から、図書館の扉《とびら》が勢《いきお》いよく開く音がした。クィアランはトランクを閉《し》めて立ち上がると、手すり越《ご》しに一階のホールを見下ろした。

久城一弥が走り込んできたところだった。クィアランはチッと舌打《したう》ちをした。トランクをつかんで迷路階段を駆け下り始めた。

「……ヴィクトリカ!?」

一弥は叫《さけ》んで、階段を駆け上がり始めた。そうしながら見上げると、カクカクと続く迷路階段の遥か上から、きつい目つきをした少女が駆け下りてくるのが見えた。

一弥が足を止めると、少女もまた足を止めた。

冷たい、瞳《ひとみ》。

——そして急に少女が、別人のような笑顔《えがお》を浮《う》かべた。

「あら、久城く……」

「クィアラン！」

一弥の叫びに、少女は一瞬《いっしゅん》、表情《ひょうじょう》を凍《こお》らせた。それからゆっくりと顔つきを、もとのきつい光をたたえたものに変えた。

「……ばれちゃったの？」

「君のことはお見通しだ。本物のアブリルはもう助けたよ」

「ちぇっ！」

アブリル……いや、二代目クィアランは、さきほどまでの口調とはガラリと変わり、下町風の威勢《いせい》のいい発音になって、

「そうだよ。アタシは大泥棒《どろぼう》クィアランの二代目さ。小さい頃に拾われて、泥棒として仕込まれたんだ。その一代目が八年前にとつぜん消えちゃってね。彼は盗《ぬす》んだ宝《たから》をどこかに隠してるって噂《うわさ》で、それがどうやらこの学園らしいってわかったんで、やってきたのさ。……一代目の正体、わかるかい？」

「マクシムだろ」

一弥が答えると、クィアランはびっくりしたように瞳を見開いた。

「……そうだよ。消えた一代目が、納骨堂《のうこつどう》から騎士《きし》のミイラになって転がり出てきたときにはびっくりしたよ。だけど、納骨堂にあの紫《むらさき》の本が落ちてたからね。あれは、一代目が春になるたびに学園にやってきて、学園のあちこちに隠した宝のうちの一つだよ。冒険家《ぼうけんか》サー・ブラッ

ドリーが孫娘《まごむすめ》に残した遺産《いさん》を盗んだものさ。それに気づいたから、アタシはすばやく拾って隠したんだ。だけど、あんた……あれをどこにやったのさ？」

「あれって……？　君……。じゃ、ぼくを後ろから殴《なぐ》りつけて紫の本を奪《うば》ったのは、君じゃないの？」

「もちろんアタシさ。だけど、あんた、本しか持ってなかったじゃないか」

一弥は聞き返した。

「えっ？」

「ペ、ペ、ペニー・ブラックはどうしたんだよ？」

「なんのこと？」

クィアランは一弥を睨《にら》みつけた。

「本なんかどうでもいいんだよ。だから本は花壇《かだん》に捨《す》てたんだ。アタシが探《さが》してたのは、ペニー・ブラック。あぁ、もう……本に絵葉書がはさんであっただろ？　あれがサー・ブラッドリーの遺産さ」

一弥はあっと叫んだ。

――紫の本をみつけたとき、ヴィクトリカは本には興味《きょうみ》を示《しめ》さず、栞代《しおり》わりにはさんであった絵葉書《えはがき》だけ持ってどこかに消えてしまったのだ。一弥はあのときの彼女の行動がさっぱりわからなかったのだが……。

「本じゃなくて、絵葉書のほう……？」

「そうだよ。どこにやったのさ？」

クィアランが数歩、階段《かいだん》を降《お》りてきた。一弥は、

「絵葉書なら、ヴィクトリカが……」

クィアランが言った。

「……あんた、なにを言ってるんだよ？　植物園に女の子なんていないのにさ」

一弥とクィアランは階段の下と上で、みつめあっていた。

一弥はきょとんとして彼女を見上げている。クィアランは苛立《いらだ》ったように、

「アタシは二回も、階段のいちばん上まで上ったよ。だけど、植物園には誰《だれ》もいないじゃないか。あんたは女の子がいるって言い張《は》るけど、そんな子はどこにもいない」

「な、なにを……？」

「埃《ほこり》っぽくて、薄暗《うすぐら》くて、誰も、いない。植物園にはもうずっと長い間、だぁれも、いなかったのさ。あんた、きっと妖精《ようせい》を見ちゃったんだ。言っただろ？〈図書館のいちばん上には金色の妖精が棲《す》んでいる〉って。あんたは東洋からの留学生《りゅうがくせい》で、周りには仲良くできる同級生もいなくて、意地になって勉強ばかりしてる男の子だ。〝寂《さび》しい子供《こども》は、妖精と友達になる〟〝そして魂《たましい》を取られてしまう〟……アタシが生まれた地方の言い伝えだよ」

クィアランは一弥を見下ろして、

「そんな女の子、いないのさ」

一弥はその言葉に深く傷《きず》ついた。

――クィアランの言うことは事実だった。留学してから半年、貴族《きぞく》の子弟《してい》たちになじめず、新しい友達がなかなかできなかったのだ。

だからヴィクトリカに出逢《であ》えたとき、一弥は、帝国《ていこく》軍人の三男として女々《めめ》しい感情《かんじょう》を自分の中で抑《おさ》えたけれど、本当は、内心とてもうれしかった。なるほどヴィクトリカは風変わりだしときどきよくわからないし、腹《はら》も立つけれど、ソヴュールで初めてできた、一弥の大切な友達なのだ……。

いないなんて、そんなはずはないのだ。

「そ、そんなはず……！」

クィアランは傷ついた一弥を嘲笑《あざわら》った。

「まだわかんないのかい？」

「彼女は、いるよ……」

「フン。じゃ、これを見せてやる。あんたの友達の正体は、これさ」

クィアランは残酷《ざんこく》な表情を浮《う》かべて、ゆっくりとトランクを持ち上げた。一弥はきょとんとしてそれを見上げた。

クィアランが、トランクのふたを、開け、る……。

——サラリ
金色の長い髪《かみ》がこぼれ落ちる。

豪奢《ごうしゃ》なドレスの裾《すそ》が見えた。

凍《こお》りついたような色つきガラスの瞳《ひとみ》が——見開かれていた。

「ヴィ……？」

ふたの開いたトランクを、クィアランが乱暴《らんぼう》に逆《さか》さにした。トランクから小さな少女がこぼれ落ちて、一弥に向かって落下してきた。一弥はあわてて手を伸《の》ばし、受け止めようとしたが、ゴブラン織《お》りの豪奢なドレスも、絹《きぬ》のような金髪を包むレースのボンネットも、一弥の手をするりとすり抜《ぬ》け、遥《はる》か下のホールへ落下していった……。

一弥は叫《さけ》び声を上げて見下ろした。

……ちょうど、一弥の後を追ってか、兎革《うさぎがわ》のハンチングをかぶって手をつないでいる刑事《けいじ》二人組が図書館に入ってきた。二人は上を見上げ、落ちてくるものに気づくとあわてて、つないだままの手で少女——いや、
少女人形を、ふわりと受け止めた。

一弥は呆然《ぼうぜん》とそれを見下ろしていた。

「……うわー。人形が落ちてきたー」

「いまの衝撃《しょうげき》で壊《こわ》れそうー。あ、首がもげそうー」

刑事たちが叫んでいる。

一弥はぼんやりとクィアランを見上げた。彼女は恐《おそ》ろしい顔をして、

「わかったかい？　植物園に女の子なんていないんだ。あの人形はあったけどね。あれは前世紀ドイツの人形師《にんぎょうし》グラフェンシュタインの作品さ。彼は悪魔《あくま》と取り引きして人形に魂《たましい》を込めることに成功したと言われていてね。彼の作品は邪悪《じゃあく》な意志《いし》を持ち、夜歩く化け物だって噂《うわさ》なのさ。……さて、久城くん」

クィアランがトランクを投げ落とし、一弥に迫《せま》ってきた。

一弥は呆然としていた。

（ヴィクトリカが、いない……？　そんなはずない……）

遥か下で、トランクが落下し、壊れる音が響《ひび》く。

（そんなはずない。ヴィクトリカは……いる……！）

クィアランが一弥の首をつかみ、恐ろしい力で絞《し》め上げた。

「本当はどこに隠《かく》した？　ペニー・ブラックをどこに隠した？　返せ。返せぇ！」

「し、知らない……。ぼくは、なにも……」

「おまえが持っていなかったら、誰が持っているんだ。返せぇぇぇ！」

一弥は迷路《めいろ》階段《かいだん》の途中《とちゅう》でクィアランともみ合いになった。木階段がみしみしと心許《こころもと》なく揺《ゆ》れ

た。

と……。

一弥の視界《しかい》に、なにか小さな金色のものが、映《うつ》った。

じっと目をこらす。

遥か上、天井《てんじよう》近く。手すりのあいだから顔を出している少女がいた。

怪《あや》しい輝《かがや》きをたたえた緑の瞳。それ自体が意志を持ったように怒《いか》りに舞《ま》い上がりうねる、見事な長い金髪《きんぱつ》。

――ヴィクトリカだ。

彼女は、さくらんぼ色の唇《くちびる》を開いて、小声でなにか言った。

「久城が持っていないとしたら……わたしが持っているのだよ、君」

まるで老女のようにしわがれた声。

クィアランはヒッ……と叫んで、ゆっくりと振《ふ》り返った。

上を、見上げる。

ヴィクトリカは小さな両手で懸命《けんめい》になにかを持ち上げていた。分厚《ぶあつ》い書物だ。

「久城から、手を離《はな》したまえ」

書物が落っこちてきた。

目を見開いたクィアランの顔面に、書物がごすっ……と鈍《にぶ》い音を立ててめりこんだ。クィアランは顔に書物の表紙を張《は》りつけたまま、両手を大きく開き、階段を下に下に、ごろごろごろっ……と落下していった。

ヴィクトリカが続けて、聞き捨《ず》てならないことを言った。

「その男はわたしの下僕なのだ」

いつもなら、帝国《ていこく》軍人の三男として大いに抗議《こうぎ》するべきところだが、一弥はちゃんと聞いていなかったので、ただ一言、返事をした。

「ヴィクトリカ……君、やっぱり、いたんだね」

「……失礼な」

ヴィクトリカが不機嫌《ふきげん》そうにフンと鼻を鳴らした。ゆっくりと手すりから離れ、姿《すがた》を消した。金色の髪《かみ》だけが、まるで小さな恐竜《きょうりゅう》の尻尾《しっぽ》のようにうごめいて、フリルとレースでふくらんだヴィクトリカ本体の後をゆっくり追っていく。

しわがれた声が、遅《おく》れて、届《とど》いた。

「……いるに決まっている」

4

木階段を威勢《いせい》よくごろごろ転がり落ちた二代目クィアランは、そこに入ってきたブロワ警部《けいぶ》によって逮捕《たいほ》され、手をつないでいる二人組の刑事《けいじ》によって、村の警察署《けいさつしょ》に連行されていった。

一弥は安堵《あんど》して、ぽてぽてと一歩ずつゆっくり、迷路階段を上った。ようやくいちばん上の植物園に着く。

顔を上げる。

ヴィクトリカは、ここ数日間で一弥がすっかり見慣《みな》れてしまった〝いつもの様子〟で、床《ゆか》に座《すわ》りこんで書物のページをめくっていた。放射線状《ほうしゃせんじょう》に広げられた書物に囲まれ、ぷかり、ぷかり、とパイプを吸《す》っている。

一弥が上がってきたのに気づくと、顔も上げずに、ただ口からパイプを少しだけ離して、

「……遅《おそ》いぞ、君」

その横顔はやはり、最初に会ったときと同じように取り澄《す》ました無表情《むひょうじょう》で、一弥の心を頑《かたく》なにさせる、この国の貴族《きぞく》特有のひんやりとした鼻持ちならないものだった。

しかし一弥は、今日はそれを気にせず、ヴィクトリカのとなりに腰《こし》を下ろした。

「これって、どういうこと？　例によって、君にだけは全部わかってる、ってやつかい？」

「もちろんだ。〝知恵《ちえ》の泉《いずみ》〟によって、な」

ヴィクトリカは物憂《ものう》げにため息をつき、それから面倒《めんどう》くさそうに言った。

「この世の混沌《カオス》の欠片《かけら》たちを、わたしは退屈《たいくつ》しのぎに玩《もてあそ》ぶのだ。〝知恵の泉〟によってね。そうして欠片たちを再構成《さいこうせい》し――、こうやってわたしは、また、途方に暮《く》れるというわけだ。再《ふたた》びやってきた、長く、気の狂《くる》いそうなほど退屈な時間にね」

「……退屈になる前に、教えてよ」

「言語化、かね」

ヴィクトリカは大あくびした。

「……面倒くさいのだ」

じりじりと一弥が待っているのに気づくと、ヴィクトリカはかすかに、あぁ……とうめいた。それから仕方なさそうに口を開いた。

「わかったよ、君。君のような凡人《ぼんじん》にもわかるように説明してやろう」

植物園にはぽかぽかと暖《あたた》かな日射《ひざ》しが射し込み、日溜《ひだ》まりに座りこむ二人の髪を、天窓《てんまど》から入った春の風が優《やさ》しく揺《ゆ》らしていった。

ヴィクトリカはずいっと、絵葉書《えはがき》を差しだした。紫《むらさき》の本にはさんであった、サー・ブラッドリーから孫娘《まごむすめ》アブリルに宛《あ》てた絵葉書だ。消印《けしいん》は押《お》されていない。

「ペニー・ブラックとは切手の名前だ。世界最古の切手。それだけで資産価値《しさんかち》があるが、ほんの数枚《すうまい》、印刷《いんさつ》ミスのおかげでさらに価値の出たものがあってね。それが、この絵葉書に貼《は》られているのだよ」

「へぇ……」

一弥は絵葉書を受け取り、切手をじっと見た。

「好事家《こうずか》なら一財産《ひとざいさん》なげうってでも手に入れたい宝《たから》だ。しかし孫娘に残されたこのサー・ブラッドリーの遺産《いさん》は、一代目クィアランによって盗《ぬす》まれてしまい、紫の本に挟《はさ》まれて学園に持ち込まれた。そして彼とともに納骨堂《のうこつどう》に眠《ねむ》っていたのだよ」

「そっか。……だけど、ヴィクトリカ。君、どうしてあの倉庫でぼくが見た少女が、クィアランに捕《と》らえられている本物のアブリルだってわかったの？」

「少女はおそらく、学園に入り込もうとする二代目クィアランに利用されたのだろう。彼女を監禁《かんきん》し、彼女になりすまして学園に入り込んで宝を探《さが》すために、ね。そして彼女が倉庫に隠《かく》された理由は、紫の本が図書館に隠されたのと同じなのだ」

ヴィクトリカはパイプをぷかり、ぷかりと吸った。

「君、二代目クィアランが紫の本を図書館の十三段目《だんめ》に隠したのは、学園に蔓延《はびこ》る怪談《かいだん》を利用したためだったね。〈階段の十三段目では不吉なことが起こる〉。そのために生徒たちは十三段目を避《さ》けるから、そこに本を隠したのだ」

「うん……」

「本物のアブリルを倉庫に隠したのも、その場所に〈廃倉庫《はいそうこ》にはミリィ・マールの幽霊《ゆうれい》がいる〉という怪談があったせいだ。誰も倉庫には近づかない。……君のような妙《みょう》な男が通りかかったのは、計算外だったのだよ」

一弥は感心してうなずいた。するとヴィクトリカはしばらく知らんぷりしてパイプをくゆらしていたが、つっと顔を上げて一弥を見た。

「な、なに……？」

「おまけだ。もう一つ言語化してやろう」

緑の瞳《ひとみ》が怪《あや》しく瞬《またた》いた。

「君がこの学園で苦労することになった怪談〈春やってくる旅人が学園に死をもたらす〉のことだ。死神《しにがみ》はマクシムのことだったのだよ。マクシム……つまり一代目クィアランは確《たし》か、春になるたび学園に戻《もど》ってきたのだったね？　もちろん盗んだ品を隠すためにきたのだが、彼は不吉《ふきつ》な男だったのだろうよ。ミリィ・マールも含《ふく》め、彼が戻ってくるたびにもしかしたら死者が出たのかもしれない。〈春来たる死神〉の不吉なイメージは、一代目クィアランによって造《つく》られたのだ。おそらく、ね」

一弥はきょとんとしてヴィクトリカの冷たい横顔をみつめた。

空中を舞《ま》う混沌《カオス》の欠片たちが、ヴィクトリカの一睨《ひとにら》みによって地上にばたばたと落ち、瞬く間に再構成されてしまったような……まるでおかしな魔法を見ているようだった。

一弥はへぇ、と感心して、

「君って、すごいなぁ」

ヴィクトリカはかすかに表情《ひょうじょう》を変えた。得意そうな顔……にも見えたが、そのわずかな表情の変化は、彼女の横顔に居続《いつづ》ける長い倦怠《けんたい》と絶望《ぜつぼう》と奇妙《きみょう》な闇《やみ》に覆《おお》い尽《つ》くされるように、やがて消えていった。

「それにしても、さ……」

しばらく一弥は黙《だま》っていたが、つい口にしてしまった。ヴィクトリカは、なんだ？　というようにかすかに顔をしかめた。

「君、いたんだね……」

ヴィクトリカが顔を上げた。

胡散臭《うさんくさ》そうに一弥をちらりと見て、

「しつこいな。いるに決まっているだろう」

「で、でもさ……」

一弥はつぶやいた。

「あの二代目クィアランは、二回も植物園にきたけど、君はいなかったって言ってたよ。ここは薄暗《うすぐら》くて、それに、だぁれも、いなかったって」

ヴィクトリカはしばらく黙っていた。

ぷかり、ぷかり……。

白い細い煙《けむり》が、天窓《てんまど》に向かってまっすぐに上がっていく。

春の爽《さわ》やかな風《ふ》が吹きすぎる。

「……知らないやつだったから」

ふいにヴィクトリカがつぶやいた。

「えっ？」

「知らないやつがきたから、隠《かく》れたのだ」

「隠れた？　ど、どこに？」

ヴィクトリカは面倒《めんどう》くさそうに書物から顔を上げると、かたわらのミニチェストを指差した。

一弥は戸惑《とまど》って、しばらくそのチェストをみつめていた。

それは縦長《たてなが》の箱で、人一人入れるような大きさには見えない。だがヴィクトリカぐらい小さかったら、丸まったら、なんとか入れるかもしれない……？

一弥はそっと手を伸《の》ばして、チェストのふたを開けてみた。

そしてあきれ顔になった。

──チェストの中には、洋燈《ランプ》と、お菓子《かし》と、書物が入っていた。ふたには内側から鍵《かぎ》がかかる仕組みがついていた。

「……君、ここにいたの？」

「………………」

「知らない人がきたら、いつも、ここに隠れるのかい？」

「………………」

ヴィクトリカは返事をしない。

(もしかして、すごく人見知りするのかな？)

一弥は納得《なっとく》しかけたが、ふいに、

(待てよ。だけど……)

知らんぷりして読書を続けているヴィクトリカに、聞いた。

「ぼくだって、最初にここに上がってきたときは、知らないやつだったろ？」

「……うむ」

「だけどヴィクトリカ、君、平然とここに座《すわ》って本を読んでたじゃないか。それに、君からぼくに話しかけたんだぜ？　覚えてる？　君ったら、いきなり『遅刻《ちこく》しただけでは飽《あ》きたらず、その上図書館でさぼるつもりかね？』って、ぼくに言ったんだ」

「……む」

「どうして隠れなかったの？」

「………」

ヴィクトリカは返事をしなかった。

一弥はしばらく待っていたが、あきらめて、

「まぁ、いいけどね……」

ため息をついた。それからちらりとヴィクトリカを見た。

（あれっ……？）

ヴィクトリカの横顔——いつも通り冷たく、表情《ひょうじょう》の浮《う》かばないその横顔が、なぜか耳だけ真っ赤になっていた。

（ん……？）

一弥は首をかしげた。

「君、耳をどうかしたの？」

「耳だと……？」

「赤くなってるよ」

「……赤くない」

「いや、赤いよ」

「……赤くない」

「いや、でも……」

「赤くないったら、赤くないのだ！」

ヴィクトリカが振《ふ》り上げた書物の角で側頭部を殴《なぐ》られた一弥は、なんだかわからないながらも、余計《よけい》なことを言うのをやめた。

二人のあいだを、春の風が吹きすぎていく。

ヴィクトリカの金色の髪《かみ》が、かすかに揺《ゆ》れる。

（もしかしたら、ぼくは……）

一弥は思った。

（ぼくは自分の意志《いし》でめずらしい食べ物を持って、迷路階段《めいろかいだん》を上がって、ヴィクトリカの助けを借りているつもりだったけど……）

風が、吹く――。

（もしかしたら、ぼくのほうがヴィクトリカに選ばれたのかもしれないな）

日が、陰《かげ》る――。

（きっと、ヴィクトリカがぼくを呼《よ》んでくれたんだ。だから、仲良く、なれたんだ……！）

一弥はそのことを、なぜか、とても名誉《めいよ》なことのように感じた。

5

一弥がゆっくりと図書館を出て、白い砂利道《じゃりみち》を歩きだしたとき、遠くから、

「おおい、久城くん！」

ブロワ警部《けいぶ》の声がした。顔を上げると、警部がナイスポーズを決めて立っていた。

「わたしの活躍《かつやく》で事件《じけん》が解決《かいけつ》したとはいえ、まだまだ忙《いそが》しくてね。どうやらこの学園には、大泥棒《どろぼう》クィアランが隠《かく》した宝《たから》の数々が眠《ねむ》っているらしいのだ。なかなかにたいへんだよ……！」

「そうですか……」

一弥は、ブロワ警部が小脇《こわき》に抱《かか》えているものに気づいて顔をしかめた。

「あの……どうして警部が、その人形を持ってるんですか？」

「おぉ、これか？」

ブロワ警部は、あの少女人形を大事そうに抱えていた。なぜか得意そうに、

「すごいだろう？　天才人形師《にんぎょうし》グラフェンシュタインの作品だ」

「……はぁ」

「この人形一つで、屋敷《やしき》が一軒《けん》建つほどの財産《ざいさん》だよ、君」

「……？」

「どこに置き忘《わす》れたのかとずっと探《さが》してたんだがな。みつかってよかったよ、君」

「！」

一弥は、ブロワ警部がなにか探し物をしていたことを思い出した。あきれながら、

「それ、警部の人形だったんですか？　まったく、まぎらわしいなぁ！　その人形のせいでぼくは……ものすごく悩《なや》んだり……」

一弥が怒《おこ》っていることに、警部はきょとんとした。しかしそのとき、ビスクドールの首にいきなりピシピシッと亀裂《きれつ》が入った。警部がものすごい悲鳴を上げた。

「ぎゃあ！　首がもげる！」

「さっき、ちょっと手荒《てあら》に扱《あつか》われたから……」

「き、君がかね？」

「クィアランが落としたんですよ」

「あ、あの大泥棒め……！」

警部がわなわなと震《ふる》えているのを残して、一弥は歩きだした。

「アブリル？　アブリル……？　あ、いた」

一弥は遠慮《えんりょ》がちに、保健室《ほけんしつ》に顔を出した。

セシル先生と、村からやってきたらしい老医者が同時に振り返った。ベッドには、さっき倉庫でみつけた本物のアブリルが起きあがっていて、なにやらむしゃむしゃ食べていた。……空腹《くうふく》だったらしい。

声に気づいて顔を上げると、うれしそうににこっと笑う。

「久城くん？　セシル先生から名前を聞いたの。さっき、助けてくれてありがとう」

「いや、その……」

あまりに屈託《くったく》のない、元気にあふれているアブリルの笑顔《えがお》に、一弥はちょっとみとれた。アブリルはむしゃむしゃとご飯を食べながら、

「あのね、イギリスから海を渡《わた》って、ソヴュールに向かう列車に乗ったとき、同じコンパートメントに乗り合わせた女の人と話が弾《はず》んで、自分のことをいっぱいしゃべっちゃったの。名前

とか、歳《とし》とか、これから聖《せい》マルグリット学園に留学《りゅうがく》するんだとか。それに、おじいちゃんの思い出話とかも……」

「そっか。じゃ、その女の人が……？」

「そう！　あの人に、盗《ぬす》まれた遺産《いさん》の話もしてしまったの。わたしの大切な、冒険家《ぼうけんか》だったおじいちゃん、サー・ブラッドリーから譲《ゆず》り受けるはずの遺産、それを使って女冒険家になろうって決めてた遺産を、大泥棒クィアランに昔、盗《ぬす》まれてしまったんだって話も……。その遺産がクィアランによって聖マルグリット学園のどこかに隠されているっていう噂《うわさ》があって、留学したらそれを探したいんだって話も……。だけど、だけど……」

アブリルは悔《くや》しそうに頰《ほお》を膨《ふく》らませた。

「その女の人こそが、二代目クィアランだったの。一代目がどこかに隠した宝をずっと探していたの。彼女はわたしと一緒《いっしょ》に学園にきて、わたしを倉庫に閉《と》じこめたの。そしてわたしになりすまして学園に入りこんだのよ」

そこまで話すとアブリルは急に元気になり、勇ましく、

「わたし、彼女の右手の指にガブーッと嚙《か》みついてやったの。だけどよけい怒らせて、ぐるぐる巻《ま》きにされちゃった……」

一弥は、クィアランの指の怪我《けが》のことを思い出した。

（アブリルに嚙みつかれたせいだったのか……。この子、ずいぶん勇ましいなぁ）

アプリルはにこにこと明るい笑顔を浮《う》かべて一弥を見上げた。

「ずーっと不安だったから、久城くんが助けにきてくれたとき、黒髪《くろかみ》の王子さまに見えちゃったー。あははははは」

「あははは」

セシル先生がつられて笑った。

「久城くんが王子さまー。あははは」

「……先生、笑いすぎです」

一弥が不満そうに言うと、セシル先生は笑いを呑み込《こ》んだが、

「…………………ぷふっ！」

また笑いだした。

一弥はちぇっとふくれながらも、ヴィクトリカから受け取った例の絵葉書《えはがき》——ペニー・ブラックをアブリルに差しだした。

アブリルは一瞬《いっしゅん》だけきょとんとしたが、つぎの瞬間、両手で握《にぎ》っていた食べかけのサンドイッチを勢《いきお》いよく放《ほう》り出した。セシル先生が「きゃあ！」と叫《さけ》んで手を伸《の》ばし、空中に浮いたサンドイッチをキャッチした。

アブリルは涙《なみだ》を浮かべて、一弥からうやうやしく絵葉書を受け取った。

「おじいちゃん——！」

「よかった。君の手に無事に戻《もど》って、ほんとによかったよ」

「う、うん……！」

――絵葉書には、冒険家サー・ブラッドリーから孫娘《まごむすめ》へのメッセージも書かれていた。

〈これをあげるよ。君が大人になったら、素敵《すてき》な女冒険家になれるようにね。冒険の費用にするんだよ。おじいちゃんはこれから、気球に乗って大西洋を横断《おうだん》だ。帰ってこれたら、また会おう！〉

アブリルはぐすぐす泣いていたが、一弥に、涙混《ま》じりなのに輝《かがや》くように明るい笑顔を見せて、

「ありがと、久城くん」

「いや……」

「わたし、留学してきたばかりでまだよくわからないの。学園のこととかいろいろ教えてね」

「う、うん……」

「友達になってね、久城くん」

「い、いいけど……」

一弥は、かわいい女の子から友達になってなどと言われていやな気はしなかったが、ちょっとだけ心配になった。なんといっても一弥は、学園に蔓延《はびこ》る怪談《かいだん》にかこつけて〈春来たる死《しに》神《がみ》〉などと呼《よ》ばれている男なのだ。アブリルからもこわがられてしまうかもしれない……。

（いや、だけどアブリルは留学生だし、ここの生徒ほど、怪談なんてものに興味《きょうみ》ないかもしれ

ないな……）

一弥は気を取り直し、質問《しつもん》してみた。

「ところでアブリル、君、怪談は好き？」

「大好き！」

間髪《かんはつ》入れずに、元気な声が返ってきた。

「そ、そうなんだ……」

一弥はうなだれた。

——西欧《せいおう》の豊《ゆた》かな小国ソヴュール。山間にそびえる名門、聖《せい》マルグリット学園で出会った、東洋の某国《ぼうこく》からの留学生、久城一弥と、図書館塔《としょかんとう》に籠《こ》もる奇怪《きかい》な、混沌《カオス》への挑戦者《ちょうせんしゃ》である、美しい小さな少女ヴィクトリカ。

そして、やってきたばかりの、冒険家の孫アブリル・ブラッドリー……。

彼らはこの後、大泥棒《どろぼう》クィアランが残した謎《なぞ》の宝《たから》と、呪《のろ》われた毒殺魔《どくさつま》の伯爵《はくしゃく》夫人を巡《めぐ》る不吉《ふきつ》な現象《げんしょう》に巻き込まれ、学園を奔走《ほんそう》することとなる。だがそれはまた、別の物語である——。

第五章　午前三時に首なし貴婦人《きふじん》がやってくる

1

ぽかぽかと暖《あたた》かな春の、朝。

聖《せい》マルグリット学園──。

いつもは、寮《りょう》から一斉《いっせい》に出てきた生徒たちが教科書を抱《かか》えて走りすぎる校舎《こうしゃ》の廊下《ろうか》も、日曜であるその朝は人気《ひとけ》がなく、しんと静まり返っていた。

鈍《にぶ》い赤褐色《せきかっしょく》のタイルが敷《し》きつめられたホールを抜《ぬ》けて、高い天井《てんじょう》に梁《はり》が幾本《いくほん》も張《は》り巡《めぐ》らされた廊下を足早に歩く、小柄《こがら》な女性《じょせい》の姿《すがた》があった。

大きな丸眼鏡《まるめがね》に、肩《かた》までのふわふわブルネット。うるうると潤《うる》んだ大きな瞳《ひとみ》をした、かなり童顔の女性だ。女性──セシル先生は片手《かたて》に大きな鍵束《かぎたば》を持って、ぶつぶつと、

「確《たし》か読書室に、あの教科書のアンチョコがあったはずなんだけど……。まったく、久城《くじょう》くんったら、先生にもわかんないようなこと質問するんだから。先生はなんでも知ってると思ってるのかなぁ……。そんなわけないのに。言っておくけどね、久城くん」

誰《だれ》もいないのに、割《わり》と大きな声で独《ひと》り言を続けている。

「先生はここの生徒だった頃《ころ》、いまの久城くんよりずーっと成績《せいせき》が悪かったんですからね？

わかった？　……って、威張《いば》って言うことじゃないなぁ」

一人でうなだれて、そしてやがて、とある部屋の前で足を止めた。鍵穴《かぎあな》に大きな鍵を差し込《こ》んで回しながら、

「うわ、鍵が錆《さ》びついてる。そうよね、〈開かずの読書室〉なんて呼ばれちゃうぐらい、しばらく誰も入ってなかったんだもの……」

月桂樹《げっけいじゅ》のような黒ずんだ色をした巨大《きょだい》なドアを開けた。読書室の中から、もわっ……と埃《ほこり》や湿気《しっけ》の匂《にお》いが廊下に漂《ただよ》ってきた。読書室には楕円形《だえんけい》のティーテーブルやガラスの扉《とびら》に覆《おお》われた書棚《しょだな》があった。セシル先生は急いで中に入り、

「月曜日の授業《じゅぎょう》までに、そうそう、これ、このアンチョコで予習しておかなくちゃ。ええと……」

薄《うす》い本を一冊抱《だ》きしめて、足早に部屋を出ようとした。そしてふと顔を上げて、壁を見上げた。

大きな瞳がぎゅうっと閉《と》じられた。

また、開けた。

壁をみつめて、泣きそうな顔になる。

怯《おび》えたようにもう一度、瞳を閉じて――

そして、

「で、でで……出〜た〜！」

甲高《かんだか》く叫《さけ》ぶと、眼鏡を外した。そしてその場でばたばたと足踏《あしぶ》み し始めた……。

ちょうど同じ頃《ころ》。

コの字型をした大きな校舎の、反対側の廊下で——。

「ええと……あっちが、例のスフィンクスの霊《れい》がクイズを出すトイレでしょ？　あと、見せ物のためにソヴュールに連れてこられて死んじゃったインド象の霊は、どこに出るんだっけ……？　それと……」

日曜の朝から、きっちり制服《せいふく》を着て、開いたノートを覗《のぞ》き込みながら歩いている少女がいた。短めの金髪《きんぱつ》に、ぱっちりとした青い瞳。手足が長くしなやかで、若《わか》い雌鹿《めじか》を連想させるいかにも元気のよい少女だ。

少女、留学生《りゅうがくせい》のアブリル・ブラッドリーは足を止めて、

「うーん……。やっぱり地図だけじゃ難《むずか》しいなぁ。だってまだこの学園のこと、よくわかんないんだもん。授業に出るのは来週からで、まだ友達も一人もいないしなぁ。……あ、そうだ」

ぽん、と手を叩《たた》く。

「久城くんがいた。あの、廃倉庫《はいそうこ》から助けてくれた東洋人の男の子。えっと……彼って、どこ

にいるのかな？　学園の中、案内してもらいたいんだけど、でも、男子寮には入れ、ない、し
……………うわあぁぁ！」

アブリルの足の下──床《ゆか》ががくんと揺《ゆ》れた。アブリルはその場に思い切り尻餅《しりもち》をついて、

「いててて……！」とぼやきながら足元を見た。

床が一か所だけずれて、その穴に片足がはまっていた。アブリルは不審《ふしん》そうな顔になり、足を抜いて、それから穴の中を覗き込んだ。

なにかがあった。

淡《あわ》い紫色《むらさきいろ》をして、輝《かがや》いている。

わけのわからない暗闇《くらやみ》だというのに、アブリルは勇敢《ゆうかん》なのか無謀《むぼう》なのか、ぜんぜん躊躇《ちゅうちょ》せずに床穴に手をずぼっと突《つ》っ込んだ。そして紫色のなにかをむぎゅっとつかんで、手を抜いた。

その手には、きらきらしい紫の宝石《ほうせき》が飾《かざ》られた、しかしどこか禍々《まがまが》しい大きな首飾りが握《にぎ》られていた。不吉《ふきつ》で重たい様子をしたその首飾りを、だがアブリルは大きな瞳《ひとみ》を見開いて顔を近づけ、無造作《むぞうさ》に表にして、裏《うら》にして、しばらく見ていた。

そして急に、

「ああっ⁉」

叫んだ。

「こここ、これは、とっておきの怪談《かいだん》に出てくる〝アシェンデン伯爵《はくしゃく》夫人の『毒の花』〟⁉」

ノートを忙《せわ》しくめくって、やがて探《さが》していたページをみつけると、そのページと、握ってい
る首飾りを見比《みくら》べる。
「やっぱり！　でも、どういうこと？　あわわわ、たいへん！　どうしよ！　でもとりあえず
……すっごいものみつけちゃった、いやっほー！」
アブリルはその場でばたばたと足踏《あしぶ》みして、うれしそうにもう一回、
「いやっほっほー！」

そしてまた同じ頃《ころ》。
聖《せい》マルグリット学園の敷地《しきち》の一角にひっそりと佇《たたず》む男子寮《だんしりよう》の、二階のとある部屋で——。

「うわっ！　何時⁉　寝坊《ねぼう》？　……なんだ、今日は日曜日か」
巻葉装飾《まきばそうしよく》で飾られたマホガニー製《せい》の大きなベッドの上で、小柄《こがら》な東洋人の少年が飛び起きて
いた。短めの黒髪に、同じく黒檀《こくたん》のように深い黒の瞳。時計を片手《かたて》に焦《あせ》ったように、
「……いやいや、日曜日とはいえ、帝国《ていこく》軍人の三男が惰眠《だみん》を貪《むさぼ》っているわけにはいかない。す
ぐに起きて、顔を洗《あら》って、朝食を摂《と》って、それから勉強を……あぁ、眠《ねむ》いなぁ。いやいやいや、
ただでさえ今週は、殺人事件《じけん》に巻き込《こ》まれたとはいえ遅刻《ちこく》が一回と、教室にはいたけど窓《まど》から
逃《に》げたから欠席扱《あつか》いになっちゃったのが一回、計二回も失態《しったい》を見せてるんだ。さぁ、起きるぞ。

……でも、眠いなぁ」

寝ぼけ半分の顔に、それでも生真面目《きまじめ》そうな表情《ひょうじょう》を浮《う》かべて、少年――久城一弥《かずや》はベッドからもぞもぞと起きた。寝間着《ねまき》にしている濃紺《のうこん》の浴衣《ゆかた》の前を合わせて、顔を洗おうと立ち上がったとき、誰かがドアをノックする音がした。

「はい！」

「……あ、た、し〜」

濃厚《のうこう》で女っぽい声がした。一弥はぎくりとした。いまさら居留守《いるす》が使えないかなと寝ぼけた頭で考えていると、ドアが勝手に開いた。

「お、は、よ。久城くん」

赤毛の色っぽい寮母さんが立っていた。

「あのね、さっきへんな頭をした不気味な人が……」

なにか言いかけて、一弥をじろじろと見始めた。

「な、なんですか？」

「それ、いいじゃな〜い。なぁに、オリエンタルで素敵《すてき》〜。……ちょうだい！」

「ちょ、ちょうだい⁉」

寮母さんは強引《ごういん》に一弥の寝間着を引っ張《ぱ》り始めた。一弥の抵抗《ていこう》も空《むな》しく、浴衣ははだけて帯ごと寮母さんに奪《うば》われてしまい、一弥は悲鳴を上げながらベッドに飛び込んで布団《ふとん》にくるまり、抗議《こうぎ》の声を上げた。

「それはぼくの寝間着です！」

「村のダンスパーティーに着ていっていい？」

「だめ！　返して下さい！　ぼくの寝間着……」

「今度返すから」

寮母さんはにこにこして手を振《ふ》ると、さっさと部屋を出ていった。ドアが閉まっていくので、一弥はあわてて、

「あの、へんな頭をした不気味な人が、なんですか⁉」

「なにそれ？　……あ、そっか」

寮母さんは顔を出すと、

「いま、こう、金色の頭をなんともいえない感じで尖《とが》らせた、ハンサムなのに惜《お》しいなぁ、って感じのこう、よくわかんない若《わか》い男の人がきて、久城くんに伝言を残していったの。ええと、なんだっけ。あ……ごめん、忘《わす》れちゃった」

「………」

「どっかにこいって」

「……もしかして、図書館かな？」

「あ、それそれ！　ぜったいそれ！」

寮母さんはうなずくと、にこにこして手を振り、ドアを閉めた。

一弥はため息をついた。

窓の外を見る。ぽかぽかと暖《あたた》かな春の日射《ひざ》しがフランス窓から床《ゆか》の絨毯《じゅうたん》に降《ふ》り落ちて、輝《かがや》いている。穏《おだ》やかな日曜の朝。

「うーん……図書館、か」

一弥はもぞもぞとベッドから出た。仕方なく着替《きが》え始める。

マホガニーの机《つくえ》の上に、昨夜受け取った、次兄《じけい》からの手紙が置いてあった。一弥はそれを折り畳《たた》んで胸《むね》ポケットにしまうと、寮の部屋を出た。

2

聖《せい》マルグリット大図書館――。

悠久《ゆうきゅう》の時を刻《きざ》む石造《いしづく》りの外壁《がいへき》。絡《から》まる灰色《はいいろ》の蔦《つた》と、静寂《せいじゃく》。欧州《おうしゅう》でも指折りの巨大《きょだい》な書物庫である角筒型《かくづつ》のその塔《とう》は、日曜の朝であるいまもいつもと変わらず、知と、時と、静寂にのみとりつかれた不思議な様相を保《たも》っていた。

乳鋲《ちびょう》を打った革張《かわば》りのスイングドアを開けて、一弥がホールに足を踏《ふ》み入れると、すべての壁《かべ》を支配《しはい》し尽《つ》くしている巨大書棚《しょだな》の古い書物たちが一斉《いっせい》に、またきたのか、とあきれてうごめいたような気配がした。吹《ふ》き抜《ぬ》けのホールにはカクカクと細い木階段《かいだん》がまるで迷路《めいろ》の如《ごと》く続き、遥《はる》か上の天井《てんじょう》から荘厳《そうごん》な宗教画《しゅうきょうが》が見下ろしている。

「また、この階段かぁ……。まだまだ、慣《な》れないなぁ」

一弥は一言ぼやくと、決意したようにうんとうなずき、ぐっと背筋《せすじ》を伸《の》ばした。そして迷路階段を一歩一歩、規則《きそく》正しく上がりだした。

——一弥がこの妙《みょう》な階段を上がるのはこれでもう七回目のことになる。いちばん最初は、担《たん》任《にん》のセシル先生に頼《たの》まれて図書館の上にいる同級生にプリントを届《とど》けるためだった。そしてそれからの五回は、五回は、ええと……。

「なんでだっけ?」

一弥は階段を上がりながら首をかしげた。いつのまにかまるで日課かなにかのように、繰《く》り返しこの迷路階段を上がっては彼女と顔を合わせていることにいまさらながら気づき、一弥はわずかに顔をしかめた。

「だって、いろいろと事件《じけん》が起きるから、あの子の力が必要で、さ……」

いいわけのようにつぶやいてみる。

「別に、ヴィクトリカに会いたいってわけじゃ、ない、ぞ……」

——しばらくのあいだ階段を上り続けて、一弥はようやくいちばん上の広々とした場所に出た。そこには……。

植物園があった。

天窓《てんまど》から柔《やわ》らかく射《さ》し込む朝日。南国の大きな葉やどこか毒々しい花が咲《さ》き乱《みだ》れる温室。そこに半身投げ出すようにして、書物に囲まれて退屈《たいくつ》している、奇怪《きかい》にして難解《なんかい》な姫《ひめ》——は、今日はなぜかいなくて、代わりに隅《すみ》のエレベーターホールにおかしな若い男が一人、すねたようにしゃがみこんでいた。

仕立ての良い三つ揃《ぞろ》いのスーツに、きらきら眩《まぶ》しい銀のカフス。洒落者《しゃれもの》だが、ヘアスタイルだけが異様《いよう》である。金髪《きんぱつ》の、先端《せんたん》をぐりゅんと流線形にまとめたドリルと見まごう頭で、男——グレヴィール・ド・ブロワ警部《けいぶ》が膝《ひざ》を抱《かか》えていた。

なにかぶつぶつつぶやいている。

「201、202、203……」

不審《ふしん》に思って一弥がそうっと覗《のぞ》き込むと、警部はエレベーターホールの床《ゆか》の白タイルを、一マスずつ小声で数えていた。気味悪そうに後ずさる一弥に気づいて顔を上げると、恨《うら》めしそうに、でも少しだけうれしそうに、

「遅《おそ》いぞ、久城くん」

「……なんの用ですか？　それに、なにしてるんですか？」

「誰《だれ》もいないから、つまらなくてなぁ」

「だ、誰もいないって……」

一弥は植物園のほうに目をこらした。ヴィクトリカがいるはずだと思って近づいてみると、彼女は、やはり、いた。

ヴィクトリカは警部をさけてか、植物園の奥《おく》のほうで、なぜか警部と同じようにしゃがみこんでなにやらやっていた。

シフォンのふわふわと広がる、赤すぐり色のかわいらしいドレスに、シックなレースアップシューズ。金色の長い見事な髪が、まるでほどけたビロードのターバンのように背中から床にこぼれ落ちて……土にまみれている。

「……ヴィクトリカ？」

ヴィクトリカがびくんと肩《かた》を震《ふる》わせた。そして驚《おどろ》いたように振《ふ》り向くと、

「なんだ、君か。おかしな東洋人の、ええと、久城とかいうやつだな」

「……そうだよ。おかしなは余計《よけい》だけどね。うわっ……！　君、土まみれじゃないか。なにやってるんだよ？」

一弥はヴィクトリカに駆《か》け寄《よ》ると、髪《かみ》や、シフォンのドレスの裾《すそ》や、小さな手をはらい始めた。ヴィクトリカはどうやら土いじりをしていたようで、小さな手の真珠色《しんじゆいろ》をした爪《つめ》も、ところどころ土で茶色くなっていた。

一弥が甲斐甲斐《かいがい》しく水を汲《く》んできて、いやがるヴィクトリカの手を水につけて爪を洗《あら》ってやっていると、引き続きタイルの目を数えていたブロワ警部が遠くから、

「それで、久城くん。今日、君を呼びだしたのはだね」

「……なんですか？　いまちょっと手が放せないんですけど……」

ブロワ警部《けいぶ》は仕方なく二人に近づいてくると、なにやら書類の束のようなものを取りだして、見せた。一弥はそれをちらちら見たが、ヴィクトリカは知らんぷりして植物園の大きくて真っ赤な花に顔を突《つ》っ込んでいた。

「これはだね、例のやつ……大泥棒《どろぼう》クィアランがヨーロッパ中で盗《ぬす》み、この聖マルグリット学園のあちこちに隠《かく》したとされる宝《たから》のリストだよ。いままでにみつかっているのは、先日、無事持ち主のミス・ブラッドリーの手元に戻《もど》った世界最古の切手『ペニー・ブラック』だけで、後は、どこにどう隠したのかもわからないというわけだ。そういうわけで、わたしのつぎの仕事はクィアランの宝探《さが》しなのだよ」

一弥は顔を上げて、ブロワ警部を見た。やっぱり……警部は一弥ではなくヴィクトリカに向かって話していた。ヴィクトリカは知らんぷりして花に顔を埋《うず》め続けている。

このブロワ警部は、事件《じけん》が起こるたびに頭脳明晰《ずのうめいせき》な謎《なぞ》の少女ヴィクトリカの知恵《ちえ》を借りて解《かい》決《けつ》し、自分の手柄《てがら》にしてしまうのだった。しかしその割《わり》に、なぜか、ヴィクトリカと警部は仲が悪いらしく、互《たが》いに一言も口を利《き》かない。警部はヴィクトリカに事件について聞きたいときは一弥を真ん中に座《すわ》らせ、あくまで一弥に話しかける振《ふ》りをするという困《こま》った性癖《せいへき》の持ち主なのである……。

　警部はいつものように一弥に向かって、

「見たまえ。まずはこの絵だ。ヨーロッパの画壇《がだん》を嫌《きら》って南大西洋のとある島に移《うつ》り住んだ天才画家の最後の作品『南大西洋』。二十年近く前に、とある王族の屋敷《やしき》から盗まれてね。それとこの、アシェンデン伯爵《はくしやく》夫人の首飾《くびかざ》り、通称《つうしよう》『毒の花』。これはソヴレムの国立博物館から盗まれたものだ。それから……」

　リストには、それぞれ、絵画を模写《もしや》したらしき絵と、紫色《むらさきいろ》に輝《かがや》くどこか毒々しい首飾りの絵が描《えが》かれていた。警部は滔々《とうとう》と説明し続けている。

　一弥は熱心にヴィクトリカの指をぱしゃぱしゃ洗ってやりながら、

「そんなこと言われても……。ヴィクトリカ、君、いったいいつから土いじりなんかしてたんだい？　こんなにドレスや爪を汚《よご》してさ。子供《こども》の頃《ころ》、ママに怒《おこ》られなかったの？　まったく、なかなか取れないよ……」

「……む？」

　と、ヴィクトリカが花の中からようやく顔を出した。

　不機嫌そうに顔をしかめて、

「うるさいやつが二人もいる」

「……悪かったね。でも、少なくとも退屈《たいくつ》はしてないだろ？」

「喧噪《けんそう》は第二の敵《てき》だ、と言わなかったかね？」

「そんなこと言ってたっけ？」

ブロワ警部は二人のやりとりをじいっと聞いていた。

ヴィクトリカが顔を上げて、

「ところで、久城」

「なんだい？　……ほら、できた。ようやく爪がきれいになったよ」

「君、クィアランの残した宝に興味《きょうみ》があるかね？　わたしにそれを探してほしいか？」

一弥はきょとんとしてヴィクトリカの小さな、そして驚くほど整って凄《すご》みのあるほどの顔をみつめた。首をかしげて、

「……ううん、ぜんぜん？」

「うむ」

ヴィクトリカはうなずいた。

「わたしも興味ない」

「だよね？　うわっ、警部!?　どうしてぼくの首を絞《し》めるんですか!?　だって興味ないものはないですよ。それに宝探しは警部の仕事で、そんなことのために日曜の朝から人を呼《よ》び出すなんて、ぼくのほうこそ言いたいことが！　断固抗議《だんここうぎ》する！　あっ、ヴィクトリカ……！」

ブロワ警部にぎゅうぎゅう首を絞められてじたばたしていた一弥は、ヴィクトリカが怠惰《たいだ》な太古の生き物のようにゆっくりとうごめいて、金色の長いしっぽのような髪《かみ》を揺《ゆ》らしながら再《ふたた》

び、植物園の床《ゆか》にしゃがみ込《こ》んだのを見て、そちらにも抗議の声を上げた。

「いま、せっかくきれいに洗《あら》ったのに！」

　ヴィクトリカは振《ふ》り向いてフンと鼻を鳴らすと、一弥の抗議を気にもせず、再び、土いじりを始めた。

「泥遊《どろあそ》びなんてダメだよ！　ヴィ、ヴィクトリカぁ〜!?」

3

　一弥はしょんぼりと図書館を出て、白い砂利《じゃり》道《みち》を歩きだした。

（ヴィクトリカのやつ、相変わらずよくわかんないなぁ……。仲が良くなったのか、ぼくのことをちょっとは仲良しだと認識《にんしき》してるのか……？　あれじゃぜんぜんわかんないよ）

　今朝は天気も良くて、朝からぽかぽかと暖《あたた》かかった。学園の敷地に広がるフランス式庭園は、白い噴水《ふんすい》や、生け垣《がき》や、花壇が秩序《ちつじょ》よく並《なら》んでいた。行きすぎる制服姿《せいふくすがた》の生徒たちの笑いさざめく声や、軽い足音が響《ひび》いている。

「あ、久城くん！」

　元気な声がして、だだだ、と勢《いきお》いよく誰かが近づいてきた。誰だろうと振り向くと、見覚えのある女の子——アブリル・ブラッドリーが、手になにかを握《にぎ》りしめて、ぶんぶん振り回しながら走ってくるところだった。

「なんだ、君かぁ」

「へへへ、ようやくみつけた。ずっと捜してたの」

アブリルがじつにうれしそうに言うので、一弥も少しうれしくなった。

「もう大丈夫《だいじょうぶ》？」

「うん！　明日から授業《じゅぎょう》に出るの。楽しみ〜！」

──アブリルはつい先日、大泥棒《どろぼう》クィアランの二代目に捕《つか》まって助けを求めていたところを、ヴィクトリカの助言によって駆《か》けつけた一弥とブロワ警部に救われたばかりだった。そのときはだいぶ衰弱《すいじゃく》していたが、どうやらもう回復《かいふく》したようだ。

その初対面のときにアブリルから、友達になってね、と言われて一弥は内心とてもうれしかったのだが、いま再会《さいかい》したアブリルはどうやら人見知りなどしない性格《せいかく》らしく、明るく、

「あのね、いま、学園内の怪談《かいだん》スポット巡《めぐ》りしてたの。久城くんも一緒《いっしょ》にやろ！」

「怪談!?　や、やだよ！」

一弥は尻込《しりご》みした。

なんといっても一弥は、学園に蔓延《はびこ》る怪談のせいで留学《りゅうがく》早々、死神扱《しにがみあつか》いされていまも苦労しているのである……。でもアブリルは、そんな一弥の様子を気にせず、笑顔《えがお》で話し続けた。

「どうして？　楽しいのに〜。あのね、さっきさっそく、ものすごいことがあったの！」

アブリルは片手《かたて》に握っている紫色《むらさきいろ》のなにか……どうも首飾《くびかざ》りらしいものをぶんぶん振り回し

て、

「これ、知ってる？　〈午前三時に首なし貴婦人《きふじん》がやってくる〉っていうの」

「知らないよ！」

アブリルは庭園のあちこちにある木製《もくせい》のベンチの一つを指差した。二人でベンチに座《すわ》ると、握っている紫色の首飾りをいじりながら、

「校舎《こうしゃ》の中に〈開かずの読書室〉があってね。そこには、とある貴婦人の肖像画《しょうぞうが》が飾られているの。中世のソヴュール社交界を恐怖《きょうふ》に陥《おとしい》れた恐《おそ》るべき毒殺魔《どくさつま》、アシェンデン伯爵《はくしゃく》夫人の肖像画が、ね」

「ん……」

一弥はいきなり睡魔《すいま》に襲《おそ》われた。アブリルがいじっている首飾りを見るともなしに眺《なが》めながら、相づちだけ打っている。

「アシェンデン伯爵夫人は、いつも紫《むらさき》水晶《すいしょう》の首飾りをしていたの。どうしてかというと、紫水晶は毒が近づくと反応《はんのう》して色を変えると信じられていたからなの。国王の寵愛《ちょうあい》を求め、じゃまな女をつぎつぎと毒殺した悪魔のような伯爵夫人は、自分もまた誰かに毒殺されることをとても恐れていたのよ。通称《つうしょう》『毒の花』と呼ばれるその首飾りは、しかも、彼女の首に回して、留《と》め金を溶接《ようせつ》されていたの。だから首飾りはけして彼女の首から外れず、後に毒殺の罪《つみ》に問われ斬首刑《ざんしゅけい》になった瞬間《しゅんかん》に初めて、伯爵夫人の首からぽろりと落ちたのよ」

（あれ、どっかで聞いた話だなぁ……？）

一弥は内心、首をかしげた。

脳裏《のうり》に一瞬、金色のドリルがよみがえった。

（誰に聞いたんだっけ？）

「それでね、以来この学園では、夜毎《よごと》、首がずれてるアシェンデン伯爵夫人の亡霊《ぼうれい》が歩き回る姿を目撃《もくげき》されているのよ。〈開かずの読書室〉の肖像画から迷《まよ》い出た伯爵夫人がさまよい歩くの。だってね、その肖像画はどうして、いつからそこにかけられているのか誰も知らないの。ある日とつぜん、読書室の壁《かべ》にかかっていたんですって。伯爵夫人の亡霊が、安住の地を求めて自らやってきたにちがいないわ……！」

「ん……」

「あ、久城くん、さては退屈《たいくつ》してるんでしょ？　なんと、ここからが本題でーす！　じゃじゃーん、見て、見て。これ！　伯爵夫人の首飾り『毒の花』、みつけたの！」

一弥は、差しだされた紫色の首飾りに目をこらした。

その顔にだんだん驚愕《きょうがく》の表情《ひょうじょう》が浮かんでくる。

「アブリル、どど、どこで⁉」

「廊下《ろうか》の床《ゆか》がずれてね、その下にあったの。きっと、さまよい歩く伯爵夫人がうっかり落っことしたのよ。だって首がずれてるんだもん。だからね……」

「あの……床下にあったんなら、落としたんじゃなくて隠《かく》したんじゃないかな？　あのね、アブリル、その首飾り、さっきブロワ警部《けいぶ》が見せてくれたクィアランの盗品《とうひん》リストに……」

「久城くん！」

アブリルが元気よく立ち上がった。

つられて一弥もベンチから立ち上がる。

「な、なに？」

「〈開かずの読書室〉に行こ！」

「読書室？　それより、ブロワ警部に……」

「すぐにアシェンデン伯爵夫人の肖像画を確認《かくにん》するの。彷徨《さまよ》い歩く亡霊が首飾りを落としたんだとしたら、肖像画の中から首飾りだけが消えているはずよ。それこそ、肖像画から亡霊が彷徨い出ていることの証拠《しょうこ》だもん。行こ！」

「アブリル……！　そうじゃなくて、あの……」

警部が、リストが、クィアランが……と説明する一弥をずるずる引きずって、アブリルは校舎のほうに元気よく走り出した。

4

〈開かずの読書室〉の大きな黒いドアが開け放されて、中からふにゃふにゃとしたかわいらしい声が洩《も》れてきていた。

「だだだ、だから……あのですね、ちゃんと聞いてください。こ、ここはっ……」

読書室の真ん中にセシル先生が仁王立《におうだ》ちして、小さな体を右に左に揺《ゆ》らしていた。先生の目の前には、兎革《うさぎがわ》のハンチングを被《かぶ》った若い男が二人——いつものように仲良く手をつないで、顔を見合わせている。グレヴィール・ド・ブロワ警部の部下たちだ。

「この部屋にはずっと鍵《かぎ》がかかってて、しばらく誰も入ってないんです。さっきわたしが入ったときも床が埃《ほこり》だらけで……誰《だれ》の足跡《あしあと》も残ってなかったの。み、密室《みっしつ》です。なのに、こ、これが……」

セシル先生はいまにも泣きそうな顔で、壁の一点を指差した。

——ちょうどそのとき、アブリルがずるずると一弥を引きずりながらやってきた。

「ラッキー、なんでだろ、鍵が開いてる！」

「これじゃ〈開かずの読書室〉じゃないけど……」

「見て、見て、久城くん。ここにかかってる肖《しょう》、像《ぞう》、画《が》が………あれ？」

読書室に飛び込んできたアブリルが、瞳《ひとみ》を輝《かがや》かせて、元気よく壁の一点を指差した。そして、目をまんまるにして、同じようなポーズで壁を指差しているセシル先生と顔を見合わせる。

「あれれ？」

セシル先生は大きな瞳に涙《なみだ》をいっぱいにためて、アブリルをみつめ返す。

「ん？」

一弥は壁を見上げた。

そこには一枚《まい》の絵がかかっていた。美しく禍々《まがまが》しい毒殺魔《どくさつま》の伯爵《はくしやく》夫人の肖像画……ではなく……。

鮮《あざ》やかな青い海と、眩《まぶ》しい太陽。

南大西洋の美しい島を描《えが》いた、風景画だった。


一弥とアブリル、セシル先生、そして部下二人は互《たが》いにぼーっと顔を見合わせて立ち尽《つ》くしていた。

やがてアブリルが、首飾《くびかざ》りを振《ふ》り回しながら素《す》っ頓狂《とんきよう》な声を出した。

「アシェンデン伯爵夫人の肖像画は？」

セシル先生が両手を握《にぎ》りあわせ、

「き、消えちゃったの！」

「消えたぁ？」

「朝、先生がこっそりアンチョコを取りに……あわわ、なんでもないの。とにかくとある重要な用件《ようけん》があってここにきたら、ずーっと誰も入ってなかったはずの読書室の壁から、アシェンデン伯爵夫人の肖像画がなくなってて、誰かが代わりにこのへんな海の絵を置いてったの」

一弥はぽかんと口を開けて、その〝へんな海の絵〟を見上げていた。どうやらこの絵に見覚えがあるのは一弥だけらしく、部下二人も口を揃《そろ》えて、

「へんな絵だー」

「子供《こども》が描《か》いたんじゃないかなー」

などと囃《はや》し立てている。

アブリルがふいにまじめな顔になって、

「でも、この絵……とっても素敵《すてき》」

セシル先生は両手で頭を抱《かか》えてつぶやいている。

「どういうことかしら？　誰が、どうして、そしてどうやって絵を入れ替《か》えたの？　それに、伯爵夫人の肖像画はぜんぜん値打《ねう》ち物じゃないのよ？　いつからここにあるのか誰も知らないし……」

「呪《のろ》いよ！」

「呪い⁉　こわい！」

「呪われてるの！」

アブリルに感化されてパニックに陥《おちい》ったセシル先生に、一弥はびっくりしながらも、おそるおそる部下二人に声をかけた。

「あの、刑事《けいじ》さんたち……」

二人は手をつないだまま回れ右して、いまにも読書室を出ていこうとしているようだった。

どうやら事件性《じけんせい》はないと考えて退散《たいさん》するつもりのようだが……一弥の声に同時に振り返って、
同時に首をかしげた。

「なんだいー？」

「ぼく、ついさっきブロワ警部《けいぶ》から、クィアランの盗品《とうひん》リストを見せられたんですけど、その
中にこの……」

壁にかかっている海の風景画を指差して、

「この絵もありました。有名な画家の最後の作品で、確《たし》か『南大西洋』という……」

「ええっ⁉」

「どうしてここにあるのかはぼくにもわからないですけど。それから、彼女がみつけたこの首
飾りも、リストにありました。『毒の花』という首飾り……」

二人は顔を見合わせた。

同時にハッと息を吸《す》い込《こ》み、

「け、警部ぅぅぅぅ〜！」

「ぶぅぅぅぅ〜！」

叫《さけ》びながら、つないだ手に力を込めて廊下《ろうか》を走り去っていった。

読書室に残された三人は、しばらくぽかんとしていた。アブリルが急に、しゅんとしたような声で、

「これ、南大西洋の海の絵なんだ……」

そうつぶやくと、風景画を見上げた。

いつも元気な青い瞳に、少しだけ陰《かげ》が差した。

アブリルがゆっくりと読書室を出て、廊下を歩きだした。振り向いた一弥はその背中《せなか》が妙《みょう》に寂《さび》しそうなことに気づいて、少し心配になった。遠慮《えんりょ》がちに、アブリルの後を追う。

アブリルは校舎《こうしゃ》を出て、敷地《しきち》の庭園をぶらぶら歩き、噴水《ふんすい》のふちに腰《こし》を下ろした。心配で追ってきた一弥に気づくと、ちょっと微笑《ほほえ》む。

「どしたの、アブリル？」

「うん。あのね……」

アブリルは噴水のふちをいじりながら、

「こないだ久城くんが返してくれたあの絵葉書《えはがき》、サー・ブラッドリー——わたしのおじいちゃんからの最後の手紙なの。冒険家《ぼうけんか》として有名だったのよ」

「知ってるよ。ぼくの国でも新聞に載《の》ってた」

「ほんと？」

一弥はうなずいた。

アブリルの祖父《そふ》、サー・ブラッドリーは有名な冒険家だった。アブリルが大泥棒《どろぼう》クィアランに狙《ねら》われたのも、もとはといえば祖父の遺産《いさん》を巡《めぐ》って起こった事件だったのだ――。

アブリルの顔が輝《かがや》いた。

「おじいちゃんはいつも新しい冒険を求めて元気いっぱいで、世界中の男の子がおじいちゃんの冒険談に夢中《むちゅう》だったわ。だけど一族の中では変わり者扱《あつか》いされてたの。わたしのパパはおじいちゃんとは逆《ぎゃく》に、生まれつき病弱でね。それなのに元気いっぱいのわたしが生まれたから、すごく喜んでくれて、アブリル、おまえはおじいちゃんにそっくりだねって。大きくなったらおじいちゃんみたいにかっこいい冒険家になるんだよってわたしをたきつけては、おばあちゃんに命が縮《ちぢ》むほどどつかれてた。おばあちゃんは、ほら、わたしを素敵《すてき》なレディにしたいから、ね」

「ふぅん……」

「ソヴュールに留学《りゅうがく》するのも、パパが賛成《さんせい》してくれたから実現《じつげん》したの。おまえは広い世界を見るんだよって。それで……」

アブリルの話が核心《かくしん》に近づいてきたようなので、一弥はまじめな顔でうなずきながら、少し身を乗り出した。なにしろ、アブリルから怪談《かいだん》以外の話を聞くのはこれが初めてだ。それに、なぜか、この機会を逃《のが》したらこれっきりこういう話は聞けないような気がした。

そのときどこからか走って近づいてくる足音がした。なんだろうと二人が顔を上げると、兎《うさぎ》革《がわ》のハンチングをかぶった部下二人が、手をつないだままこちらに突《つ》っ込んでくるところだった。

「へ？」

二人はつないでいた手を離《はな》すと、それぞれ一弥の右手と左手をつかんだ。三人で手をつなぐようなポーズになる。

一弥の両足がふわりと宙《ちゅう》に浮《う》いた。

「な、なんですか？」

「ブロワ警部《けいぶ》が呼《よ》んでるー」

「すぐ連れてこいってー」

「ど、どこに？」

「図書館ー」

一弥は、左右を固められて囚人《しゅうじん》のようにずるずると引きずられていった。あわてて振《ふ》り返り、

「アブリル、また後でね！　すぐ戻《もど》ってく、る……」

「あははは一、すぐは無理だよー」

一弥は振り返り、振り返りながらも図書館のほうに連行されていった……。

5

聖《せい》マルグリット大図書館──。

灰色《はいいろ》に染《そ》まる石造《いしづく》りの壁《かべ》に、数百年の時を刻《きざ》んだ知と静寂《せいじゃく》の殿堂《でんどう》──。

その革張《かわば》りのスイングドアを蹴飛《けと》ばして開けた部下二人によって、一弥は図書館のホールにポイッと放《ほう》り込まれた。抗議《こうぎ》の声を上げてから一弥は振り向き、

「また、この階段《かいだん》を上るんですか!? 一日に一度が限界《げんかい》ですよ。ちょっと、聞いてますか？」

「ははははー」

「上りたまえよー」

一弥はため息をついた。それから意を決して、ホールの遥《はる》か上を見上げた。

すべての壁が巨大書棚《きよだいしよだな》に取って代わり、革張りの書物がびっしりと詰《つ》まっている。彼らがまたうごめいて、またきたのか、とあきれたように一弥を見下ろしたような気がした。

荘厳《そうごん》な宗教画《しゆうきようが》が描《えが》かれた天井《てんじよう》まで、カクカクと続く細い木階段。入り組んだ乾《かわ》いた迷路《めいろ》は、まるで巨大な恐竜《きようりゆう》の骨《ほね》が現《あらわ》れたようにも見えた。

一弥は一歩、上がった。

そしてまた一歩、一歩。

(仕方ない……。まぁ、上にはブロワ警部だけじゃなくて、きっとヴィクトリカもいるだろうし……)

ヴィクトリカのことを考えると、なぜか歩調が少しずつ速くなる。

（それにしても、ヴィクトリカって……おかしな、気まぐれな、意地悪な、小さな、へんな子だなぁ……。まったく、あいつは感じが悪いし、それに、ぼくに対しての態度《たいど》もまた……）

そんなふうに考えながらも、一弥は次第《しだい》に勢《いきお》いよく、ついには駆《か》け足になって階段を上り始めた。

迷路階段のいちばん上——。

南国の木々が生《お》い茂《しげ》り、天窓《てんまど》から柔《やわ》らかな光が射《さ》し込むその植物園で、一弥をまた、金色のドリル頭を突き出した男が出迎《でむか》えた。グレヴィール・ド・ブロワ警部は手悪さをしたり葉っぱを引っ張ったりしてじりじりと待っていたが、一弥の姿《すがた》に気づくとナイスポーズを決めて、大声で、

「久城くん！〈開かずの読書室〉から毒殺魔《どくさつま》アシェンデン伯爵《はくしやく》夫人のへたくそな肖像画《しょうぞうが》が消えて、いつのまにか名画『南大西洋』にすり替《か》わっていたのだね！」

「は、はぁ……。あの、知ってますよ。ぼくは現場《げんば》にいたんですから……」

「そして伯爵夫人の首飾《くびかざ》り『毒の花』が床下《ゆかした》からみつかったのだ！　いったいどういうことだね？」

耳が割《わ》れるほどの大声で叫《さけ》ぶブロワ警部に、一弥は顔をしかめた。

警部の目前をすたすた通り過《す》ぎて、植物園の奥《おく》に入ってみると、あの小さな彼女——ヴィク

トリカはやはり、そこにいた。

相変わらずしゃがみこんで丸くなり、土いじりしている。

「ヴィクトリカ……ああっ、また泥《どろ》だらけに⁉　まったくもう、君って人はどうしてそうなんだい？　せっかくのきれいなドレスが……」

一弥は文句《もんく》を言いながら、またバケツで水を汲《く》んできて、ヴィクトリカの小さな手を摑《つか》むと無理やり土から離《はな》してぱしゃぱしゃ洗《あら》い始めた。ヴィクトリカは子供《こども》がむずがるようなしかめっ面《つら》をしたが、おとなしく一弥に手を洗われるままになっている。

ぶつぶつ文句を言い続けている一弥の背後《はいご》から、ブロワ警部が不機嫌《ふきげん》そうな声で言った。

「く、久城くん、わたしの話を聞かないのかね……？」

「へ？　警部の話？」

一弥とヴィクトリカが同時にバケツから顔を上げて、ブロワ警部を見上げた。

鮮《あざ》やかな南国の花々に囲まれて、金色のドリルが輝《かがや》いていた。

ぽかんと口を開けて警部を見上げていたヴィクトリカが、ゆっくりと、さくらんぼのようにつやつやした小さな唇《くちびる》を開いた。そしてなぜか、たった一言、

「……一角獣《いっかくじゅう》」

「えっ？　ああ、なるほど。そういえば角が一本あるようにも見えるね。ヴィクトリカ、君ってなかなかするどいなぁ！　あれ……ブロワ警部、どうして顔を真っ赤にしてるんですか。も

しかして、怒《おこ》ってます？」

ブロワ警部は唇をぷるぷる震《ふる》わせ、頬《ほお》を赤く染めてヴィクトリカを睨《にら》みつけていた。どうしてそんなに怒っているんだろう、と一弥が不思議に思って二人を見比《みくら》べていると、ブロワ警部は小声で、

「……よりによっておまえが言うな。もともとおまえがデザインしたくせに！」

「警部《けいぶ》、なにか言いましたか？」

「な、なにも言っていない！」

一弥が警部に気を取られているうちに、ヴィクトリカがまたもや、せっかくきれいに洗った手を汚《よご》しながら土いじりに戻《もど》ってしまっていた。一弥が抗議《こうぎ》の声を上げようとすると、ヴィクトリカがそれを遮《さえぎ》るように、老女のようなしわがれ声でつぶやいた。

「久城、君、手紙の返事を書かなくていいのかね？」

一弥は怒ろうとしていた口を閉《と》じて、ぽかんとしてヴィクトリカをみつめた。

「て、手紙？」

それから我《われ》に返ったように手を打って、

「そっか。そういえば、昨日、次兄《じけい》からの手紙が届《とど》いたんだよ。だけど、ヴィクトリカ……どうしてそのことを知ってるんだい？」

ヴィクトリカは興味《きょうみ》なさそうに、ふわぁ～とあくびをした。赤すぐり色のシフォンのドレス

が、動きにあわせて揺《ゆ》れ、さらさらと音を立てた。口に近づけた泥だらけの小さな手のせいで、薔薇色《ばらいろ》のほっぺたに土がくっついたので、一弥があわててハンカチを取りだしてほっぺたを拭いてやる。ヴィクトリカはうるさい蝿《はえ》でも追《お》っ払《ぱら》うように、両手で一弥のハンカチをばしばし叩《たた》きながら、言った。

「そんなことはなんでもない。湧《わ》き出る〝知恵《ちえ》の泉《いずみ》〟を使うまでもない簡単《かんたん》なことだよ、君。その手紙が君の胸《むね》ポケットから覗《のぞ》いているのだ」

一弥は思わず胸ポケットを見た。確《たし》かに、今朝、寮《りょう》の部屋を出るときにポケットに入れたのだった……。

「君、わざわざ手紙を持ち歩くということは、これから読むか、もしくは返事を書こうとして逡巡《しゅんじゅん》しているということではないかね？　この混沌《カオス》の欠片《かけら》は、このように再構成《さいこうせい》されるというわけだ。すなわち久城、君は、その手紙になにやら困《こま》らされているのだ、と」

一弥は感心したように「へぇ……！」とつぶやいた。

「ヴィクトリカ、君っておかしな子だけど、頭がいいなぁ！」

「むっ？」

「君の言うとおりだよ。あのね、ぼくは実のところ、この次兄からの手紙に悩《なや》まされてたんだ。受け取ったのは昨夜《ゆうべ》だけど、それからずっと、これがどうもね……」

「ごちゃごちゃ言わずに見せてみたまえ」

一弥が胸ポケットから手紙を取りだして開いていると、棕櫚《しゅろ》の葉っぱの陰《かげ》から覗いている金色のドリルが抗議の声を上げた。

「おい、こっちが先だぞ！　ずるいじゃないか」

「……一角獣が怒ってるよ」

「放《ほう》っておきたまえ。さて、はやく見せるのだ」

「う、うん……」

一弥は便せんを開いてヴィクトリカに渡《わた》した。ヴィクトリカは「ふむ……？」とつぶやきながら受け取り、読み始める。

手紙はちょっとつたない英語で書かれていた。家では趣味《しゅみ》の発明ばかりやっているのんびりした次兄だが、その一方で外では政府《せいふ》関係の職務《しょくむ》に就《つ》き、外ではなかなかのしっかり者で通っていた。その次兄はどうやら、勉強のためにわざわざ英語の手紙に挑戦《ちょうせん》したらしい。内容《ないよう》は簡《かん》単《たん》な近況報告《きんきょうほうこく》で、家族がみんな元気なことや、庭の木が一本枯《か》れてしまったこと、今年の冬はなかなか寒かったことなど、当たり障《さわ》りのない内容だった。

最後に、へたくそな墨絵《すみえ》で薔薇らしき絵が描《えが》かれていた。そして薔薇の下に女の人の絵も添《そ》えられていた。

絵の横には小さな文字で『内緒《ないしょ》だぞ』と書いてあった。

一弥はヴィクトリカの小さな顔をじっとみつめていた。さすがにヴィクトリカでも、このわけのわからない絵とメッセージにはお手上げだろうと思っていると、ヴィクトリカはとつぜん「くすっ」と笑った。

一弥は跳び上がって驚《おどろ》いた。いつも毒舌《どくぜつ》ばかりでニコリとも笑わないヴィクトリカが、とつぜん微笑《ほほえ》んだのだ。その顔はびっくりするぐらいかわいらしくて、一弥の胸が知らずドキンと高鳴った。

「ど、どしたの、君？」

「む？　ただ、君の次兄とやらが、わたしをほんの少し笑わせたのだよ」

「笑うところなんてあったっけ？」

一弥は手紙を覗《こ》き込んだ。

何度も読み返してみる。しかしぜんぜんわからない。一弥は首を振《ふ》って、

「ね、どういうこと？　じゃ、この絵が君を笑わせたのかい？　ぼくにはまったく意味がわからないよ。いったいなにが内緒なんだい？」

ヴィクトリカはさくらんぼみたいなつやつやの唇《くちびる》をすぼめると、内緒話をするように、一弥の耳に近づけた。ひんやりしたヴィクトリカの息が耳にかかる。一弥がちょっと顔を赤くすると、ヴィクトリカはそんなことにはお構《かま》いなく、老女のようなしわがれ声をひそめて小さくささやいた。

「君の次兄には、秘密《ひみつ》の恋人《こいびと》ができたのだ！」

「へぇ⁉　恋人⁉」

一弥は甲高《かんだか》い声で叫《さけ》んだ。

「そうなのだ。そして、そのことを遠くにいる弟にだけこっそり知らせてきたのだ」

「兄さんに恋人⁉　まさか⁉　眼鏡《めがね》をかけて発明してるだけの人だよ！　ご飯はたくさん食べるけど！」

一弥はあわてて便せんを摑《つか》むと、顔に近づけたり、また遠ざけたりして何度も何度も読んだ。しかし……どこにもそんなことは書かれていない。

一弥はあきらめて、顔を上げた。ヴィクトリカが説明してくれるのをおとなしく待つ。

天窓《てんまど》から風が吹《ふ》いた。

棕櫚《しゅろ》の葉が揺《ゆ》れて、音を立てた。

ヴィクトリカは一弥のことなどすっかり忘《わす》れて、思う存分《ぞんぶん》土いじりを続けていた。やがて気が済《す》んだのかバケツで小さな手をぱしゃぱしゃ洗って、それから顔を上げ、

「ハンカチを出せ」

「……いいけど、説明はしてよね。ヴィクトリカ」

「説明？」

ヴィクトリカはきょとんとして一弥を見た。一弥が差しだしたハンカチで小さな手を拭《ふ》きながら、不思議そうに問う。

「なんの？」

「秘密の恋人！」

「あぁ……。なんだ、まだわからないのかね。君は本当に頭が悪くて、毎日大変だな」

「ほっとけ！　はやく説明してよ」

ヴィクトリカは面倒《めんどう》くさそうに吐息《といき》をついた。

それから仕方なさそうに渋々《しぶしぶ》と説明を始めた。

「いいかね？」

「いいよ！」

「むぅ……。まず、この手紙は英語で書かれている。そして薔薇《ばら》の花の下に、女性《じょせい》の絵が描かれている。ところで――英語では〝薔薇の下〟とは〝秘密〟という裏《うら》の意味もあるのだよ」

「へぇ……」

「そうなのだ。つまり君の兄には、秘密の女性がいるのだ。そしてそのことは〝内緒〟というわけなのだ。おおかた恥《は》ずかしいのだろう。……ようやくわかったかね？」

一弥は感心して、うなずいた。

「よくわかったよ。でも、君……そんなこと、よく気づいたね？」

「なっ……」

一弥は誉《ほ》めたつもりだったのに、なぜかヴィクトリカは失敬《しっけい》なことを言われたとでもいうように顔をしかめた。それからとつぜん猛然《もうぜん》と抗議《こうぎ》し始めた。

「く、久城。君、わたしをいったい誰《だれ》だと思っているのだね？　わたしにわからないことなどないぞ。これぐらいの謎《なぞ》かけなど謎のうちにも入らない」

「ふぅん……？」

とつぜん怒《おこ》りだしたヴィクトリカに、一弥はきょとんとして、薔薇色のほっぺたが真っ赤に染《そ》まるのをみつめていた。それからふと思い出したように、

「そういや次兄《じけい》も、昔から謎かけが大好きなんだよ。女性にはからきし弱くて、妹——ぼくの姉だね——に抱《だ》きつかれても昏倒《こんとう》するほど照れ屋なんだけど、すごく頭がよくてね。大学《だいがく》では数学の教授《きょうじゅ》を唸《うな》らせる秀才《しゅうさい》だったんだよ。それに趣味《しゅみ》は発明だしね。そういや、仕事はともかく、謎かけなら世界中の誰にも負けないって豪語《ごうご》していたよ。あはは」

「……なんだと？」

なにげなく言った言葉に、ヴィクトリカの形のいい眉毛《まゆげ》がさらにきりきりとつり上がったので、一弥は仰天《ぎょうてん》した。

「ヴィ、ヴィクトリカ……？　おい、君、いったいどうしたんだよ？」

「久城の兄のくせに、世界一だなどとほざくとは！」

「ぼ、ぼくは関係ないだろ！　おい、君っ……？」

ヴィクトリカはわなわなとこぶしを震《ふる》わせていたが、やがてとつぜん「くふ!?」とおかしな

叫《さけ》び声を上げると、ころんころんと回転しながら植物園を出ていった。フリルがたっぷり重なったペティコートと、ふかふかしたドロワーズが一瞬《いっしゅん》、ぽかんと口を開けている一弥の目前をフリフリと横切っていった。

「き、君……？　あ、なんだ。帰ってきたの」

赤すぐり色のシフォンのかたまりが、またころんころんと転がって一弥のもとに戻《もど》ってきた。手にはいつのまにか便せんと羽根ペンとインク壺《つぼ》が握《にぎ》られていた。

いったいなにごとだろうと見守る一弥の目前で、ヴィクトリカは顔を真っ赤にして、便せんを広げるとなぜかとつぜん、白馬の絵を描《か》き始めた。

「……………」

「……君、お絵かきを始めたの？」

「なんだよ。まったく君ってきまぐれだなぁ。お馬の絵を描いてるのかい？　あはは、へたくそだなぁ……イテッ！　つねるなよ！　うわぁ、痣《あざ》になった⁉」

「お絵かきではない。海の向こうの久城の馬鹿兄貴《ばかあにき》に挑戦《ちょうせん》するのだ」

「馬鹿じゃないよ。ぼくはともかく次兄はね、……え、挑戦？」

一弥は目をぱちくりした。

それからヴィクトリカが描いた絵をよくよく覗《のぞ》き込んだ。

それは――

山の頂《いただき》にのびる白馬の絵だった。一弥はそれに見覚えがあった。イギリスのバークシャーのとある山に、古代に描かれた巨大《きょだい》な白馬で、観光地としてもなかなか有名なものだ。

「ふぅん……。それからこっちの絵は？」

ヴィクトリカはもう一枚《まい》、なにかの絵を描いていた。一弥はそっちも覗き込んでみた。それは——

ユーモラスな驢《ろ》馬の絵だった。こちらはかなり不細工な驢馬だ。

「この絵がどうしたのかい？　ん？　今度はなにを書いてるの？」

「うるさい。邪魔《じゃま》するな」

「じゃ、邪魔なんてしてないだろ！」

ヴィクトリカは一弥の抗議《こうぎ》を聞こうともせず、なにやら夢中《むちゅう》で書き込んでいた。絵の下に英語でさらさらとメッセージを書いている。一弥は声に出してそれを読んだ。

「なになに……『この不細工な驢馬の絵を並《なら》べ替《か》えて、こっちの美しい白馬に変身させたまえ。五分以内にやりたまえ。命令だ。ヴィクトリカより』……君ね、これって謎かけかい？　それはいいけど、ヴィクトリカより、って書いたからって次兄には誰だかわからないだろ？　……なんだよ、なんでぼくを睨《にら》んでるの？　ちぇっ……わかったよ」

一弥は根負けした。ヴィクトリカから便せんを受け取ると、隅《すみ》っこにメッセージを書き添えた。

こちらも変わりはないこと、薔薇《ばら》の下の件《けん》はけっこうであること、それから、小さな女の子と友達になって、その子がとても頭が良くてなぜかクイズを出してきたこと、自分もよくわからないけど送ることにすること、など……。

ヴィクトリカは満足そうにうなずいていた。気が収《おさ》まったらしい。一弥は内心（ずいぶん子供《こども》っぽいなぁ。まったく、負けず嫌《ぎら》いなんだから……）とあきれてため息をついていた。

ヴィクトリカはすっかり落ち着いた様子で、小さいながらも、まるで貴婦人《きふじん》のような優雅《ゆうが》なポーズで座《すわ》っていた。ゆっくりと白い陶製《とうせい》のパイプを持ち上げると、火をつけ、小さな唇《くちびる》に近づけて、ぷかり、と吸《す》う。

それからとつぜん言った。

「……それで、アシェンデン伯爵《はくしゃく》夫人の肖像画《しょうぞうが》の件だが」

「覚えてたのかッ！」

ブロワ警部《けいぶ》が叫びながら、ドリルから先にこっちに突《つ》っ込んできた。

植物園にはさっきより明るい日光が射《さ》し込み、鮮《あざ》やかな緑の葉を眩《まぶ》しく照らしていた。天窓《てんまど》から春の風がふわふわと吹《ふ》いて、木々や花を揺《ゆ》らしていく。

ヴィクトリカがくわえる陶製のパイプから、白い細い煙《けむり》が、揺れながら天窓に上がっていく。

一弥はまたブロワ警部と仲良く並んで、固唾《かたず》を飲んでヴィクトリカのつぎの言葉を待っていた。

「久城、君、ラテン語がわかるかね？」

「さっぱり」

ブロワ警部も苦々しげな表情《ひょうじょう》を浮《う》かべてドリルを左右に振《ふ》る。

「〝ペンティメント〟というラテン語がある。直訳《ちょくやく》すると〝悔《く》いる〟という意味だ。もちろん現在《げんざい》ではラテン語が日常《にちじょう》会話に使われることはない。この言葉もまた本来の意味で通用する場所は少ない。だが、だね。言葉というものは別の意味を与《あた》えられて長生きすることがある。おそらく、薔薇の花が何らかの理由で地上から消えても〝薔薇の下〟という表現だけは生き残ることだろう。薔薇の子孫としてね。……それと同じなのだよ、君」

「……ど、どういうこと？」

「〝ペンティメント〟というラテン語はだね、現在でも美術《びじゅつ》用語として生き残っているのだ。画家が悔いるときの行動からつけられた名だ。いいかね、画家がカンバスの上に描《えが》いた絵の上から、さらに別の絵を上書きすることがある。前に描いたものが失敗作だった場合。それから、もとの絵を隠《かく》したい場合」

ヴィクトリカはパイプから口を離《はな》すと、ゆっくりと、けだるげにこちらを振り向いた。

一弥は魅入《みい》られたようにその薄《うす》い緑色の、見たこともないほど深い倦怠《けんたい》にけぶる瞳《ひとみ》とみつめあった。そこにはなんの表情もなかった。さっきまでの、子供みたいにむきになったり怒《いか》りで真っ赤に染《そ》まったりしていた顔とは別人のようだった。まるで絶滅《ぜつめつ》しためずらしい生き物の剝《はく》製《せい》のように、ガラス玉を思わせる緑の瞳は動かない。それには人をぞっとさせる負の力があった。一弥はなぜか、大きくて獰猛《どうもう》な生き物に睨まれたように、彼女から目が離せなくなった。

「画家が後から上塗《うわぬ》りした絵が、年月を経《へ》て絵の具が透明《とうめい》となり、消え去ることがある。そしてもとの絵が突如《とつじょ》、現《あらわ》れる。その現象をして〝ペンティメント〟と呼《よ》ぶのだ」

一弥は驚《おどろ》いて、ブロワ警部と顔を見合わせた。

「えっ、じゃ、つまり、どういうこと……？」

「〈開かずの読書室〉の壁《かべ》に飾《かざ》られた絵画は誰にもすり替えられていない。以前、誰かが名画『南大西洋』を隠すために、上からへたくそな肖像画を描いたのだ。その絵の具が消え去って、もとの名画が浮き出してきただけだ」

「だ、誰かって？」

ヴィクトリカはあきれたように一弥を見た。それから小さな形のいい鼻をフンと鳴らした。いつもの、鼻持ちならないえらそうな態度《たいど》で続ける。

「……クィアランに決まっているだろう？　名画『南大西洋』を盗《ぬす》んだのも、アシェンデン伯爵夫人の首飾り『毒の花』を盗んだのも、同じクィアランだ。彼は名画を学園に隠すときに、上から別の絵を描くことを思いついた。そして、やはり学園に隠すことにした首飾りの持ち主をイメージして、肖像画を描いたのだ。誰が、いつ飾ったのかもわからない読書室の絵画には、そんな秘密《ひみつ》があったのだよ、君」

植物園には静寂《せいじゃく》が満ちていた。

天窓から射し込《こ》む眩しい日射し。

穏《おだ》やかな春の風に、棕櫚《しゅろ》の葉がカサリ……とかすかな音を立てる。

ヴィクトリカの吹かす陶製のパイプから、細い白い煙がゆっくりとたゆたう。

しばらくのあいだ、誰もなにも言わなかった。一弥はきょとんとしてヴィクトリカの小さなかわいらしい顔をただみつめていたし、ヴィクトリカはすました顔をしてそれきり黙《だま》っていた。

「……さて、と。行くか」

誰よりもいちばん驚いた顔をしていたブロワ警部《けいぶ》が、ようやく気を取り直して、言った。そしてゆっくりと植物園に背《せ》を向けた。まるで逃《に》げるように足早に、油圧式《ゆあつしき》エレベーターのほうに向かう。

一弥は我《われ》に返って、警部の背中に向かって抗議《こうぎ》の声を上げた。

「警部！　また、ヴィクトリカの知恵《ちえ》を借りておいて、知らんぷりして帰るんですか？　今日こそヴィクトリカに御礼《おれい》を言ってもらいます。警部、警部っ……」

「……なんのことを言っているのかね？　わたしはただここで、久城くん、君にだね……」

ブロワ警部は、一弥がすでに何度か聞いたことのあるいいわけをぶつぶつつぶやきながら、エレベーターの鉄檻《てつおり》に飛び込むと黒い鉄扉《てっぴ》を閉《し》めた。

「……グレヴィール」

ふいにヴィクトリカが、まるで老女のようなしわがれ声で言った。呼ばれたブロワ警部はびくんと肩《かた》を震《ふる》わせて、上目遣《うわめづか》いにヴィクトリカのほうをうかがう。

「……な、なんだね？　わたしは忙《いそが》しいのだ。クィアランが学園中に隠した宝《たから》をすべてみつけなくてはならないのだからな。さて、戻《もど》らなくては」

「あいにくだがね、いくら捜《さが》しても、これだけはみつからないことだろうよ。グレヴィール」

ヴィクトリカはどこからか取りだした小さな布袋《ぬのぶくろ》を、ブロワ警部に向かって放《ほう》り投げた。ぶんっ、と大きな動きだったが、布袋はぜんぜん飛ばずにヴィクトリカから一メートルも離れていない場所にふわんと落っこちる。一弥は仕方なくそれを拾うと、ブロワ警部のところまで歩いて、渡《わた》した。

それは花の刺繍《ししゆう》がしてある小さな袋だった。ブロワ警部はきょとんとしてしばらくみつめていたが、とつぜん叫《さけ》び声を上げると、クィアランの盗品《とうひん》リストを取りだして、袋と見比《みくら》べ始めた。一弥も覗《のぞ》き込んでみる。

ヴィクトリカが取りだした布袋とそっくりな絵がリストにあった。それは著名《ちよめい》なプラントハンターが南米の奥地《おくち》でみつけた珍《めずら》しい花の種……。

ブロワ警部はあわてて布袋の口を開いて中を覗き込んだ。それから逆《さか》さにして振《ふ》ってみた。

……なにも出てこない。

「空だ！」

ブロワ警部が叫んだ。

それから、植物園の中から動かない緑の瞳《ひとみ》でじっとこちらをみつめている、得体の知れない、美しい少女を振り向いた。

「種はどうした！」

「……食べちゃった」

「たたた食べちゃったぁ？　き、貴様《きさま》は栗鼠《りす》か？　嘘《うそ》だと言ってくれ！」

「本当だ。なかなか美味だった。わたしの最大の敵《てき》は退屈《たいくつ》だ。いつもとちがう食事はちょっとしたサプライズなのだよ」

ヴィクトリカはそれだけ言うと、満足したようにうなずき、くるりと背を向けた。彼女が吹かすパイプの白い細い煙《けむり》が、小刻《こきざ》みにゆらゆら震えているのが見えた。おおかた笑いをこらえて震えているのだろう……。

ガタン、ガターン――！

無骨《ぶこつ》な音を立てて、エレベーターの鉄檻が階下に向かって降《お》りていく。一弥がおろおろと二人を見比べているうちに、悔《くや》しそうに歪《ゆが》むブロワ警部の顔が、鉄檻の落下に合わせて一弥の視《し》界《かい》から消えていった。

「君、ほんとに食べちゃったの？　あんなに高価《こうか》な種を？　お腹《なか》を壊《こわ》さなかったかい？」

「…………」

小走りで植物園に戻ってきた一弥に、ヴィクトリカは顔も上げず、ただ小さくて形のいい鼻をフンと鳴らすだけで返事をした。一弥はびっくりしたような顔のままでしばらく黙っていたが、やがて噴《ふ》きだして、

「ブロワ警部の顔ったら、なかったなぁ！」

「久城、君……きれいな花は好きかね」

「花？」

一弥はぽかんとして聞き返した。ちょっと考えてみる。

「うん、好きだよ。国にいた頃《ころ》は母が庭の手入れをしていてね。季節によっていろんな花が咲《さ》いて、なかなかにきれいだったな。だけどこの植物園もなかなかだよね。君は？」

ヴィクトリカは答えずに、またフンと鼻を鳴らした。

一弥はこの唐突《とうとつ》な会話の意味がよくわからずに、困《こま》ったようにヴィクトリカをみつめていた。黙っていると、ここにいちゃ邪魔《じゃま》なのかな、と心配になってくる。

(事件《じけん》は解決《かいけつ》したし、もうここにくることもない、のかな………)

ヴィクトリカは知らんぷりして書物を読み始めている。何冊《なんさつ》もの書物を同時に読みこなして

は、すごいスピードでめくり続けている。一弥はなんだか、このおかしな小さな少女のことが、とても名残惜《なごりお》しくなってきた。

(なにしろ、あのすごい階段《かいだん》を、そう毎日上ってくるわけにもいかないしな。この不思議な女の子に会うことも、もうないのかな……。ちょっと寂しいな。でも……)

書物に没頭《ぼっとう》しているようだったヴィクトリカが、顔も上げずに「久城」と言った。

「十日ぐらい、だね。したら、だね」

「うん？　……あれ、どうしたの、君？　ちょっと顔が赤いよ」

「あか、あか、赤くない！　十日ぐらいしたら！」

「赤いけどね……。なに、十日したら？」

「その……また、きたまえ」

一弥はきょとんとしていたが、しばらくすると顔をぱっと輝《かがや》かせた。

「いいの!?」

「……十日ぐらいしたらきて、あのへんを見ろ」

「あのへん？」

一弥は不思議そうに、ヴィクトリカが指差す方向を見た。それは植物園の土で、今朝からずっとヴィクトリカが土いじりをしていた辺りだ……。

ヴィクトリカはパイプを吹《ふ》かしながら、

「十日ぐらいしたら、あのへんにめずらしい南国の花が咲く。君、見にこい」

「……………あぁっ⁉　ヴィクトリカ、君、植えちゃったんだね⁉」

「いや、その、気づかなかったのだ。種を入れた袋《ふくろ》が落ちてたから、植えたのだ。そしたらあのリストにだね……」

ヴィクトリカは顔を真っ赤にして、小さな手のひらを振《ふ》り回した。一弥が唖然《あぜん》としていると、ヴィクトリカは一人であわててなにやらいいわけを続けていたが、やがて黙《だま》って、真っ赤になっているほっぺたを手のひらで押《お》さえた。

棕櫚《しゅろ》の葉が揺《ゆ》れた。

春の風が優《やさ》しく吹いて、パイプの煙を揺らしていく。

一弥はちょっとうれしくなって、ヴィクトリカに言った。

「じゃ、またきていいんだね？　君、ぼくが騒々《そうぞう》しくて迷惑《めいわく》なんじゃないの？」

「…………」

ヴィクトリカは答えず、フンと鼻を鳴らした。それから、次第《しだい》ににこにこし始めた一弥の顔を横目でちらりとうかがうと、不機嫌《ふきげん》そうに顔をしかめて、なにか言ってやろうとするように口を開けた。

しかし、さくらんぼみたいにつやつやしたその唇《くちびる》からは、いつもの辛辣《しんらつ》な、しわがれ声による暴言《ぼうげん》はなぜか出てこなかった。ヴィクトリカは口を閉《と》じると、またフンと鼻をならした。

天窓《てんまど》から風が吹いて、ヴィクトリカの、まるでほどけたビロードのターバンのような見事な金髪《きんぱつ》をふわりとたなびかせた。棕櫚の葉もカサカサッ……と音を立てて揺れた。

一弥は彼女に背《せ》を向けて、植物園を出ていこうとした。迷路階段の巻葉装飾《まきばそうしょく》の手すりに手をかけて、一度振り向いたとき、一弥の瞳《ひとみ》に一瞬《いっしゅん》、ふっと幻《まぼろし》が見えた。

灰色《はいいろ》にけぶる図書館塔《としょかんとう》。そのいちばん上にあるこの不思議な植物園にある日、めずらしい異《い》国《こく》の花が芽吹いて鮮《あざ》やかな花を咲かせる。天窓からの風がその不思議な花を揺らしている。そしてそれを見ているのは、自身もまた不思議な異国の花の如《ごと》く、小さくて奇怪《きかい》な少女ヴィクトリカと、かたわらに寄《よ》り添《そ》っている自分自身——。

不思議な花を見守る秘密《ひみつ》の庭師《にわし》のように、一弥は、色とりどりの花びらの如き豪奢《ごうしゃ》なフリルを散らして座《すわ》るヴィクトリカを、ただみつめている——。

そんな一瞬の幻に一弥がぽーっとしていると、植物園の奥《おく》でつんと知らんぷりしていたヴィクトリカが、ちょっとだけ顔を上げた。二人の目が合った。

一弥は息を止めて、ヴィクトリカをただ熱っぽくみつめていた。いつまでも一弥が黙ってい るのを、ヴィクトリカは不思議そうに眺《なが》めていたが、やがて、まるで老女のようなそのしわがれ声で、きわめて退屈《たいくつ》そうにため息混《ま》じりに、つぶやいた。

「君、わたしはいつもここにいるのだ。用があれば、あの迷路階段を上ってやってきたまえよ……！」

6

学園の敷地《しきち》には暖《あたた》かな春の風が吹いて、花壇《かだん》で咲《さ》き誇《ほこ》る花や、青々とした芝生《しばふ》を揺らしていった。

図書館を出て白い砂利《じゃり》道《みち》を歩きだした一弥は、やがて校舎前《こうしゃまえ》で足を止めた。ちょうどブロワ警部《けいぶ》の部下二人が、一人はアシェンデン伯爵《はくしゃく》夫人の首飾《くびかざ》り『毒の花』を、もう一人は有名画家の作品『南大西洋』を持って学園から引き上げるところだった。

イギリスからの留学生《りゅうがくせい》、アブリル・ブラッドリーが名残惜《なごりお》しそうにそれを見送っていた。背後《はいご》からゆっくり近づいていった一弥は、アブリルがきらきらした首飾りではなく、大きな絵画のほうをみつめているのに気づいて、声をかけた。

「女の子って、絵より宝石《ほうせき》のほうが好きなんだとばかり思ってたよ」

びっくりしたように振り向いたアブリルは、一弥の顔を見るとにっこりした。それから、しなやかな長い腕《うで》を伸ばして絵画を指差すと、

「あの絵って、南大西洋の海を描《えが》いたものなんでしょ？　きれいな海……！　あのね、わたしの冒険家《ぼうけんか》のおじいちゃんって、もう死んじゃったの」

「あぁ……」

一弥はアブリルと並《なら》んで歩きだしながら、うなずいた。一弥もサー・ブラッドリー卿《きょう》の最期《さいご》

について は、国にいた頃《ころ》に新聞で読んだことがあった。

　有名な冒険家は、六十歳《さい》を過《す》ぎたある日、気球に乗って……そう、確《たし》か……。

「気球に乗って大西洋横断《おうだん》の冒険旅行に出かけて、それきり海に消えちゃったの。無謀《むぼう》だとかボケてたにちがいないとかさんざん言われたけど……。だけどあの絵を見たら、あんまりきれいな海だから」

　アブリルは悲しそうな笑顔《えがお》になった。大きな青い瞳《ひとみ》に涙《なみだ》がたまっているので、一弥はあわててハンカチを捜《さが》して、アブリルに渡《わた》した。アブリルはそれで涙を拭《ふ》いて、ちーんちーんと鼻をかんで、一弥に返しながら、

「気球は海に消えちゃったけど、きっと、おじいちゃんが生涯《しょうがい》の最期に見たのはあんなきれいな、まるで楽園みたいな青い海よ。そんな気がする。えへへ……」

「アブリル……」

　一弥は内心（後で洗《あら》おう……）と思いながらハンカチを尻《しり》ポケットに戻《もど》した。

　花壇で咲き誇っている花が、甘《あま》くて爽《さわ》やかな香《かお》りを漂《ただよ》わせていた。砂利道が二人の靴《くつ》に踏《ふ》まれるたびに小さな音を立てた。

　アブリルはぱっと花が咲いたような曇《くも》りのない爽やかな笑顔で、一弥に言った。

「わたし、おじいちゃんみたいにどこまでもどこまでも遠くに、冒険に行きたいの。ね、久城くんの生まれた国も、きっとすごく素敵《すてき》なところね？　いつか行ってみたいなぁ……！」

「へぇ……。そんなこと言われたの初めてだよ。この学園の生徒たちって、海の向こうの国をおそろしい未開の地だと思ってるみたいなんだ。なんたってぼくのあだ名は〝死神《しにがみ》〟だしね」

「そうなの？」

「あれ、まだ知らなかったの？　……しまった」

困《こま》った顔をする一弥に、アブリルはくすくすと笑った。

「知らないものって、きっと不気味に感じてしまうのね。とくにソヴュールの貴族《きぞく》の娘《むすめ》なんてそうよ。だけどわたしは大好き。知らない国や、知らない文化。そこにはきっとわくわくする発見があるもの。ヨーロッパの向こう側にあるものは、すごくファンタスティックだと思う」

一弥は並んで歩きながら、べつの少女のことを考えていた。アブリルの言う、ソヴュールの貴族の娘――。

「久城くん、わたしはいつか……」

ソヴュールどころか、あの図書館塔のいちばん上の不思議な植物園から一歩も出ようとしない、小さくて、奇怪な、のべつまくなし暴言《ぼうげん》を吐《は》く、あの謎《なぞ》めいた花のような少女――。

「わたしはいつか、ずっとずっと遠くに行くわ……」

ヴィクトリカ――。

花びらの如《ごと》き豪奢《ごうしゃ》なドレスに包まれた、しかしおそろしい頭脳《ずのう》を持つ、ヴィクトリカ――。

「久城くん、聞いてる？」

「……へっ？　あぁ、うん」

一弥は我《われ》に返った。アブリルはぼんやりしていた一弥に、あきれたように顔をしかめたが、やがてまた微笑《ほほえ》んだ。


少し強い風が吹《ふ》いた。

まだ少し冷たい、春の風……。

学園の敷地《しきち》には柔《やわ》らかな日射《ひざ》しが落ちて、たたずんでいる一弥の黒髪《くろかみ》を優《やさ》しく照らしていた……。


無類の怪談《かいだん》好きの留学生《りゅうがくせい》、アブリル・ブラッドリーがこの数週間後、久城一弥に語る幽霊船《ゆうれいせん》〈Queen《クイーン》 Berry《ベリー》号〉の謎。ヴィクトリカと一弥はその船を巡《めぐ》る奇怪《きかい》な事件《じけん》に巻《ま》き込《こ》まれて大冒《ぼう》険《けん》を繰《く》り広げることとなる。

そして第二の冒険は、ヴィクトリカの出生の秘密《ひみつ》を知る山奥《やまおく》の隠《かく》れ里〈名もなき村〉を巡《めぐ》る事件。

第三の冒険は、一弥が巻き込まれた、ソヴュールの首都で起こる大量失踪《しっそう》事件〈闇《やみ》に消える者たち〉――。

そして第四の冒険は、聖《せい》マルグリット学園の過去《かこ》に暗い影《かげ》を落とす錬金術師《れんきんじゅつし》リヴァイアサンを巡る醜聞《しゅうぶん》事件――。

ヴィクトリカと一弥はこの後、数か月にわたる、さまざまな冒険に次《つ》ぐ冒険をともに切り抜《ぬ》けていくこととなる。

そして、想《おも》いはそれぞれの風に乗り、二人を巡る季節はやがて、春から、夏へ。

学園は長い夏休みを迎《むか》えることとなる。

そしてその夏休みの最初の日、一弥に届《とど》いた次兄《じけい》からの手紙の返事。そこに記されていた、ヴィクトリカの出した謎解《と》き〈仔馬《こうま》のパズル〉の答えと、次兄からヴィクトリカに挑戦《ちょうせん》する新たな謎解き。それを巡り、交錯《こうさく》するヴィクトリカと一弥、そしてもう一人の少女の、夏の記憶《きおく》――。

しかし、それはまた、別の物語である――。

序章　死神《しにがみ》は金の花をみつける

1

一九二二年、冬——。

すでに傾《かたむ》きかけた日が、窓《まど》ガラスにゴブラン織《お》りのカーテンがかかったその、古めかしい城《しろ》の窓という窓に、暗い影を落としていた。

西の空に昇《のぼ》りだした青白い月が、巨大《きょだい》な石のかたまりのようなその城——ブロワ城の高い尖《せん》塔《とう》を、張《は》り出し窓を、豪奢《ごうしゃ》な玄関《げんかん》を、白と黒でのみ構成《こうせい》された巨大な木版画《もくはんが》のようにくっきりと際《きわ》だたせていた。

西ヨーロッパの冬は、寒い。ことにこんな、森の奥深くにそびえる、石造《いしづく》りの、中世から息づく古い城ともなれば、なおさらだ……!

城の周囲に張り巡《めぐ》らされた庭園は、首都ソヴレムから呼《よ》び寄《よ》せた熟練《じゅくれん》の庭師によって美しく装飾《そうしょく》されていたが、冬枯《ふゆが》れの季節であるいまは見る影もなく、ただただ、銅色《どういろ》のブナの枝《えだ》と、粉雪に心許《こころもと》なく震《ふる》える薔薇《ばら》の苗木《なえぎ》に縁取《ふちど》られた、蕭条《しょうじょう》たる夕闇《ゆうやみ》だけが辺りに広がっている。

近づいてくる闇と、周囲に広がる、冬の、冷気……。

城の周囲には、紺《こん》と白の制服《せいふく》に身を包んだ若《わか》いメイドたちや、背筋《せすじ》をのばした年配の執事《しつじ》、しゃれた制服に身を包んだ若い男性使用人、大柄《おおがら》な料理婦《りょうりふ》……おそらく、城中からわらわらと出てきたとみえる、たいそうな人数の使用人の群《む》れが並《なら》んでいた。みな、一様に両手を胸《むね》の前で握《にぎ》り合わせ、脅《おび》えたように肩《かた》と肩を寄せ合って、ひとつの場所を見上げていた。

ブロワ城。その隅《すみ》にある、細長い不吉《ふきつ》な塔《とう》。内部になにがあるのか、城を巡る長い歴史にはさまざまな伝説があり、ことに、中世の戦乱《せんらん》時代には多くの悲劇《ひげき》の、惨劇《さんげき》の、そして陰謀《いんぼう》の片棒《かた》《ぼう》を担《かつ》いだとされる、ブロワ城の、塔——。

誰《だれ》もが息を潜《ひそ》め、顔をこわばらせて、その塔をいま、見上げていた。

そして、そこからは……いままさに、なにかがゆっくりと降《お》ろされ、下に待機する大型の馬車に乗せられようとしているところだった。

四角い、まるで檻《おり》のようなもの。

いや、檻そのもの。

クリーム色と緑色が入り混じる、異国風《いこくふう》のペルシャの布《ぬの》にくるまれた大きなそれは、ゆっくりと塔の上から降ろされてくる。どこかに獣《けもの》がいるらしく、時折、うぅ——、と唸《うな》るような鳴き声が響《ひび》いてくる。

粉雪混じりの冬の風が、吹《ふ》く。

檻が大きく揺《ゆ》れる。

そのとたんに、それを見上げていた使用人の群れが一斉《いっせい》に、脅えたように一歩下がった。

うぅ――。

う、うぅぅぅ――。

獣の悲しげな鳴き声が響く。

それは檻から聞こえてきているのだ！　冬枯れの風に揺れるたび、ペルシャの布に隠された檻の中の動物が、悲しげに、苦しげに夜空に向かって鳴いている。

「あぁっ」

一人の若いメイド――貴婦人の侍女《レディズメイド》と呼ばれる、まだほっぺの赤い年若い少女が、思わず、大きく揺れた檻に駆《か》け寄ろうとして、年配の大柄《おおがら》な掃除婦《そうじふ》に抱《だ》きとめられた。

「行くんじゃないよ。あんた、もうあれに関《かか》わるんじゃない」

「でも……」

「もう、終わったんだ」

掃除婦は脂肪《しぼう》のたっぷりついた大きなからだを揺らして、言った。近づいてきた年配の執事も、しわだらけの顔をしかめて、

「あれはもうすぐいなくなる。余計《よけい》なことをするんじゃない」

「でも」

「あの獣は、もういなくなるんだ。ここはまた平和になる」

ほかの使用人たちも一様に、執事の声にうなずいている。レディズメイドは泣きそうな顔になり、檻のほうを振《ふ》り返った。

いましも檻は、大きな黒い馬車の荷台に降ろされたところだ。その振動《しんどう》に脅えたのか、それきり、檻の中のものは一声もあげない。

御者《ぎょしゃ》がひきつった顔でうなずく。

びしり、と黒い鞭《むち》が打たれると、不吉な黒い馬たちは甲高《かんだか》く一声嘶《いなな》き、驚《おどろ》いたように前足で砂利《じゃり》道《みち》を蹴《け》ると、一斉に走り出した。

黒い大きな馬車は、ペルシャの布に包まれた不吉な檻を乗せて、ブロワ城から森へ遠ざかっていく……。

使用人たちは一斉にほっとしたように息をつくと、一人、また一人と庭を立ち去り、それぞれの持ち場に去っていった。掃除婦がレディズメイドの肩を叩《たた》き、歩き出す。

一人、残された少女は、「どうして……？」とつぶやいた。

そして自分もまた、新たな持ち場に戻《もど》るために、ゆっくりと歩き出した。今夜からまた新しい仕事があるのだ。つぎの持ち場の仕事を覚えなくてはいけない。少女には感傷《かんしょう》に浸《ひた》っているひまはなかった。すでに幼《おさな》い弟や妹を養っている身だ。働かなくては。

ふと足を止めて、何者もいなくなった細長い不吉な塔《とう》を見上げる。

「でも……」

三つのものを塔の上のあの部屋まで運び続けた、この日々――。

、、、
また歩き出しながら、少女はつぶやいた。

「あの灰色狼《はいいろおおかみ》は、人間だった」

冬の風が吹《ふ》いた。

粉雪が舞《ま》い、少女のつぶやきをどこかにかき消していく……。

「おそろしい、人間だったの――！」

2

冬枯《ふゆが》れの、朝。

聖《せい》マルグリット学園――。

中世からずっと黒い森に囲まれている石造《いしづく》りのブロワ城《じょう》の、寒々としたあの庭で、運びだされた不吉《ふきつ》な檻《おり》が馬車に乗せられ、森に消えたあの夜の、翌日《よくじつ》の朝のこと。

これもまた、中世から変わることなくこのアルプス山脈の麓《ふもと》にある村の近く、山間のなだらかな勾配《こうばい》に身をゆだねる、広々として、古く歴史ある貴族《きぞく》の子弟《してい》のための名門、聖マルグリット学園。この朝、めずらしい客を迎《むか》えた若《わか》い教師《きょうし》が一人、緊張《きんちょう》して座《すわ》っているところだった。

空中から見るとコの字型をした校舎《こうしゃ》の、一階。高貴な来客用にと豪奢《ごうしゃ》な調度品で飾《かざ》られたその客間。窓《まど》からいちばん遠い部屋の奥《おく》に、巻葉装飾《まきばそうしょく》をほどこしたすばらしく繊細《せんさい》なつくりの椅《い》子《す》に腰《こし》かけて座る壮年《そうねん》の男と、その手前のシンプルな職員用《しょくいんよう》椅子に座る若い女性《じょせい》。その二人が黙《だま》って向き合っていた。

女性は生徒かと見まごうほどに童顔で、茶色い大きな垂《た》れ目がちの瞳《ひとみ》に、大きな丸眼鏡《まるめがね》をかけていた。肩《かた》までのブルネットがふわふわとふくらんでいる。

この女性教師の名は、セシル。ほんの少し前までこの学園の生徒だった。まだ若く経験《けいけん》も少ないが、生徒にはなかなか人気のある教師だ。

さっきから彼女は、脅《おび》えたように大きな瞳を見開き、目の前の、朝だというのに暗闇《くらやみ》に沈《しず》んでいる薄暗《うすぐら》い部屋の隅《すみ》に腰かけた、見たこともないほど不吉な、そして美しい男をみつめていた。

巻葉装飾の椅子に腰かけているのは、きらめく金髪《きんぱつ》を馬のしっぽのように結んで背中《せなか》にたらし、ぴったりとした乗馬ズボンに、ブラウス。手には細い乗馬鞭《じょうばむち》を持った高貴な男だった。噂《うわさ》に違《たが》わぬ、ブロワ侯爵《こうしゃく》——。貴族の中でも飛びぬけて強い力と、政治《せいじ》への影響力《えいきょうりょく》を持ち、また、先の世界大戦では大きな役割《やくわり》を果たしたとされる、謎《なぞ》めいたおそろしい男。

ブロワ侯爵はその右目に、その類《たぐい》まれなる美貌《びぼう》を台無しにする、度の強い片眼鏡《かためがね》をかけていた。銀色の装飾がたくさんついた、不思議な形にゆがんだ片眼鏡。あまりに分厚《ぶあつ》いそのレンズが、彼の不吉な緑の瞳を、右目だけ奇妙《きみよう》に大きく拡大《かくだい》してみせていた。瞳が亡霊《ぼうれい》のようにこちらに迫《せま》ってくるようだった。セシルは脅えて、口も利《き》けずにただそこに座《すわ》っていた。

「──お嬢《じよう》さん」

高貴にして不吉なその男は、やがて口を開いた。眼鏡に拡大された瞳が、うっすらと細められる。

「は、はいっ」

セシルは緊張した声で、返事をした。

「動物を飼《か》ったことは、おありかな？」

「……動物ぅ？」

セシルは思わず聞き返した。それから、小さいころからの記憶《きおく》を思い返し「ええと、犬と、鳥と、あと拾ってきた蛇《へび》。それはママが失神したからパパに捨《す》てこいって言われて。あと、猫。それから、えっと……」指折り数えだしたところで、苛立《いらだ》ったような声でさえぎられた。

「それならいい」

「へ？」

「狼を一匹《ぴき》、世話してもらいたいのだ」

セシルはきょとんとした。

「おっ……狼？」

ブロワ侯爵はくすり、と笑った。

「そう」

眼鏡の奥の緑の瞳が、とつぜんかっと見開かれた。

「小さな小さな、灰色狼を、ね」

そして、セシルが手に持っている書類を指差した。

「その子のことだよ、君」

「あっ……？」

セシルは驚《おどろ》いたように聞き返した。

そして、手元の書類をみつめた。

そこには、ブロワ侯爵の嫡子《ちゃくし》である十二歳《さい》の少女について詳細《しょうさい》に書かれていた。夕べ届《とど》いた新しい生徒の書類で、セシルはもちろん夕べのうちに目を通していた。ブロワ家の末の子、ヴィクトリカ・ド・ブロワ——。彼女はどうやらこれまで一度も学校に通ったことがないらしかった。だが、貴族の子弟《してい》にはけしてめずらしいことではない。専任《せんにん》の家庭教師がついて教育されることが多い。

問題は……。

昨夜、もしくは明け方のうちに連れてこられていて、まだ、誰もその娘《むすめ》を見ていないことなのだが……。この書類にも一切《いっさい》の写真が添《そ》えられていない。いったいどんな娘なのかとセシルは考えていたが、それにしても。

「冗談《じょうだん》が過《す》ぎますわ、侯爵」

セシルの生真面目《きまじめ》な抗議《こうぎ》の声に、ブロワ侯爵は驚いたように、レンズの奥《おく》の瞳《ひとみ》をきゅっと細めた。

「……なんだと？」

「娘さんのことを、まるで動物のようにおっしゃるなんて。教育上、よくありません」

「ほぅ」

侯爵はセシルの憤《いきどお》りを鼻で笑った。それから立ち上がり、「あなたの感慨《かんがい》などどうでもよい」と切って捨てた。立ち上がったブロワ侯爵は、不吉《ふきつ》さと奇妙《きみよう》なくらいのエネルギーに満ちていて、セシルは思わず、椅子《いす》から立ち上がり、後ずさった。

侯爵はにやりと笑った。脅えるセシルの顔に自分の顔を近づけて、

「職業婦人《しよくぎようふじん》とはいえ、聞けばもとは貴族の娘だという。だから貴殿《きでん》に世話をさせることにしたのだ。我《わ》が娘は、獣《けもの》。伝説の妖獣《ようじゆう》だ。くれぐれも逆《さか》らうな。命が惜《お》しければ、な」

「そ、そんな脅《おど》しに……」

「まちがえるな。貴殿の命を縮《ちぢ》めるのは、このわたしごときの怒《いか》りではない。我が娘は獣なのだ。狼《おおかみ》の気まぐれで喉笛《のどぶえ》を食いちぎられたくなかったら、ゆめゆめ、つまらぬことはせぬことだ。最小限《さいしようげん》の世話だけをし、後は、安全な距離《きより》を保《たも》っていることだ」

「あれに近づくな。そして、誰も近づかせるな。あれは危険《きけん》だ。ほら、どこかで……」

ブロワ侯爵《こうしゃく》は脅えたようにレンズの奥の瞳を細めた。だが、薄《うす》く色のない唇《くちびる》は笑いをたたえていた。楽しくてたまらぬように。

「獣たちが、鳴いている……！」

気持ちのいい冬晴れの朝だというのに、空はどんどん暗くなっていた。どこからか、犬が不安そうに細く鳴き声を上げている。鳥たちがなにかに驚いたように一斉《いっせい》に飛び立ち、バサバサバサッ――と不気味な羽音を立てながら遠ざかっていった。

「気づいたのだ。あれがやってきたことに……！」

「な、なんの、こと？」

「あれだ。獣だ。そう、そして今朝のこの動物たちのように、世界があれの存在《そんざい》に気づくのは、まだまだ先のことなのだ。そう、そのときこそ脅えた鳥の群《む》れのように、一斉に、このヨーロッパの地から飛び立つがよい。新大陸の、くだらぬ、新しき人間たちめ――！」

「こ、侯爵？」

客間は再《ふた》びしんと静かになった。侯爵ははっと我に返ると、顔を伏《ふ》せた。

そして、恐《おそ》ろしそうに自分を見上げているセシルのまん丸眼鏡《まるめがね》に向かって、その青白い美しい顔を近づけてきた。

「距離……？」

「けして絶《た》やしてはならぬものが三つある。塔《とう》にいたときはレディズメイドに運ばせていたのだが、これからは貴殿《きでん》が毎日、運ぶのだ」

「な、なにをですか？」

「まず、一つめは……」

侯爵は瞳を細めた。

またどこかで鳥が飛び立った。まるで学園中の動物が一斉に逃《に》げ出すような、奇妙な、自然界だけが騒然《そうぜん》としているかのような、朝——。

ブロワ侯爵は低い声でささやいた。

「一つめは……、書物だ！」

3

ブロワ侯爵が帰途《きと》に着くと、ようやく朝の学園はもとの、冬晴れの明るく清々《すがすが》しい朝の時間を取り戻《もど》したようだった。闇《やみ》に沈《しず》んでいたその客間にも、フランス窓《まど》から日が射《さ》し込《こ》んで、小鳥の鳴き声が遠く聞こえてきた。

「……ふぅ」

セシルは大きく吐息《といき》をついた。緊張《きんちょう》がほぐれて、子供《こども》っぽい童顔のその顔にも、しらず笑顔《えがお》が戻ってくる。

「あぁ、びっくりした。伝説の侯爵だからどんな人かと思ってたら、まさか、あんなにおっそろしい人だったなんて！」

つぶやきながら書類をまとめて、歩き出す。

朝の廊下《ろうか》を、生徒たちがばたばたと行き過ぎる。「セシル先生、おはよう！」「おはようございます！」貴族《きぞく》の子弟《してい》たちは礼儀《れいぎ》正しく、だが元気よくセシルに挨拶《あいさつ》をして通り過ぎていく。

にこにこと笑顔で答えながらも、セシルはどこか不安げに時折、自分の足元を見下ろした。

（どんな娘《むすめ》なんだろう。じつの父親に狼と呼《よ》ばれるだなんて。いったい……）

その疑問《ぎもん》の答えを、数分後、セシルは知ることとなった。


学園の広大な敷地《しきち》に広がる、フランス式庭園を模《も》した美しい庭。刈《か》り込まれた芝生《しばふ》と、繊細《せんさい》な装飾《そうしょく》をほどこされた噴水《ふんすい》、そしてきわめて人工的で広大な花壇《かだん》。ところどころに鎮座《ちんざ》するベンチや東屋《あずまや》には、春になれば栗鼠《りす》が上り、ちろちろと走り出すはずなのだが、いまは遠い森で冬眠《とうみん》をむさぼっているらしく姿《すがた》が見えない。

その庭園の奥《おく》に、ぽつんと、数か月前まではなかった小さな建物が建っていた。

まるで童話に出てくるお菓子《かし》の家のような、カラフルで、でもどこかおかしな建物。一階と二階が鉄製《てっせい》の螺旋階段《らせんかいだん》でつなげられた小さな小さなその建物は、人間が住むには、なにもかもが少しずつ小さかった。正確《せいかく》な測量《そくりょう》によって縮小《しゅくしょう》されて建てられたような、じつに不思議な様子……。

セシルはその小さな玄関《げんかん》に立つと、焼きたてのマフィンを思わせる香《こう》ばしそうな色をしたドアノブを、そっと握《にぎ》った。それはひんやりと冷たく、冬の冷気をふくんでいた。セシルは小さくひゃっとつぶやくと、意を決して、その冷たいドアノブをぐっと回し、中に入った。

お菓子の家――ブロワ家の要請《ようせい》によって急遽造《きゅうきょ》られた、その娘のための特別寮《とくべつりょう》――の中は、さきほどの校舎《こうしゃ》の客間などとるにたらぬほどの、重苦しい暗闇《くらやみ》に満たされていた。まるで黒く重い布《ぬの》を上からかけられて、少しずつ締《し》め付けられているような息苦しさ……！　セシルは息を呑《の》み、それからゆっくりと、その暗闇に足を踏《ふ》み出した。

家の中は、どれもが少しずつ縮小されたようなかわいらしい調度品で溢《あふ》れていた。エナメル飾《かざ》りの輝《かがや》く小さなチェスト。緑色の猫足《ねこあし》テーブルの上にあふれる、小さな銀食器と刺繍《ししゅう》つきのかわいらしいテーブルクロス。窓際《まどぎわ》の揺《ゆ》り椅子《いす》。そのどこにも、この小さな特別寮の主であるはずの、ブロワ侯爵《こうしゃく》の末娘――ヴィクトリカ・ド・ブロワはいなかった。

闇が、うごめいている。

闖入者《ちんにゅうしゃ》に気づき、闇がうっそりと振《ふ》り返り、セシルをみつめる。セシルを呑み込もうと迫《せま》ってくる。足がすくんで動けなくなりそうなセシルは、茶色い瞳《ひとみ》を細めて……それから、その闇の向こう、部屋の奥《おく》にあふれている、とあるものに気づいた。

それは、このかわいらしい部屋には、似《に》つかわしくない。

猛烈《もうれつ》な不協和音を感じさせる。

――大量の書物の山。

革張《かわば》りの分厚《ぶあつ》い書物があちらにもこちらにも、山と積まれていた。息苦しいほどの知の空間。どの書物も、ラテン語で書かれた中世の宗教本《しゅうきょうぼん》や、数学や化学、そして歴史……教師《きょうし》であるセシルでさえ二の足を踏むような、じつに難解《なんかい》なものばかりだった。

セシルの耳に、ブロワ侯爵のあの不吉《ふきつ》な声が蘇《よみがえ》る。

〈一つめは、書物……！〉

では、侯爵の娘はこの闇の奥にいるのだ。セシルはごくんとつばを飲んで、思い切って一歩、闇を踏みしめるようにして進んだ。

すると、なにかを踏んだ。カシャリと乾《かわ》いた音がした。

セシルはそうっと足を上げて、それからしゃがみこみ、自分が踏んだものをみつめた。思わず寄《よ》り目になる。

シナモンのパウダーをたっぷりふった、じつにおいしそうな……マカロンだった。

セシルは不審《ふしん》そうな顔になり、闇《やみ》の向こうに目を凝《こ》らした。

床中《ゆかじゅう》に、マカロンや、チョコレートボンボンや、動物の形をした棒《ぼう》つきキャンディーが散らばっていた。闇の奥にあるなにかを中心とした放射線状《ほうしゃせんじょう》に。セシルは立ち上がりながら、ブロワ侯爵のあの声を思い出した。

〈二つめは、甘いお菓子……！〉

〈そして、三つめは……〉

セシルは闇に踏み出しながら、思わず声に出して、

「フリル！」

闇の向こうに、さらなる闇があった。さきほどの侯爵と同じ、いや、あんな小物とは比《くら》べ物にならぬほどの強い、負の力の存在《そんざい》を感じた。おそろしさのあまりもう声は出ない。まるで冥《めい》界《かい》への入り口がそこにぽっかり開いているかのような、本当の、暗く重い、闇。

セシルの足がぶるぶる震《ふる》えながら、止まった。

闇の奥にいるそれが、じっとセシルを見上げていた。

目を閉《と》じる。耳をすます。かすかに衣擦《きぬず》れの音が聞こえてくる。それがセシルに気づき、ゆっくりと動き出したのだ。さきほど、ほんの一瞬《いっしゅん》、視界《しかい》にとびこんできたもののことをセシルは考えていた。ブロワ侯爵が言ったとおり、それは……おそろしいこの生き物は……。

真っ白な、幾層《いくそう》もの、豪奢《ごうしゃ》なフリルに包まれていた。

セシルはゆっくりと目を開けた。

すぐ目の前にそれがいた。あっと叫《さけ》ぶ。

セシルはそれがブロワ侯爵の末娘《すえむすめ》であることも、この国に中世から伝わる灰色狼《はいいろおおかみ》の伝説にかけて語られることも、この奇《き》怪《かい》な闇も、すべてを一瞬にして忘《わす》れた。目の前に座《すわ》り込み、切れ

長の薄《うす》い緑の瞳で彼女を見上げているそれは……。

見事なビスクドールだった。

まるでほどけたビロードのターバンのように、床まで流れ落ちて輝く滝《たき》をつくる、絹《きぬ》のごとき金髪《きんぱつ》。小さな薔薇色《ばらいろ》の頬《ほお》。エメラルドグリーンの瞳は高価《こうか》な宝石《ほうせき》のようにきらきらと輝いている。漆黒《しっこく》のフランスレースと、白い三段フリルを幾層にも重ねた豪奢なドレス。小さな頭の上に載せられた、珊瑚《さんご》の飾りがついたまるで王冠《おうかん》のようなミニハット。

そのビスクドールは、いや人形そのものに見える小さな少女は、きわめて無表情《むひょうじょう》に無感動に、両手両足を投げ出し、打ち捨《す》てられたおもちゃのように床に転がっていた。レースのシューズをはいた小さな足だけが、ぴくり、と一瞬だけ動き、また、止まった。

少女——ヴィクトリカ・ド・ブロワは、緑の瞳をぽっかりと見開き、じっとセシルを見上げていた。

セシルは（な、なにか、言わなきゃ）とあせって口を開こうとした。のどがからからに渇《かわ》いて、声が出なかった。

数刻《すうこく》が過《す》ぎた。

やがて少女が、まるで人形が誰《だれ》かに操作《そうさ》されているような不自然に唐突《とうとつ》な動きで、小さなさくらんぼ色の唇《くちびる》をぱかっと開いた。

「君は、何者だね？」

「！」

　セシルは息を呑《の》んだ。その声は、少女のビスクドールのような、あまりに可憐《かれん》ですばらしい容姿《ようし》とはおどろくほどかけ離《はな》れていた。まるで老女のような、しわがれて低い、悲しげな声……。

　だがしかし、そのおかしな声は少女の緑の瞳《ひとみ》に浮《う》かぶ不思議な光──まるで百年の時を生きた老人のような、悲しげな、静かな──とは、奇妙《きみよう》に合致《がっち》しているようにも思えた。セシルは畏怖《いふ》の念を覚えた。そして、再《ふたた》びの恐怖《きようふ》がセシルを覆《おお》ったのは、ヴィクトリカが小さく身じろぎをし、そのとたんに、まるですぐ近くに獣《けもの》がいるのを本能的《ほんのう》に悟《さと》った小動物のように、セシルの小さな心臓《しんぞう》が縮《ちぢ》み上がったからだった。

「君は、敵《てき》かね？」

　老女のような声が、再び問うた。恐怖のあまり答えられないセシルに苛立《いらだ》つように、何段《なんだん》もの白いフリルがざわっとさざめく。

　セシルは必死で首を振《ふ》った。声が出ない。

　ようやく声が出せそうになると、セシルは震《いか》え声で「に、人形……？」とつぶやいた。とたんにヴィクトリカは瞳を危険《きけん》に輝《かがや》かせた。怒りのあまりかその瞳は緑色を増《ま》し、

「失礼な！」

「あ、あの……」

「わたしの名はヴィクトリカ・ド・ブロワ。れっきとした人間だ」

「はい、あの……」

なにか言いかけたセシルは、つぎの瞬間に「きゃっ！」と叫んだ。ヴィクトリカが小さな手で分厚《ぶあつ》い書物を持ち上げ、放《ほう》り投げてきたのだ。セシルがかがむと、書物は壁《かべ》に当たって大きな音を立て、床に落下した。

しん、と静まり返る。

ヴィクトリカが小さなからだを震わせ、獣のように咆哮《ほうこう》した。セシルは甲高《かんだか》い悲鳴を上げたが、悲鳴はかき消されてしまう。やがてセシルには、ヴィクトリカの叫び声が聞き取れた。この小さな獣は、こう叫んでいたのだ。

「退屈《たいくつ》だ！」

「ど、どうして……？」

「ここにある書物は、みんなみんな読んでしまった。足りない。もっとだ。もっと持ってこい。書物を。退屈だ。わたしは、退屈なのだ！」

セシルはおそろしい少女に背《せ》を向けて、走り出した。足をもつれさせながら闇《やみ》から飛び出し、そのドールハウスじみたおもちゃのような家から逃《に》げる。

おそるおそる振り向くと、咆哮はやみ、そこにはただ、かわいらしい小さなお菓子《かし》の家だけがさびしげにぽつんと立っていた。

冬晴れの空が、驚《おどろ》きのあまり座《すわ》り込《こ》んだセシルの上に、ぽかぽかと暖《あたた》かな日差しを投げかけていた。

「腰《こし》が、腰が痛《いた》いよぅ……！」

4

それから、一か月後。

長かったヨーロッパの冬もようやく終わりに近づき、少しずつ薄着《うすぎ》になってきた。春の休暇《きゅうか》を前に生徒も教師《きょうし》も少し浮き浮きとし、空気の華《はな》やぐ、この季節。

セシルは丸めたこぶしで自分の細い腰をとんとん叩《たた》きながら、コの字型をした校舎《こうしゃ》の奥《おく》にある職員室《しょくいんしつ》に、よたよたと入ってきた。

セシルが生徒だったころからいる年老いた教師が、笑いながら、

「君、ずいぶんよぼよぼしちゃって。どうしたんだね？　若《わか》さが足りないよ、若さが！」

「あのねぇ、先生……」

セシルはよたよたと自分の席に着くと、机《つくえ》に突《つ》っ伏《ぷ》した。年老いた教師が少し心配そうに、

「どうしたんだね？」

「いえー、なんでもー。ただちょっと」

た。

「ちょっと？」

「書物が、重いんですぅ」

年老いた教師はとたんに逃げ腰になり、「あぁ、あの、例の……。それはやっぱり、女性《じょせい》どうし、それに若くて体力のある教師のほうが向いてるからね、ははは」と言うと、立ち上がった。

セシルが恨《うら》みがましそうに、睨《にら》む。

「本当に、本当に、重いんですったら」

「まぁ、がんばりたまえ」

「むー……！」

——あれから一か月、セシルは毎日毎日、朝と夕方に聖《せい》マルグリット大図書館に行き、大量の書物を抱《かか》えて例のドールハウスに運ぶ、ということを繰《く》り返していた。例の生徒、不思議な灰色狼《はいいろおおかみ》ヴィクトリカは、一度も授業《じゅぎょう》に出ようとせず、ただただ、書物を持ってこい、と命じるだけだった。書物と、お菓子と、そして豪奢《ごうしゃ》なドレス。ヴィクトリカの生きる糧《かて》は明らかに通常《つうじょう》の人間とちがうようだった。

セシルのほうは、あの真っ黒な闇にも、恐《おそ》ろしいしわがれ声にも少しずつ慣《な》れてきていたが、少女のほうはちがった。セシルが話しかけても、ほとんど反応《はんのう》らしきものが返ってくることはない。わざと無視《むし》しているのではなく、彼女は他人に一切《いっさい》の関心をもたないのだ、とセシルは気づいた。それこそ、人間に飼《か》われてもけして慣れることのない、野生の小さな狼を閉《と》じ込めているようだった。

せめても、狼が弱って死んでしまうことのないよう、望むものを運び続ける……そんな様子だった。


そしてそのまま、数か月が過《す》ぎた。

季節は、暖かな春を迎《むか》えていた。学園の敷地《しきち》にも色とりどりの花が咲《さ》き乱《みだ》れ、樹木《じゅもく》の葉も瑞々《みずみず》しく茂《しげ》って、冬枯《ふゆが》れの庭園とはまるでちがって見えるようになった。

セシルはいつしか、不思議な小さな少女の世話にも、彼女がまったく口も利《き》かず自分を黙殺《もくさつ》し続けていることにも慣れ、ただ黙々と、仕事の合間にお菓子の家に三つのものを運ぶだけの毎日になった。でも、手のひらに刺《さ》さった小さな薔薇《ばら》の棘《とげ》のように、孤独《こどく》な、おそろしい仔《こ》狼《おおかみ》の様子が気になり続けていた。

ずっと、心のどこかで、セシルはそれを思い煩《わずら》っていた。

5

夕方になると、セシルは学園の広大な敷地の一角にある礼拝堂《れいはいどう》の、さらに奥。目立たない場所に建っている簡素《かんそ》な職員寮《しょくいんりょう》に戻《もど》っていくのが日課だった。貴族《きぞく》の子弟《してい》用の校舎や寮が上質《じょうしつ》のオーク材をふんだんに使った豪奢な建物なのに比《くら》べると、職員寮は非常《ひじょう》に簡素で、余分《よぶん》な飾《かざ》りの一切ない、ただそこに建てられただけの四角い建物だった。

職員寮には男性用と女性用があり、男性用の寮の二階が、家族用の広い部屋になっていた。二つの四角い建物のあいだには小さな池があり、春になると小さな渡《わた》り鳥がやってきて、冬の空に疲《つか》れた羽根を休ませた。

セシルたちは、池にパンくずを落としたりして、鳥にえさをやるのを楽しみにしていた。それは春の訪《おとず》れを意味する、少し優《やさ》しく、ほっとさせる儀式《ぎしき》だった……。


さてその夜。セシルは、一日の仕事を終えると寮に戻り、いつものように池にパンくずを投げたり、なんだか痛くて仕方のない腰をさすりながら、定期購読《こうどく》している婦人雑誌《ふじんざっし》をめくったり、お肌《はだ》をくるくるマッサージしたりしていた。それから、となりの部屋に住む、学生時代からの友人とぺちゃくちゃおしゃべりをし始めた。

「そういえば、音楽のジェンキンズ先生、そうとうお加減《かげん》が悪いらしいわよ」

友人の噂話《うわさばなし》に、セシルはあぁ、とつぶやいた。

ジェンキンズ先生はセシルの学生時代からいる音楽教師《きょうし》で、そうとうに老齢《ろうれい》だったのだ。加減を悪くして、ソヴュールの首都、ソヴレムの病院に入院しているのだが……。

「ジェンキンズ先生が死んじゃったら、もう誰も、あのハープを弾《ひ》かないのね」

「そうね……」

友人の悲しそうな声に、セシルも思わずうなずいた。ジェンキンズ先生はハープの演奏《えんそう》が得意で、週末の夜になるとよく職員たちを二階の自分の部屋に招《まね》いて、素敵《すてき》なお茶会を開いてくれたのだ。

（あぁ、ジェンキンズ夫人が入れてくれるおいしいミルクティーと、焼きたてのスコーン……）

セシルは切なそうに吐息《といき》をついた。

（それから、サーモンとふわふわのチーズ入りのサンドイッチ。さくらんぼのケーキ……）

ふと気づく。一人で顔を赤らめて、

（じゃなかった、ハープの演奏。そうよ、そっちのことを考えなくちゃ。……スコーンには黒スグリのジャムとクロテッドクリームをたっぷりつけて……じゃなくて！）

セシルは感慨《かんがい》にふけろうとして、ついつい考えてしまうおやつのことを頭から追いだそうと苦労し始めた。友人が、

「どちらにしろ、ジェンキンズ先生はもう教壇《きょうだん》にはお立ちにならないんだって」

「えぇー!?」

「だから、来週から新しい音楽の先生が見えるらしいわよ。また、いい先生だといいね」

セシルは今度こそ、本当に悲しくなって、優《やさ》しかったジェンキンズ先生のことを考えた。あ

まり出来がいいとはいえない、のんきな生徒だったセシルに優しく、辛抱強《しんぼうづよ》く、ピアノの演奏や音楽のすばらしさを教えてくれた、いつもにこにこして楽しそうな、おじいちゃん先生……。

その夜はセシルはよく眠《ねむ》れなかった。悲しい気持ちや心配で顔を曇《くも》らせたまま、翌朝《よくあさ》、セシルはいつもどおりに起きだして、食事を摂《と》り、それから聖《せい》マルグリット大図書館に向かった。なにがいいかわからないので、適当《てきとう》に分厚《ぶあつ》い書物を五冊《さつ》ぐらい選んで、両手で抱えて、うんしょ、うんしょ、と運び始める。

チチチ……と小鳥が鳴いている。いい季節だ。

セシルはそうとうに苦労をして、いつものお菓子《かし》の家まで歩いていった。ドアを開けようとしたとき、その小さな、お茶請《ちゃう》けのショートブレッドみたいなドアがいきなり、中から勢《いきお》いよく開いた。セシルがびっくりして「きゃあ!」と叫《さけ》ぶと、中から出てきた生徒たち――金髪碧眼《きんぱつへきがん》の、貴族の子弟《してい》たち――もまた、「うわぁ!」と叫んだ。

生徒たちはセシルが思わず取り落とした書物を拾おうともせず、

「なんだ、先生」

「ねぇ、この建物っていったいなに? どうしてこんなところにドールハウスを建てたんですか?」

数人の生徒に囲まれて、セシルは書物を拾い上げながらあわあわと、

「そ、それは……」

「中は本ばっかりだし、誰《だれ》もいないし。人形のないドールハウスってのも、不気味ですよね」

「誰も、いない？」

セシルは聞き返した。生徒たちは顔を見合わせあって、うなずいた。セシルは心がざわざわとざわめくのを感じた。生徒たちに、

「ほら、遅刻《ちこく》するわよ。はやく教室に行かなくちゃ」

とわざと怒《おこ》ったように言って追《お》っ払《ぱら》うと、あわてて家の中に入っていった。

後ろ手にドアを、閉《し》める。

静かな音。

ざわり、と暗闇《くらやみ》がうごめいた。セシルの周りを、黒いビロードの布《ぬの》のような闇が再《ふたた》び、取り巻《ま》く。

慣《な》れてきたはずの、この空気。深く、重苦しい、闇。

その向こうに……。

セシルはほっと息をついた。

その向こうに、いつものように、あのビスクドールじみた少女がいた。

黒と白の豪奢《ごうしゃ》なドレスに、花模様《はなもよう》のレースをたっぷり重ねたボンネット。小さな足を、くるみボタンで止めた革《かわ》のブーツに包《くる》んでいる。長い髪《かみ》が、まるで溶《と》かした黄金《おうごん》を床《ゆか》に流したよう

にぐるぐるとその小さな体を取り巻いている。

「なんだ。いたのね」

セシルの声に、しかしヴィクトリカは、ぴくりとも反応《はんのう》しようとしなかった。

「いま、生徒たちが入ってこなかった？　中には誰もいないなんて言ってたけど」

「……………」

「ここに書物、置いておくわね。あとで、朝御飯《ごはん》の紅茶《こうちゃ》と半熟卵《はんじゅくたまご》と、さくらんぼのサラダも持ってくるわ。……ヴィクトリカさん？」

返事はない。

ただ面倒《めんどう》くさそうに顔をしかめ、ちょっとだけ、動いた。セシルはため息をついて、その姿《すがた》を一瞥《いちべつ》すると静かにお菓子の家を出た。

春の暖《あたた》かな風《ふ》が吹いた。花から香《かお》る甘《あま》い匂《にお》いが、セシルの鼻腔《びこう》をくすぐった。セシルは急いで歩き出しながら、あの小さな少女はずっと家の中にいて、この春の暖かい風も、甘い匂いも知らないままなのだ、と思った。胸《むね》に刺《さ》さった小さな薔薇《ばら》の棘《とげ》が、またうごめいた。セシルは困《こま》ったように首をかしげたまま、急いで、庭園の小路《こみち》を歩き続けていた。

そして、数日後の朝――。

ますます暖かくなる日射《ひざ》しに、春がもうすぐ初夏になってしまうのだなと感じる、眩《まぶ》しい季節。

庭園に白い蝶《ちょう》が舞《ま》い、花の蕾《つぼみ》はつぎつぎ、咲《さ》き誇《ほこ》る……。

その朝、セシルが腰《こし》をさすりながら、時間に遅《おく》れ気味に職員室《しょくいんしつ》に入ると、ちょうど、壮年《そうねん》の男性《だんせい》が教師《きょうし》たちに紹介《しょうかい》されているところだった。新しい音楽教師がやってきたのだ。ソヴレムの有名な音楽大学を卒業しているらしく、自信に満ちた様子の教師だった。

紹介が終わると、新しい音楽教師は、急いで出て行こうとするセシルを呼《よ》び止めた。そして、教室まで急ぎ足のセシルについてきて、ジェンキンズ先生について質問《しつもん》し始めた。

セシルは考え考え、ハープの演奏会《えんそうかい》のことやお茶会のことなどを説明した。相手は感心したように「へぇ、演奏会。それは素敵《すてき》ですね」と相槌《あいづち》を打っている。

「ええ、ほんとに。だから、惜《お》しい人をなくしたって、みんながっかりしています」

セシルがそう言うと、

「なるほど。なかなかよい方だったようですね」

新しい教師はうなずきながら、言った。

そのとき強い風が吹いた。乾《かわ》いた、初夏の風。

セシルは顔をしかめて、風でずれてしまった大きな丸眼鏡《まるめがね》を両手で直した。

その日の夕方。

また、聖《せい》マルグリット大図書館からたくさんの書物を抱《かか》えて出てきたセシルは、うんしょ、うんしょ、と運びながら、お菓子《かし》の家に向かった。

扉《とびら》を開けて中に入ると、ちょうど出て行こうとする生徒とぶつかった。

「また、セシル先生？」

ぶつかった生徒が、不思議そうに、書物の山を抱えたセシルを見た。それから家の中を振《ふ》り返って……所狭《ところせま》しと積《つ》まれて分厚《ぶあつ》い壁《かべ》と化している書物を、どこかおそろしそうに見やった。

「あら、あなた……」

セシルが担任《たんにん》しているクラスの女生徒だった。麦わらを思わせる明るい金髪をツインテールにして、きゅっと吊《つ》り目がちの瞳《ひとみ》を細めている。

「どうして先生が、また、ここにいるんですの？」

この生徒は、今日は一人でお菓子の家にやってきたようだった。セシルが困って、黙《だま》り込《こ》んでしまっていると、女生徒は不思議そうに、

「人形のない、誰もいない、ドールハウス。まさに怪談《かいだん》学園にふさわしい場所ですこと！」

「いや、あのね、その……」

セシルはなにか言いかけて、

「……えっ？　誰もいない？」

「ええ。誰も。まったく」

女生徒はそう言うと、探索《たんさく》に飽《あ》きたように大あくびをして、小さなお尻《しり》を気取って左右に振りながら出ていった。セシルは書物を猫足《ねこあし》テーブルに置くと、家中を捜《さが》し回った。

「ヴィクトリカさんっ！」

寝室《しんしつ》を見る。天蓋《てんがい》つきのかわいらしいベッドの中にも、下にも、ヴィクトリカはいない。続いて螺旋階段《らせんかいだん》を駆《か》け上がり、二階の衣装《いしょう》部屋に飛び込む。むせるほどの白いレースと、ピンクのフリル、黒いリボンの山をかきわけて、小さな小さな少女を捜す。

「ヴィクトリカさんっ？　どこ……？」

次第《しだい》に、小さな猫を一匹《びき》捜すように、セシルはテーブルの下や、クロゼットの中、揺《ゆ》り椅子《いす》のクッションの下などまで捜し始めた。

でも、ヴィクトリカはいない。

「ほんとうに、いないわ……。いったいどこに？」

セシルは捜しつかれて、手近にあった四角い横長のチェストに、腰かけた。

チェストがきしんだ。

その音に混《ま》じって、じつに不機嫌《ふきげん》そうな、抗議《こうぎ》するような、低いうめき声が一瞬《いっしゅん》、漏《も》れてきた。

セシルのお尻の下からだ。

「！」

一瞬、セシルは鳩《はと》が豆鉄砲《まめでっぽう》を食《く》ったような顔をした。茶色がかった大きな垂《た》れ目がちの瞳が、ちょっと寄《よ》り目になった。

「……ヴィクトリカさん？」

そうっとチェストからお尻を上げて、それから、じいっとチェストを観察した。

人間が入れるとはとても思えないほど小さなその四角い箱のはしっこから、なにかがのぞいていた。

白くて、ふわふわした……。

フリルが、不機嫌そうに顔を出していた。

セシルは不審《ふしん》そうな顔になり、半信半疑《はんしんはんぎ》ながら、そうっとチェストのふたを開けてみた。

と……。

中に、豪奢《ごうしゃ》なビスクドール——と見まごう、小さくて美貌《びぼう》の少女が、フリルとレースと更紗《さらさ》のリボンに包まれて、入っていた。非常《ひじょう》に不機嫌そうなしかめっ面《つら》で、書物を一冊《さつ》抱えている。さくらんぼのようにつやつやした口から、棒《ぼう》つきキャンディーの細い棒が一本、のぞいていた。

「ヴィ、ヴィクトリカさん……！」

セシルは仰天《ぎょうてん》して、叫《さけ》んだ。

「ど、ど、どうしてまた、こんなところに？　これは衣装《いしょう》を入れる箱よ。あなたの椅子じゃな

いわ。えーと、あれ、もしかして、ヴィクトリカさん……」

続きの言葉を口に出すのを、セシルはなぜかためらった。ヴィクトリカは不機嫌そうに、誇《ほこ》りを傷《きず》つけられた野生動物のように、丸まって、動かない。

(もしかして、あなた、隠《かく》れたの……？)

セシルは心の中だけで思った。

(人間が、怖《こわ》いの？　そうなのね……？)

ヴィクトリカはその日、チェストの中ですねたように唇《くちびる》を尖《とが》らせて、ぜんぜん、出てくる気配もなかった。


「おじさん、あの、最近はひま？」

もう初夏に近づいた日も、そろそろ陰《かげ》るというころ。

庭園の池にぷかぷか浮《う》かぶ渡《わた》り鳥の白い羽根を眺《なが》めながら、セシルは、作業中の大柄《おおがら》な老庭《にわ》師《し》に話しかけた。

つなぎの作業服を着た、白髪《しらが》交《ま》じりの老人ながら、かなりの大男である老庭師は、セシルの言葉に「あぁ？」とだみ声で聞き返してきた。

「なんだい、その質問《しつもん》は。ひまなわけないだろう。この広大な庭園を、毎日、毎日、世話する身にもなってみろよ。えぇ？」

　柄は悪いが、セシルとのつきあいは生徒時代からだから長く、気心が知れている。セシルは続けてぶつぶつ忙《いそが》しいと文句《もんく》を言う老庭師に、丸眼鏡《まるめがね》のずれを直しながら、

「おじさんに作ってほしいものがあるんだけど」

「また、おもちゃの帆船《はんせん》とかいうんじゃないだろうな。セシルは面倒《めんどう》なものばかり作らせたがるからな」

「いや、そういうのじゃなくって、じつは花壇《かだん》なの」

「花壇〜？」

　忙《せわ》しそうに巨大《きょだい》な園芸バサミで生垣《いけがき》を整えていた老庭師が、手を止めて、不思議そうに聞き返してきた。

「どこにだい？」

「あの、最近造った小さなお菓子《かし》の家みたいなのがあるでしょ？」

「あぁ、あるな」

「あの周囲に作ってほしいの。ほら、中世の貴族《きぞく》の庭によくあった、迷路状《めいろじょう》の花壇。ぐるぐる回って、道を知っている者しか中には入れない。そういうものなんだけど」

「迷路花壇か！」

　老庭師は立ち上がった。小山のごとくのからだを揺《ゆ》らせて、楽しそうに、

「ふぅむ、なかなか楽しそうだな。好きに作っていいのか？」

「うん！」

「よし、のった」

セシルはほっとしたように息をついた。

それから、小さな家があるほうをそっと振《ふ》り返った。風が吹《ふ》いて、白い花がふわふわと揺れた。日が暮《く》れてきて、庭園にも暗闇《くらやみ》が押《お》し寄《よ》せてきた。それはまるで、あの家の中に立ちこめる闇が、外の世界をまで侵食《しんしょく》してきたようにセシルには感じられた。

夕刻から、夜へ。

青白い月が、東の空に浮かび始めた。


老庭師の熟練《じゅくれん》の手によって、ドールハウスの周囲には迷路花壇が着々と作られ始めた。ぐるぐると幾何学《きかがく》的な模様《もよう》が小さな家を囲み、どんどん高さも増《ま》し、生徒たちの好奇心《こうきしん》や侵入から遠ざかっていく。

そして、そのころ。

とある事件《じけん》が起こったのだった。

6

セシルがいる女性用《じょせいよう》の職員寮《しょくいんりょう》の向かい側にある、男性用の寮。ジェンキンズ先生と奥《おく》さんがいた二階の部屋には、まだ先生の荷物が残されていた。閉《し》め切られた、暗い部屋。まだそこに住んでいた者の荷物とともに、濃厚《のうこう》な気配が残されたさびしい部屋。

その部屋のハープが、あの夜から、夜毎《よごと》、不気味に鳴り始めたのだ——。


その夜、セシルは自分の部屋で爪《つめ》を磨《みが》いたり、靴《くつ》を磨いたり、そしたら止まらなくなって隣《りん》室《しつ》の友達の靴まで勝手に磨き始めたりしていた。一人でのんびり過《す》ごす夜の時間。鼻歌を歌いながら人の靴を磨いていると、ふいに窓《まど》の外で、誘《いざな》うようなかすかな旋律《せんりつ》が鳴った。

「ん？」

セシルは顔を上げた。

耳を澄《す》ます。

しかし、それきりなにも聴《き》こえないので、また鼻歌を歌いながら靴を磨きだした。

すると、また……。

「あれっ？」

セシルは立ち上がって、窓を開けた。

向かい側の寮。二階の窓を見る。ジェンキンズ先生の部屋だった場所は電気が消えて、誰《だれ》もいないようだ。しかし、確《たし》かに……。

「ハープが鳴ってる！」

セシルはぞっとした。

それから、となりの部屋で眠《ねむ》っている友人を叩《たた》き起こした。文句《もんく》を言いながら起きだしてきた友人と一緒《いっしょ》に、寝巻《ねま》きの上からコートを着て、走り出す。

「ジェンキンズ先生が帰ってきたのよ！」

「まさか」

「だって、ハープを弾《ひ》いてるもの！」

「暗い部屋で？」

友人が笑って、

「それじゃ、まるで幽霊《ゆうれい》よ」

そう口走った後、あっと叫《さけ》んで、セシルと顔を見合わせた。

「幽霊……」

「ま、まさかぁ」

二人でつぶやいて、どちらからともなく、首を振る。

「そんなはずないわよ」

「そうよね」

男性用の寮に入って、階段《かいだん》を上がる。おそるおそるジェンキンズ先生の部屋のドアをノックするが、誰も出てこない。

明かりもついていない。

ただ、ハープの音色だけが、たゆたうように続いている。

「ジェンキンズ先生？」

「先生？」

二人で声を合わせて、呼《よ》ぶ。

そのうち人も集まってきて、教師《きようし》たちがざわざわとし始めた。鳴り続けるハープに、誰かが管理室に降《お》りて部屋の鍵《かぎ》を取ってきた。

セシルに渡《わた》される。

おそるおそるセシルが鍵を開けて、ドアを開けてみる。

「ジェンキンズ先生……？」

呼んでみる。

答えはない。

ハープの音が、やんだ。

誰かが「この部屋じゃないよ。そんなはずない。べつの部屋で誰かが弾いてただけだ」とつぶやいた。友人がふかふかのじゅうたんの上を歩いて、部屋の真ん中にあるランプをつけた。

部屋が橙色《だいだいいろ》の光に照らされて、ぼうっと浮《う》かび上がる。

誰もいない。

ほぅっ、とみんなで一斉《いっせい》に息をついた瞬間《しゅんかん》、友人がギャッと声を上げた。しっぽを踏《ふ》まれた猫《ねこ》のような声だ。セシルはびっくりして「どしたの！」と叫んだ。

友人が震《ふる》える手で、ハープを指差す。

セシルは寄《よ》り目になった。

「あっ……！」

なんと、ハープの弦《げん》が細かく震えていた。

まるでついいままで、誰かがここに座《すわ》って弾いていたというように。

「ゆっ……」

友人が叫ぶ。

「幽霊よ！　ジェンキンズ先生の幽霊よ！　ついいままでここに先生の霊魂《れいこん》がいて、ハープを弾いていたのよ。きっとそう……」

「まさか」

「みんな先生の演奏会《えんそうかい》が好きだったから、最期《さいご》にまたハープを聴かせてくれたのよ。ジェンキンズ先生！　どうしよう、優《やさ》しいジェンキンズ先生は、きっと死んじゃったんだわ！」

「まさかー！」

教師のあいだに動揺《どうよう》が広がる。

セシルはみんなをかきわけると、ぱたぱたと一階に降りた。電話機をつかむと、交換手《こうかんしゅ》にソヴレムの病院を告げる。

病院でジェンキンズ先生の奥《おく》さんを呼び出してもらう。

『はいはい。あぁ、セシルちゃんね。あのピアノがへたくそな』

奥さんの問題発言も、セシルの耳をすり抜《ぬ》ける。セシルはしくしく泣きながら、

「あの、奥さま。わたしたち一同から、お、お悔《く》やみを……」

『へっ？』

奥さんが不思議そうに聞き返してきた。

『お悔やみ？　なんの？』

セシルは涙《なみだ》を拭《ふ》きながら、

「あれ……？　ジェンキンズ先生、亡《な》くなったのかと……？」

『なに言ってるの、セシルちゃん！　いま持ち直して、ぴんぴんして、ごはんをもりもり食べているところよ。失敬《しっけい》な！』

「えぇー！」

セシルはあわてて謝《あやま》って、電話を切った。

そこに、新しい音楽教師が歩いてきた。「どうしたんですか？」と聞かれたので、

「あの、病院に電話をしてたんです。ジェンキンズ先生のことで」

「病院？」

音楽教師はなぜか不思議そうに聞き返してきた。

老庭師によって、迷路花壇《めいろかだん》は着々と作られていた。セシルはその翌日《よくじつ》、昨夜の幽霊騒《ゆうれいさわ》ぎのせいで眠《ねむ》い目をこすりながら、書物の山を持ってお菓子《かし》の家に行こうとして、つくりかけの迷路花壇の中でぐるぐると迷《まよ》い始めた。

「し、しまった……！」

もう、このまま遭難《そうなん》してしまうのではないかと泣きそうになったころ、ようやく、すぽっと迷路を抜けて真ん中の家にたどり着いた。セシルは口も利《き》けないぐらいに疲《つか》れ果てて、書物の山を猫足テーブルに置くと、

「あぁ〜」

一声、声を上げてつっぷした。

「お、重い……！」

そしてその夜——。

職員寮《しょくいんりょう》で、またもや同じことが起こった。

無人の部屋でハープが鳴り続け、駆《か》けつけてドアを開けると、誰もいない。窓《まど》の鍵も内側からかかっていた。友人がハープに近づいて、指をさし、

「また、弦が震えてる」

そうつぶやく。

しかし、病院に確認《かくにん》すると、ジェンキンズ先生はますます回復《かいふく》しているという。

そしてその翌日の夜にも、また……。

ハープは鳴り続け、こわがりのセシルは次第《しだい》に、夜、眠りにつくことができなくなってしまった……。

7

「……いったい、どうしたのだね？」

セシルは耳を疑《うたが》った。

数日後の夕刻《ゆうこく》のことだ。書物を運んで、いつものように猫足《ねこあし》テーブルの上に置き、出て行こうとしたセシルを呼《よ》び止めたのは、ここ数か月のあいだ一言も口を利《き》くことのなかった、あの灰色狼《はいいろおおかみ》だった。

セシルは足を止め、それから、不思議そうに振《ふ》り返った。

薄闇《うすやみ》の奥《おく》に、いつもと同じように、フリルとレースに囚《とら》われた美しい人形が投げ出されていた。いつのまにやら少女はパイプを吸《す》うようになり、華奢《きゃしゃ》な手に握《にぎ》られた白い陶器《とうき》のパイプから、細い紫煙《しえん》がユラユラと天井《てんじょう》に向かって上っていった。

「な、なにか、言った？」

セシルは震《ふる》え声で聞き返した。

「君はここ数日、心配事があるようだ」

「ど、どうしてわかるの？」

少女は馬鹿《ばか》にしたように小さな形のいい鼻をフンと鳴らした。そして、その老女のようにしわがれた声で、

「そんなことは簡単《かんたん》だ。わたしのこの、湧《わ》き出る〝知恵《ちえ》の泉《いずみ》〟が教えてくれるのだよ」

「へっ……？」

ヴィクトリカは冷たい緑の瞳《ひとみ》をらんらんと輝《かがや》かせた。セシルは息を呑《の》んだ。これまで、ただ小さなからだを床《ゆか》に投げ出して病《や》んだ瞳で書物を読み飛ばすだけだったこの少女が、なにかに心を囚われて、おそろしいほどの、謎《なぞ》めいたエネルギーを発散させていた。少女はこれまで、この闇の中で、なにものでもなかった。でもいまこの瞬間《しゅんかん》、確実《かくじつ》に、力あるなにものかとしてセシルをみつめていた。恐《おそ》れと畏怖《いふ》の念を感じて、セシルは動けなくなった。

「ち、知恵の、泉……？」

「そうだ。わたしは時折、この世の混沌《カオス》の欠片《かけら》を拾い集め、いたずらに玩《もてあそ》ぶのだ。退屈《たいくつ》しのぎにな。そしてそれを再構成《さいこうせい》し、ひとつの真実に突《つ》き当たる。……話してみたまえ」

「は、話すって？」

セシルが震え声で問い返すと、ヴィクトリカは苛立《いらだ》ったように声を震わせた。

「君の身の回りで起こっている事件《じけん》についてだ。わたしに話せ。この退屈を一瞬でも忘《わす》れられるよう、せめてもわたしの役に立つのだ。話すのだ、さぁ！」

小さな少女のしわがれ声の、あまりに不遜《ふそん》で我儘《わがまま》きわまる言葉に、セシルは息を呑んだ。そしてそれに抗議《こうぎ》しようと口を開きかけて、畏怖の念が勝利を収《おさ》め、なにも言わないまま口を閉《と》じた。

いつまでも黙《だま》っているセシルに業《ごう》を煮《に》やしたのか、ヴィクトリカは馬鹿にしたように鼻を鳴らすと、

「それとも、もっとくだらない理由なのかね」

「へ？」

「たとえば、異性《いせい》に劣情《れつじょう》を抱《いだ》き悩《なや》んでいるなどの、じつにくだらぬ理由での、その所作か。それならわたしには、聞くに及《およ》ばないがな。セシル」

「ちちち、ちがーう！」

セシルはあわててヴィクトリカに駆《か》け寄《よ》った。そして気づくと、この奇妙《きみょう》な少女の近くに寄って、身振り手振りも交えて、不思議なハープの怪談《かいだん》を話していた。

「……というわけで、わたしたち教師《きょうし》一同はもうずっと、震え上がってしまっているのよ。ジ

ェンキンズ先生の幽霊《ゆうれい》だって友達は言うけど、でも、先生、生きてるんだもの。どういうことなのかしら？」

「――ハープの位置をずらせ」

ヴィクトリカが低い声で、一言だけ言った。セシルは我《われ》に返り、

「えっ？　どうして？」

「…………」

それきりヴィクトリカは一言もしゃべらなかった。また再《ふたた》び、書物と思考と退屈でできた金色の闇の中に埋没《まいぼつ》していく。話しかけても返事一つ返ってこないので、セシルはあきらめて、静かにお菓子《かし》の家を後にした。


その夜。

寮《りょう》に戻《もど》ったセシルの主張《しゅちょう》で、セシルと友人はジェンキンズ先生の部屋の鍵《かぎ》を開けてもらい、ハープの位置をずらした。ハープは上から下に幾本《いくほん》もの弦《げん》が張られた、大きくて重たい楽器だ。それを非力《ひりき》な女性二人で持ち上げるのはたいへんだった。ふかふかのじゅうたんの上に置かれたそれを、ほんのちょっと、二十センチぐらい動かしたところで力尽《つ》きてしまった。そしてあきらめて、部屋に戻った。

「これで鳴らなくなるの？　どうして？」

「いや、どうしてなのかは、ぜんぜん……。でも、そう言う人がいるから、試《ため》しに、ね」

二人は半信半疑《はんぎ》のまま、顔を見合わせた。

夜が更《ふ》けていった。

そして、その夜から──。

ハープは鳴らなくなったのだった。


翌朝《よくあさ》はよく晴れた、夏の始まりを予感させる天気だった。

そろそろ夏休みが近い。学園の生徒たちはちょっと浮《う》かれて、みなが浮き足立っているようだ。

セシルは足早に、いつもどおりに、お菓子の家に向かっていた。書物の山を置くと、暗闇《くらやみ》にひっくり返っているフリルの人形に、

「どういうことなの？」

人形と見間違《みまちが》えるほど小さく、美貌《びぼう》の、だがひんやりとしたその少女は、宝石《ほうせき》のような緑の瞳《ひとみ》を見開いてじっとしていた。時折、ぷかり、ぷかりと陶器《とうき》のパイプを小さな口に近づけて、吸《す》っている。

白い細い煙《けむり》が、たゆたうように天井《てんじょう》に向かっている。

「……なにがだね？」

「幽霊の弾《ひ》くハープよ。あなたが言うとおりに場所をほんの少し動かしたら、昨夜は鳴らなかったわ。いったいどういうことなの？」

ヴィクトリカは面倒《めんどう》くさそうに、ふわぁ〜とあくびをした。

それから、まさに狼《おおかみ》を思わせる鋭《するど》い瞳で、セシルをとつぜん、凝視《ぎょうし》した。セシルはぞっとして立ちすくんだ。

「あ、あの……」

「二階のハープを弾いているのは、一階の男だ」

「へ？」

「二階のハープを弾いているのは、一階のハープなのだよ、君」

「……はぁ？」

「わかったかね、君」

「わかりません」

セシルはきはきと答えた。ヴィクトリカは驚《おどろ》いたように瞳を見開いたが、それからあぁ、とため息をついた。

「面倒くさいが、言語化してやろう」

「言語化？」

「再構成《さいこうせい》したものを、君にわかるように説明してやろうというのだ」

ヴィクトリカはパイプを口から離《はな》すと、面倒くさそうに、

「いいかね、君。鍵のかかった無人の部屋、しかも灯りのついていない部屋でハープが演奏《えんそう》されていた。そして、場所を動かすと音は止まった」

「うん」

「すぐ真下の一階の部屋を調べることだ。ハープがもう一台、出てくるはずだ。犯人《はんにん》は一階のハープを弾《ひ》くことで、二階の楽器も鳴らしたのだよ、君」

「ど、どうやって？」

「ハープは上から下に、幾本《いくほん》もの弦《げん》をピンと張《は》ってある楽器だ。その弦を爪弾《つまび》くことで音色を奏《かな》でることができる。そして、ハープのある部屋の床《ゆか》はふかふかのじゅうたんが敷《し》かれていたはずだ。犯人は一階の部屋の天井、つまり二階の部屋の床に小さな穴《あな》をいくつも開けて、上の部屋と下の部屋に一つずつ置いたハープの弦と弦を、一本ずつ、つないだのだ。すると、一階の楽器を弾くと二階のハープの弦も爪弾かれるようになる。演奏し終わったら、一階の部屋の天井から、内緒《ないしょ》でつないだ弦を引き抜《ぬ》けばいい。床に穴が開けてあることも、ふかふかのじゅうたんがうまく隠《かく》してくれる。フン、これは奇術師《きじゅつし》がよく舞台《ぶたい》で使っている、つまらんトリックの一つなのだよ。子供《こども》だましの幽霊騒《ゆうれいさわ》ぎだ」

ヴィクトリカはつまらなそうにつぶやくと、再《ふたた》び、パイプをぷかぷかと吹《ふ》かしだした。小さな頭を動かした拍子《ひょうし》に、金色の見事な髪《かみ》がざわり、とうごめいた。

「でも、誰《だれ》が……？」

「おそらく、新任《しんにん》の音楽教師だろう。君」

「あの人⁉」

「うむ。ハープの演奏には一定の技術《ぎじゅつ》が必要だ。弾くことのできる人間は限《かぎ》られている。それに、その寮《りょう》の一階は独身男性用《どくしんだんせいよう》だと君が言ったではないか」

「だけど……」

「おおかた、ジェンキンズ先生の人気をねたんで、おそろしい幽霊騒ぎで先生のことをこわがらせようとしたのだろう。セシル、君、考えてもみたまえよ。ジェンキンズ先生の幽霊騒ぎなどという事件《じけん》を、その男以外の誰が起こそうとするかね？」

「………」

「つまり、君。ジェンキンズ先生が生きているのを知らないのは、その男だけだ」

セシルはきょとんとしてヴィクトリカをみつめた。ヴィクトリカは苛立《いらだ》ったように、

「誰もが、ジェンキンズ先生は病気療養中《りょうようちゅう》でソヴレムの病院にいることを知っている。だが新任の教師だけは知らなかった。彼はおそらく、前の音楽教師が死んだのだと勘違《かんちが》いしたのだろう。セシル、君は確《たし》か、事件の前にその男にジェンキンズ先生の事を聞かれてこう答えたのではなかったかね？『惜《お》しい人をなくした』と」

セシルはあっと息を呑《の》んだ。

「そ、そういえば……」

「そして、ハープ騒ぎの後で君がソヴレムの病院に電話をかけると、その男は『病院？』と不思議そうに聞いてきた。男は、ジェンキンズ先生が病院にいることを知らないため、なぜ、幽霊騒ぎが起こったからと君があわてて病院に電話をかけたのか、わからなかったのだ」

「…………」

「わかったかね、君？」

ヴィクトリカはそう言うと、セシルが返事をする前に、野生動物が森の奥深《おくふか》くに歩み去るように、ゆっくりとセシルに背《せ》を向けて、再び読書に没頭《ぼっとう》し始めた。

セシルはその小さな、あまりにも華奢《きゃしゃ》でつくりもののように整った姿《すがた》を、きょとんとしてしばらくみつめていた。

ヴィクトリカはそれきりなにも言わず、セシルがそこにまだいることなど気にも留《と》めていないようだ。

畏怖《いふ》の念を抱《いだ》かせたあの高貴《こうき》な、それでいて暗い、未知の力はなりを潜《ひそ》め、そこにいるのはただ、ビスクドールじみたふわふわした少女だった。セシルは自分が初めてヴィクトリカと会話らしきものを交えたことに気づいて呆然《ぼうぜん》とした。そして、それでも、変わらず胸《むね》に刺《さ》さる薔《ば》薇《ら》の棘《とげ》の痛《いた》みに、これはなんだろう、と戸惑《とまど》いながらも静かにドールハウスを後にした。

迷路《めいろ》花壇《かだん》をぐるぐる歩きながらセシルの胸をふとよぎったのは、もしかすると、退屈《たいくつ》だというのは、さびしい、という意味かもしれないという考えだった。灰色狼《はいいろおおかみ》がなにを考えているのか、どうなるのか、セシルにはまったくわからなかった。ただ、棘が気になり続けた。

そしてそのまま、季節は夏を迎《むか》えた。

長い休暇《きゅうか》が始まった。

8

生徒の姿がうそのように消え去り、静寂《せいじゃく》と夏の眩《まぶ》しい光だけに彩《いろど》られた、休暇中の聖《せい》マルグリット学園。小さな一つの変化が、灰色狼ヴィクトリカの上に訪《おとず》れていた。

人気《ひとけ》のない庭園。朝になると、ヴィクトリカはうっそりとした動きでフリルとレースを揺《ゆ》らし、小さなお菓子《かし》の家から出てくるようになったのだ。目指すのは、灰色に沈《しず》む欧州《おうしゅう》最大の書庫、聖マルグリット大図書館の角筒《かくづつ》型の建物だ。生徒の中ではヴィクトリカだけに、今世紀になってから導入《どうにゅう》された図書館の油圧式《ゆあつしき》エレベーターを使用する特別許可《きょか》が出た。ヴィクトリカは朝から夕方まで、図書館の迷路階段《かいだん》のいちばん上にある、もとはソヴュール国王が秘密《ひみつ》の愛人との逢瀬《おうせ》に浸《ひた》ったとされる不思議な小部屋で、ただただ、書物を読んで過《す》ごした。

季節は過ぎ去り、何事も起こらないまま、やがて秋になった。

一人の旅人が、やってきた。

——その朝セシルは、一束の書類を前に、途方《とほう》に暮《く》れていた。コの字型をした校舎《こうしゃ》の一階にある職員室《しょくいんしつ》で、頭を抱《かか》えて「うーん……」とつぶやいていた。

「今度は、東洋人の男の子か……」

ずれてきた丸眼鏡《まるめがね》を直しながら、

「また、不思議なタイプだったらどうしよう。今度はどこになにを運べばいいのかしら。ようやく腰《こし》の痛《いた》みも取れてきたのになぁ。うーん……」

セシルはため息混《ま》じりに、東洋人に対するイメージのいくつかを思い出していた。ハラキリ、謎《なぞ》のヘアスタイル、素敵《すてき》な柄《がら》の着物、犬鍋《いぬなべ》……。

「そうだ。犬を隠《かく》さなきゃ！　そろそろ着くころだし！」

立ち上がった拍子《ひょうし》に、ひじで思いっきり、机《つくえ》の横に積んであった教科書やテスト用紙、難《むずか》しい書物などを倒《たお》してしまった。バサバサと勢《いきお》いよく床《ゆか》に落ちていくそれらの向こうから、くぐもったような小さな声が聞こえた。

「きゃあ！　……ん？」

セシルがあわてて、崩《くず》した書物やプリントの向こうを見ると、そこに、いつのまにか職員室に入ってきたらしい、見たことのない肌《はだ》の色をした小柄な少年が立っていた。眩《まぶ》しい漆黒《しっこく》の髪《かみ》に、黄色がかったすべすべの肌。あわてたように落ちてくる書物を何冊《なんさつ》も両手で受け止めて、それを机に戻《もど》すと、床に散らばったプリントも黙々《もくもく》と拾ってくれている。

セシルはきょとんとして、その少年の様子をみつめていた。

——貴族の子弟《してい》ばかりが集まるこの学園では、教師《きょうし》もまた、生徒たちにとってはただ使用人の一人に過ぎない。セシルがなにか落っことしたからといって、わざわざかがんで拾おうとする生徒は一人もいなかった。首をかしげてセシルが見下ろしていると、その少年はすばやく全部拾い終わって机に戻し、自分の両膝《りょうひざ》をぱたぱたはたくと、立ち上がった。

小柄で線の細い男の子だった。それが大人の男のようにぴしりと背筋《せすじ》を伸《の》ばし、若《わか》い軍人を思わせる生真面目《きまじめ》で融通《ゆうずう》の利《き》かなそうな表情《ひょうじょう》を浮《う》かべながら、セシルをじっとみつめた。

吸《す》い込《こ》まれそうな、漆黒の瞳《ひとみ》だった。髪と同じ、濡《ぬ》れたような、輝《かがや》く黒。

セシルはあわてて、机に置いていた書類と見比《みくら》べた。東洋の某国《ぼうこく》から、国の推薦枠《すいせんわく》を通って留学《りゅうがく》してくる少年。父は軍人で、兄二人はすでに成人しそれぞれ役職に就《つ》いている。士官学校でも優秀《ゆうしゅう》な成績《せいせき》を収《おさ》めている、その国が誇《ほこ》る優等生——。

セシルは書類と、目の前の小柄な少年を見比べて、

「——久城一弥《くじょうかずや》くんね？」

「はい《ウィ》」

少年、久城一弥は、なれないフランス語の発音に戸惑うように一瞬《いっしゅん》、眉間《みけん》に皺《しわ》をよせた。そ

れから改めて、さらに背筋を伸ばして、

「久城一弥です。マドモワゼル、どうかよろしくご指導をお願いいたします！」

「犬、食べる？」

一弥の張《は》り切った顔が、急に悲しそうに沈んだ。

「いえ《ノン》。我々《われわれ》は犬を食べません」

「よかった。教室はこっちよ、久城くん」

セシルが教科書を抱《かか》えて歩き出すと、一弥はあわてて後ろをついてきた。カッ、カッ、カッ、カッ……ちょっと驚《おどろ》くほど規則《きそく》正しく、一人きりの行進のように、一弥の黒い革靴《かわぐつ》が廊下《ろうか》を蹴《け》るたびに音を立てる。

セシルは廊下を歩きながら、教科書と一緒《いっしょ》に抱えてきた一弥の書類と、となりで一人で行進している本人を見比べた。書類に貼付《ちょうふ》された写真には、厳《いか》めしい様子の軍人の父と、大柄な兄二人、そして母親らしき線の細い女性《じょせい》が真ん中にきちんと並《なら》んで写っていた。肝心《かんじん》の一弥はというと、隅《すみ》っこで恥《は》ずかしそうに首をすくめている。となりに写る、姉らしき、つややかな黒髪と黒猫《くろねこ》を思わせる濡れた瞳をしたどこか色っぽい少女が、一弥の首っ玉にかじりついてほっぺたをぎゅむっと寄《よ》せていた。

となりを歩く一弥の生真面目な表情と、姉にかじりつかれて困《こま》っているその写真とをしばらく見比べていて、セシルは次第《しだい》におかしくなってきて、ぷっと笑った。

一弥が不思議そうに、

「なにか、マドモワゼル？」

「いえいえ……。久城くん、勉強がんばってね」

「もちろんです、マドモワゼル」

一弥は硬《かた》い表情を浮かべてうなずいた。

「ぼくは国の威信《いしん》をかけて留学してきた学生です。必ずやよい成績を修め、国家の役に立つ人材となって帰らねばなりません。父にも、兄にも、そう念を押《お》されてやってきました」

「ママンと、おねえさまは？」

聞くと、一弥は一瞬、子供みたいな表情になってうつむいた。

「ん？」

「母と姉は……遠くに行くなと、泣いて……」

一弥はちょっと泣きそうな顔になった。それから、ぐっと唇《くちびる》をかんでまた姿勢《しせい》をしゃんと伸ばした。

「そ、そっかぁ」

セシルは相槌《あいづち》を打つ。

教室に着いた。

セシルはドアを開けると、留学生の久城一弥を紹介《しょうかい》し始めた。教壇《きょうだん》に立つ新しいクラスメー

トを、教室に並《なら》ぶ金髪碧眼《きんぱつへきがん》の少年少女たち——ソヴュールの中枢《ちゅうすう》を担《にな》う貴族《きぞく》の子弟《してい》たちが、一斉《いっせい》に、冷たく取り澄《す》ました無表情で、みつめた。

久城一弥の留学生活は、なかなか困難《こんなん》なものとなったようだった。

ヨーロッパでは東洋人というものをめったに見ることがなかったし、それが学友になるとなれば、保守《ほしゅ》的な生徒たちの抵抗《ていこう》も大きかった。一弥の生真面目な性格《せいかく》が災《わざわ》いしてか、仲のよい友人もなかなかできず、ただ、優秀《ゆうしゅう》な成績《せいせき》によってだけ、かろうじて認《みと》められているようだった。

最初はつたなかった一弥のフランス語もどんどん上達して、会話にも、授業《じゅぎょう》にも支障《ししょう》はないようだった。一弥はむきになったようにひたすら、勉学に励《はげ》んでいた。

「あんまり無理しないで。のんびり遊んだりもしていいのよ」

セシルがときどき声をかけるが、一弥はただ「はい」と返事をするだけだった。季節はまた、ゆっくりと動き出した。

ある朝、早めに寮《りょう》を出て校舎《こうしゃ》に向かっていたセシルは、背筋《せすじ》を伸《の》ばして花壇の前に立っている一弥をみつけて「おはよ」と声をかけた。その声に驚いたように振《ふ》り向いた一弥は、朝日に眩《まぶ》しそうに漆黒《しっこく》の瞳《ひとみ》を細めて、

「先生。おはようございます」

「ずいぶん早起きね。なにしてたの？」

ほかの生徒たちの多くは、朝のぎりぎりまで眠《ねむ》っているものだ。もとは生徒だったセシルも、そうだった。朝早く起きて散歩をするなんて、久城くんらしい気もするな、と思いながらセシルが問うと、一弥はいかにも融通《ゆうずう》の利《き》かなそうな真面目《まじめ》そのものの顔をして、ぴしり、となにかを指差した。

「ん？」

花壇にひっそり咲《さ》いている花だった。

金色の小さな、あでやかな花だ。

「お花？」

セシルがまた問うと、一弥ははい、とうなずいた。

「このお花、好きなの？」

「はい」

「へぇ……。よく気づいたわね、小さなお花なのに。ほかにもいっぱい、いろんな大きな花が咲いてるのに」

「はい」

一弥はうなずくと、急に恥《は》ずかしそうにうつむいた。そして「じゃ……」と小さくつぶやくと、セシルに背を向けて、校舎に向かって急いで歩き去っていった。

（へんなの……。お花にみとれてたのが、そんなにはずかしいのかしら……？）

セシルは首をかしげた。

秋のひんやりと湿《しめ》った風が、花壇の前に立つセシルの髪《かみ》をふわふわと揺《ゆ》らしていった。


「あれは、誰《だれ》だね？」

——つぎの週の終わりごろ。

ヴィクトリカの特別寮に新しいドレスやお菓子《かし》の山を運んでいたセシルは、足を止めた。もう何週間も声を聞いていないどころか、表情《ひょうじょう》の動くことのない、まるで人形そのものの横顔のほかはなにも見ていないヴィクトリカ・ド・ブロワがとつぜん、口を開いたのだ。

「えっ？」

セシルが思わず聞き返すと、ヴィクトリカは不機嫌《ふきげん》そうに鼻をフンと鳴らし、

「今日、図書館にきた。あの黄色っぽいやつだ」

「黄色っぽいやつぅ〜？」

セシルは不審《ふしん》そうな顔になってしばらく考えた。ヴィクトリカはというと、それ以上の説明をする気がないようで、黙《だま》ってパイプをくゆらしている。

ものすごいスピードで書物のページがめくられていく。難解《なんかい》なラテン語で書かれているはず

の分厚《ぶあつ》い哲学書《てつがくしょ》を、あっというまに十数ページ読み進めていく。

やがてヴィクトリカは面倒《めんどう》くさそうに、ちょっとだけ顔を上げ、しぶしぶ説明を付け足した。

「動きが、なんだかカクカクしている」

「……久城くん〜？」

セシルはようやく気づいた。

そして、その日の夕方に、聖《せい》マルグリット大図書館から書物を一冊探《さが》してきてくれるように一弥に頼《たの》んだことを思い出した。一弥はずいぶん苦労して、図書館の迷路階段《めいろかいだん》をうろうろ上がったり降《お》りたりしたあげく、目当ての書物をみつけて戻《もど》ってきた。ちょっと息が切れてはぁはぁ言っていたような気がする……。

そしてそのとき、ヴィクトリカは大図書館の迷路階段のいちばん上、あの鬱蒼《うっそう》とした植物園で、いつものように一人きり、パイプをくゆらして書物を読んでいたのだ……。

セシルはうなずいて、

「留学生《りゅうがくせい》の久城くんよ。先月、東洋の小さな国から留学してきたの」

「…………」

ヴィクトリカの返事はなかった。再《ふたた》び、静かな書物の世界に没頭《ぼっとう》し始めたようで、ページをめくるかすかな音と、ゆらめく紫煙《しえん》だけが彼女を取り巻《ま》き始めた。

（どういう風《ふ》の吹き回しかしら。この人が書物以外のものに興味《きょうみ》を持つなんて……）

セシルは首をかしげながらも、特別寮を後にした。

季節は秋から、再びの冬に近づき始めた。冬枯《ふゆが》れの空は冷たく乾《かわ》いていて、聖マルグリット学園の広大な庭園も、緑の葉を落とし、まるで黒い骸骨《がいこつ》のような枝《えだ》が絡《から》み合う森や、不吉《ふきつ》な蜘《く》蛛《も》の巣のように広がる花壇《かだん》の薔薇《ばら》の枯れ枝などに暗く彩《いろど》られ始めた。

あの、いつか立ち尽《つ》くしていたのと同じ花壇の前で、ときどきセシルは留学生、久城一弥の姿《すがた》をみかけた。いつも決まって朝の早い時間で、セシルが急いで通り過《す》ぎながらも横目で見ると、一弥は、授業中《じゅぎょうちゅう》にも、図書館にお遣《つか》いを頼まれたときにも、誰にも見せたことのない柔《やわ》らかな、妙《みょう》に優《やさ》しそうな表情を浮《う》かべてその冬枯れの花壇をみつめていた。

そこには、秋の終わりまであの金色の花がひっそりと咲《さ》いていた。いまは蜘蛛の巣のごとく乾いた細い枝が絡み合っているだけの、さびしい花壇――。

一弥は時折そこに立ち尽くして、ただ黙って、枯れ枝をみつめていた。

(久城くんは、きっと……)

セシルはある朝、ふいに思いついた。

(きっと、春がくるのを待ってるんだわ。そんな気がする……! またあのかわいらしい眩《まぶ》しい花が咲くのをじっと待ってるのね。あんなにいつもぴしっとしてるけど、意外と、ロマンチックな殿方《とのがた》なのねぇ……)

ヨーロッパの、冬枯れの灰色《はいいろ》の空が、学園をくすんだタフタの布《ぬの》で包むようにして覆《おお》いつくしていた……。

ある朝。

「久城は、何歳《なんさい》だ？」

そんな一弥の様子を眺《なが》めながら急いで迷路花壇を抜《ぬ》け、特別寮《とくべつりょう》に朝食を運んできたセシルは、ヴィクトリカのしわがれ声が耳に届《とど》いたので、またびっくりして、朝食のフルーツとライ麦パンと苔桃《こけもも》ジャムを載《の》せた銀のトレイを、落っことしそうになった。

「ん？」

「……もう、いい」

ヴィクトリカは面倒くさそうにつぶやくと、セシルにくるりと背《せ》を向けた。

パイプからぷかり、ぷかりと白く細い煙《けむり》がたゆたっている。黒いベルベットと白絹《しろぎぬ》のフリルでふっくらふくらんだその小さな少女は、書物をめくり、パイプをくゆらし、時折、ふと夢《ゆめ》から覚《さ》めたように細い首を動かして、お菓子の山から一つ手に取って、さくらんぼのような小さなつやつやの口でもぐもぐと食べている。

「……ごはんが入らなくなるわよ」

「………」

「あと、久城くんはヴィクトリカさんと同い年。一応《いちおう》、同じクラスなのよぅ。ヴィクトリカさんが教室にこないから会わないけど」

「……そうか」

短く返事が聞こえた。その声は、これまで何度となく聞いたヴィクトリカの声と同じ、老女のごときしわがれた、静かな声だった。でもなにか、セシルの心を不安にさせるべつの響《ひび》きがほんの少し――湖にたらした一滴《てき》の薔薇《ばら》の香水《こうすい》のごとく、漂《ただよ》っていた。

大きくて暗い湖にぽとんと落とされた、ほんの一滴の、甘《あま》い水。

うつむいて書物をめくるひんやりとした横顔に、セシルは目を凝《こ》らした。そこにもまた、セシルを不安にさせる、いままで見たことのないなにかがほんの一瞬《いっしゅん》、横切った気がした。セシルはあわててよく見ようと大きな丸眼鏡《まるめがね》に手を当てて凝視《ぎょうし》したが、確《たし》かに在《あ》った気がする、かすかな温かみのようなそれはもう、ヴィクトリカの小さな、陶器《とうき》のようにつめたい横顔から通り過ぎ、どこかにそっと隠《かく》れてしまった後だった。

（いまのは、なにかしら……？）

セシルはなんとなく引っかかりながらも、それきりヴィクトリカが知らんぷりしているので、結局なにも言わずに、朝食のトレイを置いて特別寮を出た。

木枯《こが》らしがぴゅうっと吹《ふ》いて、セシルはあわてて、茶色いオーバーコートの前を合わせた。迷路《めいろ》花壇をぐるぐる回って、ようやく外に出る。

花壇の外、広々とした庭園はもっと寒かった。ヨーロッパの冬はどこか不吉《ふきつ》な暗さを帯びた季節だ。セシルは急いで、小走りに校舎《こうしゃ》に向かっていった。どこかで枯葉《かれは》がカサリと音を立てた。

季節はそのままゆっくりと過ぎていった。

久城一弥はなれないヨーロッパの冬で、一度だけ風邪《かぜ》を引いた。起き上がれないほどひどい日があったので、セシルは男子寮の一弥の部屋を、その日の授業のプリントを持って訪《おとず》れた。

部屋は、見ただけでさびしくなるぐらいきちんと整頓《せいとん》されていた。貴族《きぞく》の子弟用《していよう》の、上質《じょうしつ》なオーク材の家具たち。大きな勉強机《べんきょうづくえ》と書棚《しょだな》、飾《かざ》り装飾《そうしょく》付きのキャビネット。部屋の隅《すみ》のベッドで、一弥は赤い顔をして、布団《ふとん》の中でぴしりと背筋《せすじ》を伸《の》ばしたまま眠《ねむ》っていた。

赤毛の寮母さんが、倒《たお》れてしまった外国人の子供《こども》のことを心配しておろおろと廊下《ろうか》を歩き回っていた。セシルが、熱を計ろうと眠る一弥の熱い額《ひたい》にそっと手のひらを当てると、一弥は、セシルにはわからない、自国の言葉らしき言語で、なにかつぶやいた。

これは誰かを呼《よ》ぶ声だ、とセシルは思った。る、り、と二つの音を続けて発音したように聞こえた。セシルが首をかしげていると、一弥がうっすらと瞳《ひとみ》を開けた。吸《す》い込《こ》まれそうな、夜の闇《やみ》のような漆黒《しっこく》の瞳。一弥は最初ぼうっとしていたが、担任教師《たんにんきょうし》の姿に気づくと、あわてて起き上がろうとした。

セシルが「いいから、寝《ね》てて」と静止すると、一弥は少し抵抗《ていこう》した後、おとなしくベッドに横たわった。それからはずかしそうに、

「人違《ひとちが》いをしました。失礼しました、先生」

「誰と間違えたの？」

「女の人の気配がしたので、姉かと」

一弥は本当にはずかしそうに、布団の中にもぐってしまった。布団の中からくぐもったような声が聞こえた。

「瑠璃《るり》かと思ったんだ。国ではほんとうにいつも、一緒《いっしょ》にいたから。先生、姉の名前はぼくの国の言葉で、宝石《ほうせき》と同じ意味なんです。行くなってぎゃあぎゃあ泣いていたのに、残してきたから、心配で」

「きっと、向こうも心配してるわね」

「ええ、きっと」

一弥はそうつぶやきながら、ちょっとだけ布団から顔を出した。

セシルは村の老医者を呼んで、一弥の診察《しんさつ》をしてもらった。大きな注射《ちゅうしゃ》を腕《うで》に打たれたけれど、一弥はこわがりもせず、痛《いた》そうな顔一つしなかった。硬い表情《ひょうじょう》で、歯を食いしばって、つとめて平気そうな顔で黙《だま》っていた。

医者と一緒に寮《りょう》の部屋を出ようとして、セシルはふと気づいて、聞いた。

「久城くんは、きらきらきれいなものが好きなのね？　宝石の名前とか、あと、ほら……」

セシルはちょっと遠い目になって、

「久城くんがみとれていた、花壇《かだん》の花。小さいけどきれいな金色だったわね。また春になったらあれが咲《さ》くわ。ね？」

返事がないのでどうしたのかしらと振《ふ》り向くと、一弥は熱のせいばかりではなく、耳まで赤くなっていた。黙ってもぞもぞしていたが、やがて消え入るような声で、

「ぼく、金色って、とても好きな色なんです」

どうしてはずかしがるんだろう、とセシルは不思議に思った。一弥は続けて、

「そんな浮《うわ》ついたことを男が言うなんて、父や兄に知られたら裸《はだか》にされて縄《なわ》で巻《ま》かれて二階の窓《まど》から吊《つ》り下げられてしまいます。兄たちの愛読書は『月刊《げっかん》　硬派《こうは》』という雑誌《ざっし》なんです。でも、ぼくは……」

消え入りそうな声だった。

「ぼくは、この通り地味で、目立たない、つまらない男です」

「そ、そんなことないわ」

「いいんです。ただぼくは、だから、きれいな色や、花を見たときに、ふいに心奪《こころうば》われることがあって。まるで心を強奪《ごうだつ》されるように。本当に、時たまなんですが。家族にも友人にも、秘《ひ》密《みつ》なんですが」

「先生、金色って本当にきれいな、すばらしい色だと思います。ぼくの国には、そんな色の花はなくて。金の花に、ぼくは、感動したんです。内緒ですけど……そんなこと……ぜったいに……」

「…………」

注射が効《き》いてきたらしく、最後はうわごとのようにつぶやくと、一弥は漆黒《しっこく》の瞳《ひとみ》を閉《と》じた。そのままかすかな寝息《ねいき》が聞こえてきた。こんなときにもぴしりと姿勢《しせい》正しく倒《たお》れこんでいる一弥に、セシルはちょっとあきれたようにため息をついた。それから、乱《みだ》れた布団《ふとん》をそっとかけてやり、姉の代わりのつもりで、ぽんぽんと布団の上から叩《たた》いてやった。

「金の、花……！」

セシルは寮を出て、外の暗い庭園を歩きながら、一つのイメージを思い浮かべていた。金色の、小さな薔薇《ばら》の花のような、あの少女。ひらひらと花びらのごときフリルとレースを咲かせたその真ん中で、じっとこちらをみつめるあの不思議な静かな瞳——。

ヴィクトリカ・ド・ブロワ——！

あれこそ生きた金色の花と言える、とセシルはなんとなく考えながら、小路《こみち》を歩き続けた。

冬はもうしばらく続きそうだった。

9

やがて乾《かわ》いた灰色《はいいろ》の冬が過《す》ぎ去り、再《ふたた》びの春がやってきた。

相変わらず、ヴィクトリカは特別寮にこもり、昼間だけ聖《せい》マルグリット大図書館の植物園に通う日々を過ごしていた。教室の中も変わらず。

留学生《りゅうがくせい》の久城一弥はどうやら、〈春やってくる旅人が学園に死をもたらす〉という聖マルグリット学園に伝わる怪談《かいだん》と、本人の黒髪《くろかみ》と黒い瞳という容姿《ようし》のせいで、学友たちに死神扱《あつか》いされ始め、困《こま》っているようだった。

ある日のこと。

村でとつぜん、殺人事件《じけん》が起こった。そしてそれに留学生の一弥が巻き込まれたとセシルが知ったのは、その朝。

気絶《きぜつ》して運ばれてきた一弥を保健室に運んだ後のことだった。

「待ってください、警部《けいぶ》さん！　そんなの横暴《おうぼう》だわ！」

コの字型をした校舎《こうしゃ》の一階の廊下《ろうか》を、セシルは果敢《かかん》にも、やってきた奇妙《きみょう》な警部に食ってかかりながら早歩きしていた。村の道で朝、起こった政府《せいふ》関係者殺害事件。たまたま通りかかった一弥が事件の発見者……のはずなのだが、このおかしなヘアスタイルをした奇妙な警部によって、一弥は犯人《はんにん》として捕《つか》まりそうになっていた。

見事な金髪をなぜか先端《せんたん》をドリルのようにぐりゅんと尖《とが》らせた形に固めた、若《わか》くてハンサムな警部だった。兎革《うさぎがわ》のハンチングをかぶってなぜか手をつないだ部下の二人組が、その背後《はいご》にひかえていた。ちょっとよくわからない三人組だった。

セシルは果敢に一弥をかばったが、三人組は一弥を別室に連れ込み、尋問《じんもん》らしきものを始めてしまった。

（ど、どうしよう。どうしよう。どうしようー！）

セシルはあせった。

廊下を右に、左に、うろうろし続ける。

殺人事件などというものに、どう対処《たいしょ》したらいいかわからない。一弥を助ける方法も。

──そのときふと、半年以上前に起こったあの、奇妙な幽霊《ゆうれい》ハープ事件の記憶《きおく》が蘇《よみがえ》った。誰《だれ》にも説明のできない怪奇現象《げんしょう》。夜毎《よごと》、不吉《ふきつ》に響《ひび》くハープの音色。それを、ただパイプをくゆらしながら話を聞いただけで、瞬《また》く間に解決《かいけつ》してみせた、あの奇妙な、だがあの瞬間、確《たし》かに何者かであった、小さな少女──。

セシルはしばらく、ぼーっと立ち尽《つ》くして考えていた。

それから我《われ》に返った。あわてて職員室《しょくいんしつ》に行き、今日の分の授業《じゅぎょう》のプリントを取り出す。二枚《まい》つかんで、それぞれの名前を走り書きし、廊下に走り出る。

そして一弥が尋問されている部屋に入ると、つとめて笑顔《えがお》で、一弥にプリントを差し出した。

「はい、これ」そう言いながらも、こわくて両足がぷるぷる震《ふる》えていた。

案の定、警部が怒《おこ》り出した。

「こら、君！　捜査《そうさ》の邪魔《じゃま》をするな！」

「お言葉ですが、警部さん」

セシルは両手もぷるぷる震えだしたのを隠《かく》しながら、むりに、強気で抗議《こうぎ》した。

「犯人扱いするおつもりなら、ちゃんと逮捕状《たいほじょう》を取ってからにしてくださいな。これでは警察権力《けんりょく》をかさにきた横暴ですわ。学園を代表して、わたし、抗議いたします！」

廊下に助け出された一弥は、礼儀《れいぎ》正しくセシルに礼を言おうとした。そんないつもの一弥の様子に、セシルは強引にプリントを押《お》しつけて、

「いいのよ。それより、これ。図書館ね」

「と、図書館……ですか？」

「そう」

セシルはうなずいた。

一弥は、図書館にいるクラスメートにプリントを届《とど》けるように言われると、どうもちょっとむっとしたようだった。真面目《まじめ》な優等生《ゆうとうせい》の彼は、図書館にこもって授業にまったく出てこない生徒など、論外《ろんがい》なのだろう。セシルはかまわずに「図書館塔のいちばん上よ。あの子、高いところが好きだから」と言った。

一弥はなぜかちょっとさびしそうに「そう、ですか……」と返事をして、それから、めずらしく、ちょっと意地悪な感じで、

「なんとかと煙《けむり》は高いところが好きって、ぼくの国のことわざにありますよ」

子供《こども》のようにふくれた顔がおかしくて、セシルはつい、くすくす笑ってしまった。

「もぅっ、久城くんたら。そんなことないわ」

それから、一弥の背《せ》をぐいぐい押しながら、付け足してみた。

「あの子はね、天才なのよ……！」

プリントを手に持った一弥が、いつものようにぴしりと背筋を伸《の》ばし、革靴《かわぐつ》の音も高らかに、カッ、カッ、カッ……と廊下《ろうか》を遠ざかっていく。

セシルはそれを笑顔で見送っている。

やがて一弥は校舎《こうしゃ》を出ると、学園の広大な敷地《しきち》の奥《おく》にのっそりと建つ、あの灰色《はいいろ》の石の塔《とう》に向かって歩いていった。季節は春で、一弥がみとれていたあの花壇《かだん》の小さな花も再《ふたた》び、かわいらしい、金色の蕾《つぼみ》がちょこんと顔を出している。時折吹《ふ》きすぎる風も暖《あたた》かく、ふわふわと心地《ここち》のいい季節がやってきていた。

そんな、あの冬枯《ふゆが》れの季節が嘘《うそ》のような春の庭園を、一弥の姿勢《しせい》を正した後ろ姿がどんどん遠ざかっていった。

聖《せい》マルグリット大図書館。そのいちばん上にある、秘密《ひみつ》の植物園に向かって。

――かくして、数刻《すうこく》の後。

「遅刻《ちこく》しただけでは飽《あ》きたらず、その上図書館でさぼるつもりかね？　もちろん勝手にしていいが、せめてもわたしの邪魔にならないよう、あっちへいきたまえ」

「えっ……もしかして、君がヴィクトリカなのかい？」

まだ見ぬ誰かを待つように、絹糸《きぬいと》のごとき金色の髪《かみ》を図書館のいちばん上からたらした、小さなビスクドールそのままの少女ヴィクトリカは、いくつもの海峡《かいきょう》を越《こ》えて遠い異国《いこく》の島国からようやくやってきた、たったひとりの家臣にして友達となる少年と、出逢《であ》った。

少年の名は久城一弥。

時は、一九二四年――。

欧州《おうしゅう》の一角。フランスとスイスとイタリアに国境《こっきょう》を隣接《りんせつ》する、小さいが長く荘厳《そうごん》な歴史を誇《ほこ》る国、ソヴュール。その国土のもっとも奥深い秘密の場所、アルプス山脈の麓《ふもと》にひっそりと建つ、王国そのものほどではないがやはり長い歴史を誇る、貴族《きぞく》の子弟《してい》のための名門、聖マルグリット学園。

学園の敷地の奥に隠された、灰色の巨大《きょだい》な図書館塔の、迷路《めいろ》階段《かいだん》の上にある、その不思議な場所——。

「だとしたら、その、君に……」

一弥は静謐《せいひつ》でどこか幻想的《げんそう》なその最上階の植物園に、そっと一歩を踏《ふ》み入れた。

「プリントを持ってきたんだけどね……」

ヴィクトリカはぷかりぷかりとパイプをくゆらせながら、小さくて形のよい鼻を鳴らした。

そうして、問うた。

「ところで、君はいったい誰だね？」

一弥は、少女のしわがれた不思議な声に、たじろいだ。そしてそのあまりの美しさと、異様なたたずまいに緊張《きんちょう》して、震《ふる》える声で答えた。

「ぼくは……久城だ」

それを聞くと、ヴィクトリカは少しだけ笑った。少女の無表情《むひょうじょう》な横顔が楽しそうにかすかに、ゆるむ。一弥はそのわずかな変化に、気づかない……。

暖かな春の風が、開かれた天窓《てんまど》から吹いてくる。陶製《とうせい》のパイプから、白い細い煙《けむり》が天窓に向かって立ち上っていく。少女と少年は、少し離《はな》れて、一人は座《すわ》り、一人は立って、お互《たが》いをみつめている。

そんな、一九二四年の、春——。

こうして、金色の花と死神《しにがみ》は、ようやくお互いをみつけた。

そして、その朝起こった〈オートバイ首切り事件《じけん》〉の真相から、やってくる謎《なぞ》めいた留学生《りゅうがくせい》アブリル・ブラッドリーと〈十三段目の紫《むらさき》の本〉をめぐる謎。〈騎士《きし》のミイラ事件〉。そして、大泥棒《どろぼう》クィアランと冒険家《ぼうけんか》の秘密の遺産《いさん》〈ペニー・ブラック〉をめぐる一連の事件を、ヴィクトリカ・ド・ブロワと久城一弥は手に手を取って追うこととなる。

だが、それはまた、別の物語である――。

あとがき

みなさん、こんにちは。桜庭一樹《さくらばかずき》です。『ＧＯＳＩＣＫｓ　―ゴシックエス・春来たる死神―』をお送りします。よろしくです。

初の短編集《たんぺんしゅう》です〜。うれＣ！

ちょっと、宣伝《せんでん》をしてみます。『ＧＯＳＩＣＫ』シリーズは、長編がすでに四巻まで発売中！なのですが、時間軸《じかんじく》では長編よりこの短編集のほうが早くて、こちらは主人公のヴィクトリカと一弥《かずや》が出《で》逢《あ》った一九二四年の春のお話になります。

この作品はもともと、富士見書房の月刊誌『ドラゴンマガジン』誌上《しじょう》で開催《かいさい》された『ドラゴンカップ』参加作品である一本の短編小説から始まりました。六人の作家が短編小説を一本ずつ掲載《けいさい》、連載権《れんさいけん》を賭《か》けて読者の人気投票を募《つの》る、というのです。『ＧＯＳＩＣＫ』は残念ながら誌上では落選してしまったけれど、幸《さいわ》い、書き下ろしの長編小説と、季刊誌《きかんし》『ファンタジアバトルロイヤル』での短編連載として続けられるようになりました。（読者のみなさんが、この一年半、応援《おうえん》してくれたからだよー！　本当にありがとう！）

という経過《けいか》で、長編一巻ではもう知り合っているヴィクトリカと一弥の、いちばん最初の出逢いの物語が、この短編集の最初に収録《しゅうろく》されているドラゴンカップ参加作品『第一章　春やってくる旅人が学園に死をもたらす』なのです！　長編で二人の冒険《ぼうけん》の数々を楽しんでくださっている読者の方はもちろん、いま初めてＧＯＳＩＣＫを手に取ったんだよ〜、という方も、ぜひぜひ、ここから読んでくれたらうれしいなぁ、と思います。

　短編二章以降は増刊『ファンタジアバトルロイヤル』に掲載《けいさい》されたものです。短編一章から長編一巻のあいだを結《むす》ぶ春のお話で、出逢ってまもないヴィクトリカと一弥が、さまざまな事《じ》件《けん》に巻《ま》き込《こ》まれながら、少しずつ仲良《なかよ》くなっていきます。二人のまだまだそっけないやりとりや、長編シリーズでは明かされない、イギリスからの留学生《りゅうがくせい》アブリルの意外な正体。そして、不吉《ふきつ》な紫《むらさき》の本や騎士《きし》のミイラ、夜歩く磁器人形を巡《めぐ》る不可解《ふかかい》な事件の数々！

　そして、最後に収録されている書き下ろしは、その連載でも描《えが》かれなかった、出逢う前の、少しだけ昔のヴィクトリカの物語です。一九二二年、物語上のいまから二年前。侯爵家《こうしゃくけ》の塔《とう》から学園に移送《いそう》された〝おそるべき灰色狼《はいいろおおかみ》〟小さなヴィクトリカ。一方、一弥は長い航海《こうかい》の果てにようやく、王国ソヴュールにたどり着く——。

　雑誌での連載をずっと読んでくれていた方も、この書き下ろしを楽しんで読んでいただければうれしいです。

　——というわけでこのあとがきでは、ＧＯＳＩＣＫシリーズ立ち上げの裏話《うらばなし》や初期の設定についてなどをもしゃもしゃ書いていこうかと思います。……思いました。でもー。シリーズの最初の立ち上げから二年以上経《た》っているので、記憶《きおく》がたまさか、うろ覚《おぼ》え……。

そうだ、それで思い出した。執筆《しっぴつ》の裏話といえば！

この本が発売になる約二か月前、ゴールデンウィークのこと。東京、御茶《おちゃ》ノ水《みず》の全電通労働会館ホールで開催された『SFセミナー』というイベントにゲストで呼《よ》んでいただきました。わたしがしゃべるテーマは『ライトノベルの作り方』。富士見書房の担当K藤さんに同行してもらって、二人でいろいろと熱く語ってきました。

その前夜。顔パックしながら、明日はなにを話そうかにょ〜と考えていて、「……ヤバい。GOSICKシリーズ立ち上げのときのこととかあんまり覚えてないよ！」とあわてて、仕事用の棚《たな》の奥《おく》から、昔の打ち合わせノートの束《たば》を引《ひ》っ張《ぱ》り出しました。

で、あわてふためいてめくってみると……。謎《なぞ》めいたダイイングメッセージにも似《に》た、意味があまりよくわからない走り書きが、ざっくざっくと出てきました。

以下、ノートから、とくに気になったところを抜粋《ばっすい》……。

『セシル先生はじつは人造人間です』

『首が取れてすげ替《か》えが可能！　首を替えてべつの先生として現れたりするからね？』

『アブリルはサーベル遣《つか》い。強いよ！』

『甲冑《かっちゅう》が走った！』

『その甲冑のお化けは親友。一弥のね』

『とにかく、ヘンタイみたいな人がいっぱいいっぱい出てきます！』


こ、これはいったい……？

誰が書いたんだ⁉　あやしい文章！

（記憶の底に、あるような、ないような……。どうしても自分以外の誰かのせいにしたいけど、どうにも筆跡《ひっせき》に見覚《みおぼ》えが……。ど、どうすれば……。おろおろ）

当日、ＳＦセミナーの壇上《だんじょう》で、Ｋ藤さんにおそるおそる「あの、こんなノートが出てきたけど……」と問いかけてみたら、「ん？」と、きょとんとしていました。だよな〜。見回してみたら客席の人もきょとんとしてた。だよな〜。

しかししかし、その謎ノートを一冊め、二冊めとたどっていくと、いまのＧＯＳＩＣＫの世界にゆっくり近づいていき、五冊めぐらいでぜんぜんへんじゃなくなるので、なるほどなぁ〜と作者本人にも興味深《きょうみぶか》かったです。びっくりしたけど、なかなか楽しい体験でした。（でもあれは誰にも見せない。早急《そうきゅう》に近所の川に流すので、流れてきても拾《ひろ》っちゃだめ！）

ところで……。

じつは、長編一巻である『GOSICK　―ゴシック―』のあとがきに書いた狛犬泥棒《こまいぬどろぼう》の話の続編、【狛犬劇場《げきじょう》】を二巻『GOSICKII　―ゴシック・その罪《つみ》は名もなき―』のあとがきに途中《とちゅう》まで入れて〈つづく〉にしたものの、ページ数の関係で『GOSICKIII　―ゴシック・青い薔薇《ばら》の下で―』のあとがきに入らなかったんだけど、どうやらここに入りそうなので、ここからとつぜん、わたしの祖父《そふ》と狛犬と溺《おぼ》れ犬の話をしようと思います（↑気持ち、早口っぽく書いてみた）。

うーんと……。とつぜんでごめん！　でも、始めます〜。

わたしが祖父の書斎《しょさい》にあった石のブックエンドのことを思い出して、疑惑《ぎわく》を胸に年末、飛行機に乗り、牡丹雪《ぼたんゆき》の舞《ま》い散《ち》る故郷《こきょう》の空港に降り立つ話です。（急にごめんよー……）

【狛犬劇場（完全版）】

……今回は〈もう一人の狛犬泥棒〉の話をしようと思います。

狛犬を盗《ぬす》む人はことのほか多いものなのか、よくよく考えてみたらごく近くにもう一人、同じことをした人がいました。では、その人の話をします。意外と近いところにいた人です。

わたしの祖父です。

母方の祖父です。

このことを思い出したのは、年末のことです。富士見書房の謝恩会《しゃおんかい》に出席したところ、会う人会う人に「あれ、狛犬泥棒連れてこなかったの？」と聞かれ（……なんで連れてくるんだよ！）、頭の中が狛犬でいっぱいになって帰ってきました。

ほろ酔《よ》いでベッドに潜《もぐ》り込んで寝《ね》ようとしたところ、ふと一つのイメージがぼんやりと闇《やみ》に浮き上がりました。

白っぽい灰色の、丸っこいラインの、へんなもの……。

へんなものが、二つ……。

あ、眠たい。眠っちゃいそう……。

でも輪郭《りんかく》がはっきりしてきた。んん……？　石っぽいなぁ。あ、顔がある。なんだっけ、これ？　これ……。

これ……これ……。

わたしはガバッと飛び起きました。めっちゃ目が覚めました。

「って、狛犬じゃん！」

頭を抱《かか》えて、ベッドから出て落ち着くためにハーブティなど入れ、マグカップ片手に立ち尽《つ》くしました。なんというか、ミステリーで〝ふとしたきっかけで、子供の頃の、封印されていた忌《い》まわしい記憶が蘇《よみがえ》る……〟みたいなのがありますが、まさにあれです。

動揺《どうよう》しつつも、だんだん記憶が蘇ってきました。

どうも記憶にあるのは、亡《な》き祖父の部屋のようです。山の中に建てられた邸宅《ていたく》の一室。静《しず》かな書斎。祖父は寡黙《かもく》な植物学者でした。静謐《せいひつ》で冒《おか》しがたい空気が立ちこめる書斎には、分厚《ぶあつ》い百科事典みたいな本がズラリと並んでいました。知性と静寂《せいじゃく》にのみ支配された彼の部屋。丈夫《じょうぶ》な造《つく》りのチェストの上に、重たそうな本が並んでいました。そして本の両脇《りょうわき》を支《ささ》えるのは石でできた灰色のブックエンド……。

問題は、どう考えても、そのブックエンドは市販《しはん》のものではなく、いわゆる〝狛犬〟だったような気がしてならないことです。

しかし、記憶は作り替えられることもあると言うし、狛犬狛犬って思ってたからそういう記憶をいま作っちゃっただけかもしれないし、とわたしは思い返して、ハーブティを飲んでおとなしく眠ることにしました。

でも翌日《よくじつ》になっても、その翌日になっても、やっぱり祖父のあの書斎《しょさい》にはどうしても、さりげなく狛犬がいた気がしてなりません。

ならないどころか、だんだんくっきりと思い出してきました。さりげなく狛犬が……って、ぜんぜんさりげなくないような気もしてきました。ものすごく存在感があったような……。

気になってたまりません。

そのときはちょうど年末だったので、わたしは実家に帰省したときに調べてみようと思いました。

東京から飛行機で一時間ちょっと。十二月某日《ぼう》。空気が澄《す》み、山々の緑に囲《かこ》まれる中、はらはらと牡丹雪《ぼたんゆき》の散るその地に、わたしは降り立ちました……。

「元気だった？　ご飯食べてる？　そのスカートいいじゃないー。小説どう？　友達みんなへん？」

迎えにきた母がベリーうるさいですが、それどころじゃなかったので生返事になってしまいました。車で実家に戻りリビングに落ち着いた後も、なんだか気もそぞろでした。

翌朝ようやく、いまは祖母が一人住む、あの静かな邸宅《ていたく》に顔を出すことができました。挨拶《あいさつ》もそこそこに、わたしは祖父の生前のまま残されているはずの書斎に向かいました。

ぜったいに狛犬がある、ここにある、と確信に満ちて、重い樫《かし》のドアを開きましたが……。

「…………ない？」

狛犬が置いてあったはずの場所……チェストの上は、空でした。

あれは夢だったのだろうか、と首をかしげながら、わたしは静かに邸宅を後にしました。


その夜。

わたしは実家のダイニングキッチンで、まだ考えていました、祖父と、書斎と、狛犬の秘密《ひみつ》についてです。しばらく悩《なや》んでいましたが、やっぱり気になるので母に聞くことにしました。

なんといっても母は祖父の娘です（当たり前か……）。

わたしは立ち上がると、母の背中に問いかけました。

「あのさ」

「なぁに？」

「昔のことだけど……」

「なによ？」

「お祖父ちゃんの書斎に、狛犬なんて、なかったよね？」

……へんな質問《しつもん》だな、と自分でも疑問に思いました。狛犬なかったよね、って……。

と、鼻歌混《ま》じりにおせちの用意をしていた母の細い背中が、かすかにピクリとしました。動作のすべてが止まり、緊張《きんちょう》と動揺《どうよう》をはらんだような不吉《ふきつ》な沈黙《ちんもく》が、明るく近代的なはずのダイニングキッチンに立ちこめ始めました。

わたしは固唾《かたず》を飲《の》んで母の背中を見守りました。ミステリーなら、忌《い》まわしい記憶を取り戻した娘を前に言葉をなくす母、みたいな感じです。なんだろ、この緊張感……。

と……。

母が振り返りました。拍子抜《ひょうしぬ》けするほどいつも通りの顔です。

うんうんとうなずいて、カラッと明るく、

「ああ、あれ？　お祖父ちゃんが盗《ぬす》んだのよ」

なんですと!?

祖父は寡黙《かもく》な人でした。いつもフロックコートにフェルト帽《ぼう》、洒落《しゃれ》た杖《つえ》を持っていて、にこにこしていました。大正時代に少年時代を過ごしたモダンボーイというやつで、その頃愛したハイカラなものがずっと大好きで、好物はケチャップとバニラアイスでした（あ、ケチャップを飲むとかじゃなくて、ナポリタンとかオムライスのことです）。

その一方で、植物にも惜《お》しみなく愛情を注ぎ、植物学者としてはけっこう有名な人だったようです。物静かでとくに変わったことのない人……いや、待って。

そういえば、植物を見るために一人でフラリとどこかに行くたび、へんなものをおみやげに持って帰ってくる人でした。趣味《しゅみ》のいい静かな書斎には、ところどころに、ロシア土産《みやげ》のエリツィン人形とか謎めいた派手《はで》な腰《こし》ミノ（フラダンス用？）があった気がします。いや、そうなると、そもそも、趣味のいい静かな書斎じゃなかったような気もしてきました。

さらに、とつぜん、庭に迷《まよ》い込んできたカラスを金網《かなあみ》で閉じこめて「飼い始めた」ことがありました。本人曰《いわ》く「いや、どうなるのかなと思って……」。静かな邸宅に絶《た》え間《ま》なく「カァー！」（日本語訳・たすけてー）と鳴き声が響《ひび》いていましたが、カラスは三週間後ぐらいにコテッと死んでしまいました。

ふと「泳げるのかなと思って……」かわいがっていた飼い犬を笑顔《えがお》のままで庭の池に放《ほう》り込んだこともありました。当時、幼女《ようじょ》だったわたしは驚《おどろ》き、かつ怯《おび》え「うわあああん!!」と大泣きしましたが、祖父も、泣き声に驚いて出てきた祖母も、必死に犬掻《いぬか》きで泳ぐ(ちがう、溺《おぼ》れてたんだ!)愛犬の様子に「あははは!」と腹を抱《かか》えて笑っていました。

……やっぱりへんな人だったのかな。

物静かで上品な老紳士《ろうしんし》じゃなかったかもしれません。いや、普段《ふだん》はそうでしたが、しかし見かけによらず豪快《ごうかい》なところもあったのは確かだという気がしてきました。

ますますよくわからなくなってきたので、一心不乱《いっしんふらん》に重箱《じゅうばこ》に料理を詰《つ》めている母に、

「……盗んだ?」

と聞くと、母はうなずいて、こともなく、

「狛犬は、本立てにちょうどいいからって……」

「…………」

「おもしろいよね」

「……うん」

おもしろいかな?

〝本立てにちょうどいい〟という理由で盗まれた狛犬がその後どうなったかというと……。

年が明けてお正月になり、改《あらた》めて祖母に会いに行ったとき、その話になりました。祖母と母は楽しそうに、その〈真夜中の冒険〉の思い出話に花を咲《さ》かせています。

なにがどう〈真夜中の冒険〉なのかというと、こういうわけです。祖父が亡くなった後、祖母と母が「やっぱり神さまのものを手元に置いておくのはよくないかと思って……」（↑正論《せいろん》です）二人で狛犬を運んで、近所の神社にそっと置いてきたそうです。

神社の、あってもいいな～と思う場所にさりげなく狛犬を置いて「さようなら」「長いあいだありがとう。元気でね」と別れを告《つ》げて、二人で走って逃げました。そして数年後……。その場所を通りがかったら、件《くだん》の狛犬は、まるで何百年も前からそこにいたように、いい感じに苔生《こけむ》して鎮座《ちんざ》していたそうです。

「わたしたち、いいことをしたよね」

「そうよね」

と、穏《おだ》やかに微笑《ほほえ》みあう祖母と母。

これ、いい話かな……？

しかし「で、それってどこの神社？」と聞くと、二人は「○○大社よ」「いや、△△神社よ」と記憶が食い違い、しかも二人とも一歩も譲《ゆず》りません。ちなみにどちらの神社も観光地として有名なところで、誰かが通りがかりに気軽に狛犬を置いていくような、近所の空き地みたいな場所ではぜんぜんないのです。

母と祖母は、

「なに言ってんのよ。ぜったい○○大社だってば！」

「あんたも耄碌《もくろく》したねぇ、△△神社じゃないか」

「あー、もう！　なに言ってんの、なに言ってんの！」

「あっはっは、まだボケる年じゃないだろう？」

やや母が劣勢《れっせい》のまま、どっちでもいいんですけど、どっちの神社か言い合いが続きました。

急速《きゅうそく》に、ぜんぜんいい話じゃなくなってきました。

両者譲《ゆず》らず。母はちょっと涙《なみだ》ぐみ、祖母はきゃっきゃと笑っています。

わたしはコタツに奥深くもぐって、とばっちりを受けまいとじっと気配を殺していました。

そのうち、ストレスのせいか、激《はげ》しい眠気に襲《おそ》われました。お酒に弱いのに、お正月だからって昼間からちょっと飲んじゃったのが原因かもしれません。

気づくと、右から母が、左から祖母が、わたしをゆっさゆっさ、揺《ゆ》さぶっていました。

「な、なに……？」

「起きなさい。出かけるわよ！」

「えっ？　出かける予定なんてあったっけ？」

顔を上げると、右から母が、左から祖母が、カーッと目を見開いて睨《にら》んでいました。怖《こわ》い。助けて。ずっと昔、わたしがまだ子供の頃から、この二人はわたしよりずっとずっと子供っぽいところがあったのです。辛《つら》い思い出の数々が走馬《そうま》灯《とう》のように駆《か》け巡《めぐ》りました。

二人は左右からわたしを揺さぶって、

「さぁ、起きて！」

「三人で確かめに行きましょ！」

よく見るといつのまにか二人ともコートを着て、マフラーまで巻いて、出かける準備万端《じゅんびばんたん》でした。に、逃げられないよ……！　でも、この日はまごうことなく一月一日で、○○大社も△△神社も、参拝客《さんぱいきゃく》で四方八方、大渋滞《だいじゅうたい》です。どう考えても、二つの神社を回って帰ってくるのには五時間はかかります。

　わたしはコタツに深く深く潜《もぐ》りこみ、（大人げないですが）仮病《けびょう》を使いました。

「おかあさん、おばあちゃん。わたし、お腹《なか》が痛《いた》い」

　消え入りそうな声で言うと、二人は顔を見合わせ、

「……あら？」

「この子ったら、大丈夫《だいじょうぶ》？」

　ここぞとばかりにわたしは言いました。

「すごく痛い」

　二人は急に大人の顔に戻り、心配そうに顔を曇《くも》らせて（ごめん……）、

「そういえばこの子、さっきからグッタリしてたものね」

「じゃあ、出かけられないわねぇ……」

　いかにも残念そうに二人は頷《うなず》きあっていました。そういうわけで、悪夢のように記憶の底か

らよみがえったあの狛犬がいまどこにいるのかはわからないままです。もう、わかんなくていいや。おかあさんとおばあちゃんがけんかしたらいやだから。

みんな黙《だま》ってるけど、大人は陰《かげ》でけっこうおかしなことをしているものなんだよ、全国のベイベーたち、と結論が出たところで、このお話は終わりです……。

〈完〉


お、終わったー！

とつぜんごめん……。ふぅ。

というわけで、これのせいでページが尽きたので、この辺りで、謝辞《しゃじ》に……。


さて……。

今回も執筆に当たって、関係各位の方にたいへんお世話になりました。この場を借《か》りて御礼申し上げます。

担当のK藤さん、超《ちょう》すご腕《うで》で相変《あいか》わらず忙《いそが》しそうですが、これからもGOSICKシリーズのブラウジング&編集加工、よろしくです。イラストレーターの武田日向さん、またまたかわいらしいヴィクトリカも、衣装《いしょう》のデザインも、学園の描写《びょうしゃ》も、とにかくどこもかしこも、すごい!!! これからもよろしくお願いします。

そして、手にとってくれた読者のみなさんにも、ありがとうございました！　この本もまた、楽しんで読んでいただけたなら幸《さいわ》いです。

　このつぎはおそらく冬ぐらいに、長編の五巻が発売される予定ですー。長い夏休みが終わった聖マルグリット学園で、眠っていたなにかが動きだす……。回り始める歴史の歯車。そのときヴィクトリカは、そして一弥は……!?

　そして『ファンタジアバトルロイヤル』では、現在、長編四巻と五巻のあいだに当たる、学園の夏休みの物語を連載中です。人気のなくなった聖マルグリット学園に二人きりで残されたヴィクトリカと一弥に降りかかる、数々の難事件《なんじけん》。それを解《と》くのはやはり、少女の〝知恵の泉〟——。〈仔馬のパズル〉のエピソードはこの夏のお話で解かれることになります。どちらの『GOSICK』もよろしくです。

　ではでは。ここまで読んでいただいて、今回も本当にありがとうございました。よろしければまたお会いしましょう〜!　桜庭でした。

桜庭一樹

桜庭一樹オフィシャルサイト　http://sakuraba.if.tv/

初出

「プロローグ」
——書き下ろし
「春やってくる旅人が学園に死をもたらす」
——月刊ドラゴンマガジン二〇〇四年一月号
「階段の十三段目では不吉なことが起こる」
——増刊ファンタジアバトルロイヤル二〇〇四年春号
「廃倉庫にはミリィ・マールの幽霊がいる」
——増刊ファンタジアバトルロイヤル二〇〇四年夏号
「図書館のいちばん上には金色の妖精が棲んでいる」
——増刊ファンタジアバトルロイヤル二〇〇四年秋号
「午前三時に首なし貴婦人がやってくる」
——増刊ファンタジアバトルロイヤル二〇〇五年冬号
「死神は金の花をみつける」
——書き下ろし

富士見ミステリー文庫　FM38-8

GOSICKs
—ゴシックエス・春来たる死神—

桜庭一樹　さくらばかずき

平成17年7月15日　初版発行

発行者——小川　洋
発行所——富士見書房
〒102-8144 東京都千代田区富士見1-12-14
電話　編集 (03)3238-8585　営業 (03)3238-8531
振替　00170-5-86044
印刷所——暁印刷
製本所——コオトブックライン
装丁者——朝倉哲也

ISBN4-8291-6310-0 C0193